備份人生

CONSTANCE

歡迎回來！
您的意識已下載

MATTHEW FITZSIMMONS

馬修．費茲西蒙斯——著
顏湘如——譯

各界好評

如果世界上因爲死亡而少了「我」，意識究竟能魂歸何處？如果科技能無限期支持長生不死，你會想要嘗試一下嗎？獲得不死的禮物後，女主角康兒的人生彷彿經歷了長達一年半的「國防布」。爲了探尋眞相，身爲複製人的她轉守爲攻、出關探險。當謀殺成爲事實，破案就是義務！於是她只能「Over her dead body」，自己的命案自己辦。然而，愈來愈多的黑箱卻陰險地等著她飛蛾撲火……這眞是本令人廢寢忘食的精采科幻小說！

——黃貞祥，清大生命科學系助理教授

這書好看炸了！作者交出超棒的推理故事，採用眞實科學設定，卻揉製成一個新穎又震撼的設定。

——布萊克·克勞奇，全球暢銷小說《人生複本》作者

本書閃耀登場，帶我們在調查謀殺與逃命自保之間，加入複製人與科技倫理如電光激烈作響的思辨之中，支持與懷疑、信任與陰謀，科技的統治必須深思。

——紐約時報

科技的創新與倫理的困局，這本想像大膽的科幻小說，帶來久違的科技驚悚興奮感。

——華爾街日報

驚悚刺激、引人入勝，逐步暴露的線索、動機不斷逆轉眞相，金錢與權力伸手攪動生命權與何謂自我的定義。作者刷新了這個主題的創作高度！

——出版人週刊星級好評

腦洞大開的高概念反烏托邦小說，保證讀者大呼過癮！

——科克斯書評

本書流暢好讀，以懸疑、身分、友誼和救贖打造精采的劇情，所有的曲折與安排，都是小說向來迷人的技法展現，並且引我們思索：何以爲人？

——葛雷格．盧卡，《神力女超人》等知名美漫作者

讀來精神爲之一振的科技驚悚小說，直面何以爲人的深刻辯證。

——PopSugar 網路媒體

目次

給艾莉森

第一部

上傳／下載

她死了——她就這麼死去；
當嚥下最後一口氣，
收拾起簡單行囊，
啓程迎向太陽。

她的小小身影，門旁
想必有天使窺伺，
因爲我遍尋不著她
在這凡塵俗世。

——艾蜜莉·狄金森〈消失了〉

第一章

要怪罪這棵紫色小聖誕樹的事太多了。住在華盛頓特區這三年來，康兒從未慶祝過聖誕，本來今年也不打算過節。可是從社區雜貨店走回家的路上，她發現這棵樹被丟在她住家大樓外人行道上的一箱垃圾裡面。爲什麼會拯救它，她說不上來，反正就是覺得在她這齣遇到佳節倍憂鬱的節目裡，扮演一下經典聖誕動畫裡的查理·布朗錯不了。

她把樹搬進家裡放到桌上，看著它滿懷希望地對她閃閃發亮。除了高僅六十公分，又是紫色，還沒有一丁點松樹味之外，這棵小樹幾可亂眞。但它讓她產生一種不尋常的過節心情，不但沉迷於裝飾，甚至烤了喬琪阿嬤的水果蛋糕。蛋糕擺在廚房流理台上碰也沒碰，卻讓公寓有德州老家的味道。

然而，她的心境終究和樹一樣，都是加工品。獨自一人過節就像在客廳裡升營火，讓討厭的火光照亮她人生中所有刻意忽視的陰暗角落。最近才與消沉意志達成的休戰協定，脆弱到一夕瓦解，聖誕節當天早上醒來時，心情盪到谷底。她在一個小小的非營利機構工作，遠距上班，只要她想，徹底避開人與人的接觸太容易了。不過除了買吃的，怎麼會已經一星期沒出門了呢？愛因斯坦眞該多花點時間研究十二月的時間流逝不規則性，格里曆[1]那個超大質量黑洞。

或許正因如此，她才會接受那個晚宴的邀約——是爲無法回家過節的人辦的孤兒百樂餐會。其實即便買得起機票，她也不會踏足連茲柏勒。打從她剛上大二，瑪麗·達西（她的母親兼上帝的忠僕）告訴她說她會直接下地獄以後，她就再也沒回家過，至今已將近五年。當時康兒兩眼死盯著母親，用壓抑了十九年的怒氣回嘴說到時候地獄見。從此她倆沒有再說過話，出車禍之後也一樣。

派對一開始還挺好的。不過一桌子寂寞的人與令人感到沉重的歡鬧氣氛，只是在在提醒康兒她變得多孤僻。出於補償心理，她答應和一個身材魁梧的紐西蘭白人回家。他名叫奧利佛，說話發音讓她覺得舒服悅耳。奧利佛的大腿粗得有如古希臘建築的多立克柱，一頭濃密黑髮又長又捲，他笑起來會讓人也想跟著一起說笑。她並不眞的打算跟他回家，但她很享受他獻殷勤時的自信——這年頭被渴望比被擁有的感覺更好。

在某種程度上。

吃過甜點後，她從餐桌退到客廳，與一名女音樂人攀談起來，康兒發現對方也和自己一樣對米克·朗森十分著迷。於是乎，奧利佛與他悲壯威武的大腿立即被拋到腦後。現在還有多少人知道米克·朗森這個名字？更遑論能夠廣博而深入地，針對他在大衛·鮑伊早期幾張專輯中（例如《Aladdin Sane》與《Ziggy Stardust and the Spiders from Mars》）的吉他手法侃侃而談。接下來整個晚上，她們倆便有如發現共通的祕密語言般，縮在角落裡聊吉他，交換歌曲與音樂傳說趣聞——康兒竟不知道朗森是約翰・麥倫坎的〈Jack & Diane〉中的吉他手。這讓她有些激動。可惜沒想到要帶上吉他——她已經好久沒有這樣的念頭。

隔天早上，她在一個折騰人的時刻被鬧鐘吵醒。伸手摸索床頭櫃，找到她的次世代光場裝置（LFD）塞到耳後，看看是何原因。

今天，二〇三八年十二月二十六日，天氣晴朗無雲，最高溫大約三十五度。

又是酷熱的一天。已連續第八天，但距離華盛頓十二月底的高溫紀錄還遠得很。行事曆提示她今天得上再生中心。她呻吟一聲翻身側躺，想換個舒服的姿勢睡回籠覺，卻是徒然。每個月例行的更新時程已經過期，她想起自己是特意約在聖誕節隔天，診所都沒人的時候。她這是自以爲聰明，殊不知這是聰明反被聰明誤。

1 教皇格里十三世頒行的曆法。

公寓另一頭，小樹孤單單地衝著她一閃一閃，彷彿友人隔著擁擠人群看見了她。她覺得對不起那棵樹，因爲沒有盡力讓自己擺脫憂鬱。聊音樂很愉快，但也讓她陷入情緒的宿醉。米克．朗森是阿志最喜愛的吉他手（與奈爾．羅傑斯並列第一），喚醒她太多回憶，也讓她想起自己還沒去探視阿志。前往再生中心時可以順道去一下，但如此一來，現在就得馬上起床。

可是眞的嗎？她眞的想見他嗎？

見了面又會有什麼不同？

光是萌生這個念頭都讓她感到慚愧，她於是強迫自己坐起來，揉著早上一起床就會發疼的右腿。膝蓋上交織著醜陋的疤痕，那是車禍後，醫生重新接合的痕跡。據說這是個醫學奇蹟。

康兒從堆積如山的髒衣服當中挑出兩件來，一條黑色牛仔褲和蕾哈娜的「反了世界巡迴演唱會」的經典T恤（二〇一六年，正好是康兒出生那年），然後像鑑識人員似的嗅聞一番，覺得還過得去。**別太邋遢啊，達西小姐**。紫樹從角落裡默默地、若有所思地看著她，彷彿納悶著自己怎會被拖進這個慘況裡。沒關係。康兒也老是有同樣疑問。

∪　∩　∪

「妳要來看誰？」櫃台的護士問道。這名男護士人高馬大，看起來有北歐血統，頭髮像高山植物般亂糟糟，嵌在臉上的眼睛顯得太小，彷彿隨時都在懷疑睨視。

「段志。」康兒回答。

護士不認得她，這含意頗深。事故發生後第一年，康兒幾乎寸步不離陪在阿志身邊。所有醫護人員都和她熟到能直呼其名，他們同情她，還讓她睡在阿志病房角落的椅子上。她已記不得自己究竟是從何時開始變成不忠的爛人。最初是隔一天來探視，接著是隔一星期，如今卻是光想到要來見他就害怕。

護士問了康兒的名字輸入系統後，告知說她不是家屬。關於這點康兒有意見。搖滾樂團或許不是法律上承認的家庭單位，但絕對應該獲得承認。段志、史黛菲・瑪茨、休・巴贊、湯米・迪歐，他們都是她的家人，是她自己選擇的家人。藉著愛與音樂讓他們連結在一起，並共同承擔悲劇，直到永遠，即便不管怎麼樣他們都會離去，也還是一家人。

「查一下例外名單，上面應該有我。」康兒建議道。她上次來的時候還在名單上，但那是多久以前的事了？夏天？春天？阿志的父母住在達拉斯，一直很感激還有關心自己兒子的人會來探望。但他們是否發現她已經不再來了，便撤銷她的探病許可？

幸好護士找到了她的名字。「我需要妳的身分證件和三項生物辨識資料。」

「要多少都行。」她依照規定提供手紋與語音樣本，並進行視網膜掃描，護士隨後比照了儲存在她身分證裡的資料與醫院的紀錄。長期以來都會有粉絲偷溜進阿志的房間拍照、偷取紀念物品，讓院方不勝其擾。他們就曾逮到一名十六歲的歌迷在給阿志剃頭，打算上網販售他的頭髮。

自意外發生後，關於阿志的浪漫傳說竟如疏於照顧的墳頭野草般快速蔓生。說他的樂團「喚醒幽靈」剛結束巡迴演唱，正要前往錄音室錄首張唱片。說在一場表演後，他們的廂型車衝過安全島，導致鍵盤手湯米．迪歐與貝斯手休．巴贊喪命，主唱段志陷入昏迷。說他們正要開始發光發熱、成爲巨星。關於這點康兒不知道，但他們對阿志的執迷卻是眞眞實實。網路上，狂粉來回分享樂團表演的盜錄影音與 demo 帶。粉絲論壇上有成千上萬的貼文，尤其是關於阿志，他已經化身成悲劇性的音樂詩神。悲慘夭折的一代才子。

樂團粉絲——康兒心胸不那麼寬大時，會稱之爲「邪教成員」——從全國各地前來朝聖致意，車禍地點成了布滿塗鴉的聖殿。有些不懂分寸的人超級恐怖，甚至追蹤到康兒，放肆地向她詢問關於阿志的隱私，說得好像自己多認識他似的，讓她隱隱作嘔。她的回憶可不是路邊攤的小玩意，三件一百，任由遊客的髒手摸來摸去。躲不掉的時候，她總會回答得模稜兩可，然後盡快脫身，她很清楚有些較死忠的粉絲對於她和史黛菲竟敢在車禍中倖存一事，十分忿忿不平。

護士遞給她一張訪客證。「妳時間挑得眞巧。過去幾個禮拜他都在約翰霍普金斯，直到幾天前才剛回來。那所大學針對長照病患不知在進行什麼研究，他父母好像替他登記了。」

在電梯裡，她試圖說服自己離開。都在櫃台簽名了，不就算是來探過病了嗎？誰也不會知道她有沒有眞的見到他，阿志自己更不可能知道。電梯門打開後，她想走出去，不料腳不肯移動。直到門開始閉合，她才猛地伸手將門撐開，嘆了口氣步出電梯，走過長廊。

阿志的房間安安靜靜，只聽到替他呼吸的機器聲與監視器規律的嗶嗶聲。看到他這副模樣總會讓她再次心碎。她匆匆走到窗邊，拉開窗簾。他們爲什麼讓房間這麼暗無天日？院子裡有一棵樹，高大又強壯，阿志應該會喜歡。康兒巡視房間一周，順手稍作整理。倒也不是有此必要（工作人員做得無懈可擊），她只不過是循例行公事，以便覺得自己在他的生活中仍扮演一定角色。整理完後，她拉過一張椅子坐到床邊，牽起阿志的手。這雙手一度長了繭，是典型吉他樂師的手，如今卻柔細得有如新生兒。她用力捏了捏。他沒有回捏，他再也不會了。

持續性植物人狀態。她從來沒聽過如此醜惡的字串。

第一年，她緊抓著一絲幻想：只要繼續說話唱歌給他聽，努力一定不會白費。醫生們愈是想說服她說阿志的腦傷不可能復原，說他再也不會清醒，她的信念就愈堅定。

他是特別的，他負有天命，那些醫生不認識他，不知道他的力量。但她不同。因此只能靠她來幫助他找到回來的路。她自許是他的燈塔，下定決心要守望著，直到他回到自己身邊。總有一天他的眼睛會倏然睜開，會望向她，面露微笑，問說什麼時候能把這地方炸掉。就像他媽的童話故事。*你能想像有這麼天眞的人嗎？*但問題是，她依然如此天眞。一個不肯聽勸、冥頑不靈的女人。

正因如此，有些早晨她起不了床，朋友們也漸漸對她失去耐心。車禍發生後，大家尊重她的哀傷，容忍它，甚至欽佩它如此堅定不移。他們同情她，爲她著想，爲她禱告。然而任何悲劇的光采終會逐漸黯淡。眾人的說法變了。她和阿志又沒有結婚，傷心三年也夠長了。太長了，有人竊竊說道。她不能再這樣搾取同情，得繼續往前走。她感覺到自己從悲傷被重新歸類爲消沉，而與悲傷不同的是，消沉被視爲一種性格缺陷。雖然沒有人明白說出來，但有誰想要應付一個膝蓋壞掉的傷心女孩？康兒不怪他們。連她都不太想應付自己了。

「聖誕快樂，阿志。」她說著把頭趴下，哭了起來。

那天晚上，樂團在華盛頓有一場表演，事故發生時他們正在前往北卡羅萊納的途中。康兒縮著身子睡在後座，沒繫安全帶，在醫院病床上醒來時對車禍毫無印象。誰也無法確切說出當時的情況，就連不可思議地毫髮無傷的史黛菲也不例外。只知道那輛卡車正面撞上來，他們的車全毀，休當場死亡，湯米撐了兩天終於傷重不治，阿志，她的阿志，則始終沒有清醒過來。康兒在醫院待了兩個月，經過多次手術後身體慢慢康復，但也錯過了那兩場葬禮。她已經多年沒有和史黛菲——她在這世上最好的朋友——說話了。

她不自覺地將手放在右膝蓋，搓揉著牛仔褲底下的傷疤。

那晚是阿志開車，一如巡迴行程的每一天，不健康的超時疲勞駕駛。一開始他沒有跟任何人商量，就替樂團買了一輛二七年份的雪佛蘭手駕車。新法規定所有車輛都必須有自動駕駛功能，但不溯及較舊的車款。這輛車是昂貴的嗜好。零件愈來愈難找，手駕車的保險費更是高得驚人。這種錢團員們的家庭都負擔不起，只有阿志的父母有足夠的經濟能力，爲輕率魯莽又不切實際的獨子提供金援。

離開德州之前，其他團員推舉康兒當代表，再做最後一次嘗試，去說服阿志換一輛新一點的車。可靠的車。她是樂團的協商談判代表，也盡了自己最大力量，只可惜從來沒有人爭得過阿志。尤其當他固執己見，用那種堅定的眼神說著：一個被電腦載著在國內東奔西跑的樂團，永遠無法眞正理解他的想法。全是一堆感情用事的廢話，只不過從阿志嘴裡說出來格外動聽。每件事向來都是如此。那是阿志的天賦，也是康兒當初愛上他、至今仍然愛他的原因，但感覺已不再那麼美好，她眞希望知道該怎麼停下來。

她的 L F D 再次發出預約行程的提示音。康兒不禁好奇，倘若阿志知道再生中心有個複製人在等著她，而她最近之所以每個月到診所報到是因爲那場車禍，不知他作何感想。死亡一直都是抽象的概念，但車禍發生後，再也沒有什麼比死亡更令她害怕。打造複製人純粹出於懦弱，絕對是，而且這份懦弱像毒一般滲入她心靈的地下水層。

她願意付出一切，只求他能坐起身來，提醒她不必每分每秒心存畏懼。他曾經說過她是他有生以來所認識最勇敢的人。如今，那名女子上哪去了？

第二章

才上午十點，氣溫卻已超過三十二度。再生中心外擠滿抗議人潮，以挑釁、裂帛似的聲音高喊口號，康兒奮力擠過這群凶神惡煞般的民眾。她刻意安排聖誕節隔天回診，就是希望能平靜一回，不料抗議群眾聲勢未減，人數恐怕是她先前所見的三倍之多。也許放假期間，他們也無處可去。

抗議群眾不分晴雨從不缺席，他們縮擠在黑傘底下，使得黑傘成了此次運動的非正式象徵。這些人是「亞當之子」——美國境內唯一且最大規模的反複製人組織——的突擊隊。他們會放哨監視全國每一間再生中心，可是對於位在華盛頓的這個總部特別情有獨鍾。在他們看來，這裡是起點，是複製人技術的發源地。此一族類便是在這裡開始脫離人性。

群眾忽然開始交頭接耳，雨傘激動搖晃——診所的前門開啓。大家都知道這意味著什麼。有顧客到了。兩名白人警衛走出大門來到陽光底下，二人都穿著防彈背心，沒有走離大門太遠，只以目光在人群中找尋康兒。

她不敢大聲喊他們，總之暫時還不敢，得等她離得更近、更近以後。萬一抗議民眾發覺敵人就在他們當中，她知道他們會有何反應。診所大門極少使用，因此堅守在此抗議只是更添沮喪且徒勞無功，他們想必是迫不及待要展現內心的憤怒。康兒將帽沿拉低，蓋住眼睛。其實應該沒有人會認出她來，但光想到這個可能性就夠她害怕的了，她還拍下每個月回診時的穿著，以免重複穿同一套衣服。

群眾蜂擁上前，康兒被人潮托離地面，一時間無法呼吸。她已經歷過夠多衝撞場面，知道不能對抗人潮，較安全的做法是順應潮流、保留體力，等待機會游向岸邊。

「不分娩，沒靈魂！不分娩，沒靈魂！」

「上帝不要你們！」

「高級假肉！」

群眾每喊一句就往前一步。依法，抗議人士必須與診所大門保持十二公尺的距離，但警察大多支持示威行動，與其強制民眾嚴守法定緩衝區，還不如做其他更有意義的事。通常這也不打緊，負擔得起再生中心費用的人不會徒步前來。這裡的顧客都是有九位數身家的富人，爲了避開大門外的一切醜態，他們寧可使用隱密的地下停車場。

當然，康兒是例外。她的戶頭存款極少破三位數，甚至有些時候還只是勉強破兩位數。上一輛速克達被偷之後，她甚至沒錢買一輛新的二手車。所以每個月要準時回診的話，她只得冒險跑一趟，別無他法。倒不是說她現在眞的還能「跑」，只是內心仍存有些許鬥志罷了。她張開手肘推擠過人群中的縫隙，從抗議隊伍的最前方鑽出來。

大門，以及警衛的安全防線，就近在咫尺。

康兒企圖逃離，一面蹣跚地走向大門，一面暗自乞求重建的膝蓋別卡住。示威者發現受騙，發出怒吼。那是一種屬於史前的可怕聲音，康兒振作起精神抵擋抗議群眾的手，以免被拉回魔掌中。這是她最痛恨的部分，所有人的目光都集中在她身上。眞是諷刺，想當初她有多熱愛登台啊。她曾經面對多達五千名的觀眾演唱，而現在這群人頂多爲數四百，卻讓她緊張到胃揪成一團。但就在此時，警衛看見她後急忙上前，一人架住一條手臂，將她從嗜血咆哮的群眾間匆匆帶入診所。

隔音大門在他們身後緊緊閉合，抗議者的喧囂聲沉靜下來。在倏然降臨的安靜中，康兒面帶疑惑地看著警衛。

「外面是怎麼回事？」她邊喘氣邊問道。

「妳沒聽說？」較高的那人說：「艾比蓋兒．史提克林昨晚死了。」

「死了？」他的搭檔說：「你是說她沒帶降落傘就跑到門羅飯店去定點跳傘。」

康兒聽到消息驚愕不已，但這也說明了爲何今早有那麼多抗議者。艾比蓋兒．史提克林博士，複製人技術之母兼再生中心的共同創辦人，一再出現於無數陰謀論中的妖人，死了。自殺身亡。對「亞當之子」與認爲無性生殖技術令人髮指的任何人而言，這應該是值得慶賀的勝利口子。

「要不是沒帶降落傘，就是女巫忘了帶掃帚。」前一名警衛說。

他的搭檔暗笑，同時吹了一聲口哨，像是有什麼東西從高處重重落地。康兒不發一語走開來，警衛也不再出聲，沉默地跟隨在後。很好，她心中暗想。艾比蓋兒或許是備受爭議的人物，但她同時也是康兒的姨媽。所以說，這兩個碎嘴傷人的警衛，去死吧。不過諷刺的是，康兒對姨媽也有類似想法，除了媒體上看到的訊息外，她對這個女人幾乎一無所知。

上一次見到姨媽是在父親葬禮的騷動中。儀式舉行前，她母親與姨媽爆發了激烈爭執。直到今天，康兒仍不知道母親為什麼大動肝火，但從小在母親身邊長大的她知道，未必真的有什麼大不了的原因。史提克林家是個大家族——兩個姊妹四個兄弟——隨時都能享受選邊站的樂趣。康兒的舅舅們都聯手支持喪夫的寡婦對抗艾比蓋兒，大家一致認為她自從去波士頓念書以後就很會裝模作樣，也認為她對於仍在理論階段的複製人技術感興趣是犯了傲慢自大之罪——卑劣地玷汙了上帝的構思。

到最後，連艾比蓋兒自己的父母都不歡迎她到家裡來。她的名字再不曾被提起，甚至到後來，大家都當作沒她這個人。康兒對姨媽的認識若非從媒體上得知，就是從喬珥阿嬤那兒聽說的。打從一開始，喬珥阿嬤就根本不想和史提克林家有瓜葛，她兒子何以追求瑪麗始終是個謎。也許正因如此，她才會欣欣然回答孫女無法去問其他人的問題。

對於家人的迴避，艾比蓋兒自己倒是泰然處之，從此離開德州西部，再也沒有回來。六年後，康兒爲了反抗母親的嚴格期許，離家去和喬珥阿嬤同住，多少也是受到這位姨媽的啓發。她決定效法姨媽離開連茲柏勒市，闖出自己的一片天，只不過她要走的是音樂之路，不是科學。姨媽奮鬥的結果十分可觀，聞名世界又富可敵國，然而她再也沒有和家人說過話。

一句話都沒有。

直到寄來了信。

兩年前，律師帶著法律文件登門拜訪每一位家族成員，爲每個人贈送一個複製人。康兒不得不敬佩姨媽。一個複製人市價多少？兩千五百萬、三千萬美元？家族裡的人從來都沒什麼錢，所以在外人看來，此舉應該是慷慨又奢侈到極點。然而對家人來說，艾比蓋兒是故意送上一樣他們絕不可能接受的東西，藉此炫耀自己的成就。

假如家人對姨媽的意圖有絲毫懷疑，她附上的信函便是清償宿怨的絕佳代表作，信中徹底清算了數十年來撕裂家族的憤恨之情。那最後一句話，康兒每個字都記得清清楚楚：**但願我這份小小心意能讓你們所有人活得長長久久，一起在你們庸碌的人生中打滾。**看來，康兒的媽媽並不是家族中唯一會記恨的人。

康兒是唯一接受姨媽餽贈的人，儘管這份禮物以一句加強語氣的「我操」包裹著——但也或許這正是康兒接受的原因。有一個脾氣火爆、身爲福音派教徒的白人媽媽，和一個在軍中任職下士、黑人與越南人混血的爸爸，康兒在成長過程中始終像個邊緣人，受盡各年齡層與種族人士的欺凌。求學時期，她必須不斷地奮鬥對抗。由於身材嬌小，勝算不大，反而讓她學會了求生之技。在她雙親的家族裡都蘊藏著一條名爲「頑固」的豐富礦脈，康兒從中採集出能容忍一切的意志力。她咬緊牙根，依循以下三個簡單守則捱過艱辛的童年：絕不當眾哭泣；絕不求助；絕不、絕不讓他們知道她心裡難過，以免稱了他們的意。

因此在收到姨媽那封嘲諷的信時，康兒立刻認出這份贈禮的霸凌氣味。她將信撕毀，接受了複製人，儘管她也不知道自己爲什麼想要它。

自從康兒到了華盛頓，姨媽一次也沒來找過她，即便當她住院動完腿部接合手術後的療養期間也不例外。還有這兩年，就連她不斷來再生中心更新上傳資料，艾比蓋兒姨媽卻連從實驗室出來打聲招呼都沒有。再生中心窗外那巨大的雨傘帳篷在沮喪中顫動，再一次讓康兒想到鳥兒。只不過這次想到的是渡鴉，她童年時期，偶爾會有這種鳥聚集在德州公路旁，等候瀕死的動物放棄掙扎。喬珥阿嬤是怎麼形容渡鴉來著？薄情？對，她暗忖，應該是這樣沒錯。

第三章

再生中心的特異之處在於，這裡的感覺更像是高級養生會館。康兒被帶領進入的不是單調空洞的等候室，而是一個廣闊的中庭，有感光天窗進行全天候自動調節，室內隨時都是陽光斑駁的破曉時分。瀑布輕輕瀉落嵌在地板中央的鯉魚池內，打在粗鑿的石灰岩壁發出舒緩身心的回聲。淺壁凹處擺放著植物，有種在藍色瓷盆內的鞏膜白色蘭花，也有插在玻璃瓶裡的柳枝。全然看不出在這棟建築物深處，正有人按部就班地改寫自然法則。

中庭沒有服務台，但康兒已熟知作業程序。她耐心地坐在池畔，用指尖撥弄水面，看著橘黑色相間的魚群在碧綠荷葉底下嬉戲。她哼著不完整的曲調，是她正在寫的一首新歌，還沒有歌詞，不過她不斷想起那兩名警衛開姨媽的玩笑話：**女巫忘了帶掃帚**。詞句開始在她心裡自動串聯，靈感泉湧時總是如此，於是她暗自哼唱，測試詞曲的契合度。或許結果還不錯。她心想，下回要是自己帶吉他來不知會不會惹上麻煩。這裡的音響效果太棒了。

由於好奇世人如何看待姨媽的死，康兒便在 LFD 上搜尋相關文章。接下來幾個星期，應該慢慢會有艾比蓋兒．史提克林如何影響美國生活的長篇評論出現，但如今才短短幾個小時，因此大多數新聞媒體都只針對自殺進行重點報導。內容大要是：「十二月二十五日晚間十一點三十四分，頗具爭議性的複製人發明者艾比蓋兒．史提克林，從歷史悠久的門羅飯店頂樓跳樓，結束了自己的性命。據目擊者指稱，史提克林博士原本坐在可俯瞰白宮的熱門餐廳『天際線』的酒吧內，邊與酒保聊天邊喝著香檳。結帳後，她爬上頂樓，跳樓身亡。」另有一些餐廳監視器畫面的影片連結，但康兒一個也不想點進去看。

有一篇文章寫道，艾比蓋兒一生未婚，與家人也不親近。這話講得真是輕描淡寫，康兒暗忖。另一篇說她姨媽最近幾年受憂鬱症所苦（這又是一個她們倆的共通點）。文中繼續提到，艾比蓋兒小時候曾被診斷出罹患威爾森氏症，這種罕見的遺傳疾病會導致銅堆積於身體與大腦。雖然病況可用藥物控制，銅卻會干擾人的複製過程，因此該文章以不得體的幸災樂禍口氣解釋，艾比蓋兒不同於再生中心的客戶，她是回不來了。康兒關掉ＬＦＤ，不知怎的一時間忽然生出想要保護姨媽的心思。

魚池另一邊，一位滿頭銀髮、穿著毛巾布浴袍的白人男性，在他的ＬＦＤ上填寫個人資料填得十分辛苦。他願意嘗試，康兒就不禁暗暗替他加分。很多人年過四十便無力應付ＬＦＤ，也不願意適應，只一個勁地巴著傳統智慧型手機。她注意看他調整ＬＦＤ的貼合度，那裝置有如舊式助聽器掛在耳後，會在使用者眼前十五公分的非定點處投射出資料。由於調整後仍無法解決他的問題，他便伸出雙手彷彿在黑暗中摸索前進。其實眞的不必要。ＬＦＤ和使用者是配對好的，從任何位置都能讀取到手的動作。跟這項科技一起長大的孩子十根手指都能獨立運作，兩隻手在身側迅速顫動，動作快到令人眼花。但對於年紀較大的使用者，如池邊那個銀髮熟男，就是難以突破「碰觸」螢幕的需求，結果便造成不協調的可笑模樣。孩子們會戲稱父母為「喪屍」，那是因爲他們會將兩手舉在身前晃動摸索。

男子注意到康兒的目光而皺起眉頭，就好像逮到她在臥室窗戶外偷窺。他看著她膝蓋有破洞的牛仔褲和黑色Ｔ恤，針對她有待評價的一切下定論。富人能感知到貧窮，一如其他人能聞到冰箱深處的酸臭味。康兒讀過一篇文章，裡頭寫道，再生中心客戶的平均資產淨值達五千萬——想欺騙死神，代價可不便宜。

康兒的ＬＦＤ響了，她看了看來電者身分。**卡拉・索羅門**。在這個時間？想必很緊急，康兒猜得出是哪一種急事。明知最好別接，康兒卻受不了催促，接起了電話。ＬＦＤ是透過耳骨傳導聲音，直接將振動傳至內耳，身爲樂手的康兒總覺得自己永遠也無法完全適應這個裝置。

「康兒嗎？」卡拉聽起來有如沉船上最後一位倖存者。「很抱歉這麼早打來。」

「嗨。」康兒回答時意識到聲音在中庭傳播開來。

「妳聽得到嗎？妳聲音好小。」

「對不起，我在候診室裡。」

「沒什麼事吧？」

「沒事，只是年度例行檢查。」康兒說了謊。有複製人的事，她不會隨便跟人談起。雖然並非人人都是「亞當之子」的成員，但這話題是危險的紅線，誰聽了會有怎樣的感覺都難以預料。「怎麼了？妳那邊都還好吧？」

「是崔娜。」卡拉回答，也證實了康兒的懷疑。

崔娜是卡拉的樂團「風信雞」的主唱。這個團體還不差，有點生澀，但康兒挺中意他們的聲音，是鄉村風與 go-go 風的狂野組合，是露辛達．威廉斯遇上查克．布朗，效果出乎意外地好。崔娜非常迷人，台風富有磁性且嗓音渾厚，但卻是有如瑪雅末日預言災難般的主唱。卡拉有大半時間都在微管理崔娜的情緒波動與超自然的藥物攝取。

「她又怎麼了？」康兒問道。

「不知道。找不到人。」

「有人在紐約看到她嗎？」上一次卡拉追蹤到崔娜時，她已經在哈林區縱酒狂歡了兩星期。

「她準備好自然就會出現。」卡拉委婉地回答。「問題是我們從現在到三十號，每晚都有表演。所以也難怪崔娜會挑這個時間閃人。」

「假日眞的不容易。」康兒語帶同情地說，一面準備迎接無可避免的問題。

「那妳可以來唱嗎？」卡拉說：「我知道這次又是臨時抱佛腳，但妳上次實在太殺了，叫人不敢相信，觀眾完全被妳征服。大家都還念念不忘呢。」

康兒翻了個白眼。她曾是一個三流樂團的吉他手，一個連首張專輯都始終錄不成的樂團。儘管如此，又或許正因如此，在華盛頓，凡是對有關「喚醒幽靈」那種病態炒作手法買單的音樂人，個個都把她捧上了天。康兒個人覺得他們的樂團被高估了，車禍悲劇賦予他們不配得的重要性。也或許現在大家比較容易相信他們不可能有什麼成就，畢竟他們現在完全沒可能了。

「拜託。」卡拉幾乎要哀求起來。

康兒一直在暗自捲動瀏覽事先預備的藉口清單，因此當她開口答應時，連自己也嚇一跳。她已經好一陣子沒登台了。或許這也是她情緒如此低落的原因之一。表演總能夠振奮她的精神，但願能藉此擺脫她的假日憂鬱。

「妳願意？」卡拉以上百種不同方式向她道謝。

「不過只到三十號。」康兒提出條件。

「那當然。」卡拉既鬆了口氣也十分興奮。「哇，我真是欠妳一份天大的人情。」

她向康兒詳述各項細節，並承諾會將當晚的曲目表傳給她。

康兒還沒來得及細想自己惹上什麼麻煩，遠端牆壁便出現了裂縫。有一道門靜靜地打開，拉蕾．阿斯卡麗隨之現身。她是領有專業證照的護理師，但正式職稱卻是服務員。拉蕾穿的不是醫院的手術服，而是寶藍色筆管裙搭配蛋黃色上衣，亮麗的黑髮高高盤在頭上，只用一支金色髮夾以手術般的精準手法固定住。她的高跟鞋踩在石板地面，幾乎和芭蕾舞鞋一樣悄無聲息。拉蕾精心打扮的復古風韻令康兒讚佩不已，這樣的穿搭她駕馭不了，但拉蕾卻彷彿駕輕就熟。康兒是個暗黑藝術大師，總是一副酷樣，好像根本不在乎穿著。女性當然分辨得出其中差異，但男人從來搞不清楚。

「嗨，康思坦絲！聖誕假期快樂。」拉蕾說話混著英國與伊朗的口音，軟得像絲。再生中心引以為傲的就是個人化服務。從康兒第一次約診，拉蕾就是她的服務員，後來每次接待她都熱情地有如意外重逢的老友。只不過康兒的朋友都知道不要喊她康思坦絲。康兒恨透這個名字——這是母親那邊的家族傳統，老喜歡替女生冠上一些老派的名字，除了象徵「堅貞」的康思坦絲，還有：查絲特蒂（純潔）、查瑞蒂（慈善）、費絲（忠誠）。這名字讓她聽起來活像個拓荒先鋒，在北美大平原上長途跋涉，歷經千辛萬苦，只為尋求一個簡單的生活。自從不再參加教會唱詩班那天起，她也停止使用全名。打七歲起，早熟的她便已是個明星，但直到十二歲生日，康兒才驀然想到母親眼中她身上唯一有價值的，就只有她的嗓音。於是康兒從此不再懷疑這點，後續不管發生什麼事也動搖不了她的想法。

「關於妳姨媽的事，我真的、真的很遺憾。」拉蕾說：「如果妳想重新安排時間，絕對沒問題。」

「我沒事。」康兒說，但其實她有點嚇一跳。她也不知道自己爲什麼會以爲診所裡沒人知道她和創辦人之間的關係。在此之前，拉蕾從未提起過。

「我明白。只是萬一更新過程因此搞砸了而必須重來一遍，實在有點可惜。」要製造出精確的人類意識影像，受試者必須欣然同意並保持心態平靜，再生中心在簡介時曾不厭其煩地一再強調這點，但康兒看不出這與目前的情況有何關聯。她和姨媽又不是多親近。

「講眞的，我其實從六歲起就沒見過我姨媽。沒錯，這是令人傷心的事，但不至於擾亂我。我並不是很認識她。」

拉蕾點點頭，帶她進入更衣室。在更新康兒的神經訊號紀錄期間，她的衣服會整燙好等著她。乾洗牛仔褲和 T 恤似乎有點誇張，但這是附加服務，不要白不要。脫到只剩內衣時，康兒細看鏡中的自己。車禍發生後這幾年，她已經胖了快七公斤，這個樣子和這種感覺她都不喜歡。剛才在抗議群眾間拚命猛衝，右腿已經開始發疼，她試著彎曲一下，只見傷疤像帶刺鐵絲似的扭動——所以她出車禍之後就沒再穿過裙子。出院後，康兒沒把復健當回事，使得新膝蓋日漸萎縮。就和其他所有事情一樣，她的腿之所以長期僵硬不靈活，都得怪她自己，但也許過完年，她會試著重新培養某種運動習慣。

她心不在焉地，由上到下撫摸一下左臂——整條手臂幾乎全被刺青覆蓋，只剩少數幾處空白。假如知道怎麼去看，就會發現這條手臂刺青訴說著她與她家族好幾代人的故事，而這些故事脈絡交織遍布三塊大陸。在她手腕上，有一隻獅子嘴裡咬著一朵黃花，腳爪攫著一朵紅蓮花——巴巴里獅被公認為英國的象徵，那是她母親家族的起源地；紅蓮花代表越南，喇叭狀的黃花則是奈及利亞國花，這兩地分別是她爺爺和奶奶的祖籍所在。環繞在二頭肌處是她父親的故事，但不是母親告訴她的，而是她在喬珥阿嬤的廚房餐桌旁待上無數小時聽來的。祖母去世後，康兒很不想讓那段歷史就此佚失，而刺青既能將故事長久保留下來，還能加入她自己的篇章。她刺在肩頭的圖案，則是為了紀念改變她一生的那場悲劇性車禍。

康兒穿上開背式的反穿病人袍，接著套上刺有診所花押字的浴袍與拖鞋。她愛極了這裡的浴袍，彷彿被溫暖的雲朵包裹著，要不是體積實在太龐大無處藏匿，她早就偷一件回家了。有趣的是，康兒非常確定拉蕾會很樂意送她一件，只是她拉不下這個臉。她如此強烈地意識到自己的貧窮，以至於無法開口索取禮物。

回到中庭時，拉蕾將康兒安頓到一張豪華舒適的扶手椅上，並用ＬＦＤ傳送今日菜單給康兒。康兒的視野中跳出菜單，儘管已經知道想吃什麼，她還是很快地看了一下。在現實生活中，康兒無法盡情大啖壽司，但再生中心請了一位廚師。他們從不使用食物列印機，而是提供道地的養殖鮪魚。她點了彩虹壽司捲和毛豆。如果可以，她眞想來點熱清酒緩和緊張情緒，只可惜進行更新前十二小時內不許喝酒。她倏然一驚，往回推算。昨晚喝完酒是幾點？程序開始時，應該已經隔得夠久了。

「修個指甲？」拉蕾問道。診所提供許多舒適服務來轉移客戶的注意力，讓他們暫時忘記來此的眞正原因，美甲便是其中一項。最好還是專注於新燙好的衣服、舒服的浴袍和日本錦鯉那安撫人心的美。她花了好一段時間才漸漸接受昏迷之際有人碰觸她，不過一醒來就有修得美美的指甲，怎容錯過。

「我想上個淺橘色好了。」

拉蕾記下康兒的選擇，隨後吞吞吐吐地說：「我有事要招認。」

「聽起來不太妙。」

「我搜尋『喚醒幽靈』樂團，聽了幾首你們的老歌。」

「是嗎？妳不必那麼做的。」康兒說，其實她眞正的意思是*眞希望妳沒那麼做*。

「我說眞的，」拉蕾說：「你們實在太棒了。我這才知道怎麼會有那麼多關於你們樂團的傳聞，你們的聲音好美。」

「謝謝。」康兒回答，同時希望話題到此爲止。

「妳還在唱歌嗎？」

康兒點點頭，卻不太想談這個。事故發生後，她曾試圖放棄音樂，但她發現那是她無法拋棄的一部分自我。沒有腿的日子或許還更容易過。然而，她迴避了讓「喚醒幽靈」取得唱片合約的那類型音樂，轉而與一些沒有機會錄製唱片的地方樂團一起表演。這樣能保她安全，至少她如此告訴自己。

「妳下次要表演的時候，可以告訴我嗎？我想去看。」

「好的。」康兒說，卻沒想到要提她剛剛答應和「風信雞」合作的演出。

拉蕾微微一笑，意識到自己越線了。「那好吧，總之，我真的很喜歡。我過幾分鐘回來，妳就先開始吧，好嗎？」

每次更新前，總有同樣的表格要填，同樣的免責切結書要簽。**請在此簽名，以確保萬一更新過程中意外讓你的大腦變成三種起司歐姆蛋，再生中心無須承擔任何責任。**一頁接著一頁全是類似的法律用語，枯燥乏味。拉蕾將表格丟到康兒的ＬＦＤ，便即離去。康兒脫去拖鞋，盤腿而坐，打開第一頁，是醫療問卷。

姓名：

康思坦絲．艾妲．達西

出生年月日（歲）：

二〇一六年一月十日（二十二歲）

她被告知上一次更新是在四十四天前。接著一份詳盡、老套的免責聲明跳了出來，宣稱再生中心強烈建議兩次更新的間隔不要超過三十天，以避免複製人產生神經與心理上的併發症。假如客戶意外早逝，而且距離最後一次更新已超過九十天，再生中心將不會使其複製人重生。這段話等於是用法律術語在說，你倒楣到家了。康兒跳到最底下的框框打勾，證明她已閱讀並了解所有風險。

她確實了解，而且最近開始納悶自己爲何要冒這些風險，也因此才會遲了兩個星期沒做每月更新。她內心十分掙扎，不知是否該就此放手，繼續過她的人生。但又下不了決心這麼做。她知道這多少和車禍有關。儘管複製人技術的道德問題困擾著她，但做好一個替代備份總覺得比較放心。會這麼想的客戶，不可能只有她一人。再生中心如此努力想讓人忘記他們爲何來此，並非沒有原因。記憶中，她一次也沒有聽到或看到過「複製人」三個字，一切都以委婉的字詞加以裝飾：**備份、服務員、更新資料**。所有的設計都是爲了讓客戶放鬆心情，忘卻一個令人驚慌的事實：他們那沒有生命的分身正在一旁等待著，以防災難降臨。

拉蕾回來後放下一個銀托盤，五錠藥丸雅致地排放在餐巾上——《愛麗絲夢遊仙境》式的藥物，能讓康兒的內心處於有利作業的放鬆狀態。即便吃了藥，倘若意識中有一絲不情願，上傳也不會成功，但無論如何藥物能讓過程順利些。拉蕾等到康兒吃完藥又再次離開，說是等康兒填好了表格再回來。

∪ ∩ ∪

「都好了嗎？」拉蕾問道。

康兒猛地抬頭。本該塡寫表格的她，竟神遊發呆起來。嵌在眼窩裡的眼睛好像變得太小。

「什麼？沒有，我還沒吃東西呢。」康兒說著指向一個用餐托盤，上頭除了一些薑片和一小團哇沙米之外，空空如也。是誰吃了她的壽司？她環顧四周尋找罪犯。穿著浴袍的老人也不見蹤影了。巧合嗎？康兒皺起眉頭。但在她的ＬＦＤ上，一道綠色光環顯示表格已完成。她是什麼時候塡寫完的？她注意到自己的舌苔變得好厚，並咂咂嘴唇，愉快地聆聽那聲音。

「妳好美啊，」她對拉蕾說：「妳是筆管裙女王。」

放任、無禁忌是藥物的副作用之一，另外還有短期失憶。也許是因爲這樣，她才不記得自己已經吃過藥。康兒只恨不得扯掉那支金色髮夾，看看拉蕾披散頭髮在肩上的樣子。

「謝謝妳。」拉蕾溫柔地說，同時蹲下來替康兒穿上拖鞋。

「所以這地方有多爛，妳是知道的，對吧？」康兒小聲地說，像在分享兩人之間的祕密。

「好啦。」拉蕾邊說邊輕聲笑了笑，彷彿在容忍一個在親子餐廳裡脫光衣服的三歲孩童。「該來一趟小旅行了。準備好了嗎？」

「準備好——了。」康兒拖著長音回答。

她站起身，搖搖晃晃踩不穩，幾乎是跌坐到等在一旁的輪椅上。拉蕾推著她經過一條走廊，只是廊道似乎愈走愈長。又是藥物的作用，使她的視線變得又長又扁平，就像站在兩面鏡子之間。拉蕾緩緩將她推進更新套房，接下來在她通過醫藥評估可以離開之前，得在這裡待上六個小時。

拉蕾將康兒的ＬＦＤ移除，幫她脫下浴袍。康兒開心地跌坐進人體工學椅，不管再生中心再怎麼試圖掩飾，這椅子看起來就是像牙科診所的診療椅。拉蕾開始設定更新程序，手指在空中舞動猶如彈著鋼琴作音階練習。感測器從頭靠處彎彎曲曲升起，連接到康兒的頸部與頭皮，並像一隻巨大的千足蟲貼靠上她的脊椎。本該是恐怖至極的事，但在藥物產生的安全朦朧意識中，她只覺得有數十根手指在按摩她的背。有一根平凡無奇的平滑柱子從天花板降下來，停在離她額頭約三十公分處。這時康兒聽到輕輕的嗡鳴聲，她的生命跡象填滿了嵌在牆壁的螢幕上，那是房間裡唯一讓客戶感到安心的東西。

喬醫師出現在她手肘旁，問她感覺如何。拉蕾是康兒的服務員，但喬是分院的主管，會親自監督每一次的更新。他連上拉蕾的ＬＦＤ，再次檢查她的設定。他如慈父般的存在能安撫人心，加上對待病人經驗老到，總能幫助康兒安下心來。無論能得到什麼樣的幫助，她都需要。他們準備上傳她的意識、她的記憶——造就她成爲她的一切——的完美影像，儲存在大型量子電腦中，以防萬一她在下一次回診之前死去。

假如她死了，植入在她頸部的生物辨識晶片會記錄她的死亡並通報再生中心，診所便會立刻將她儲存的意識下載到她的複製人，好讓生命能盡可能無縫接軌。康兒想到這裡格格一笑。又是藥物作用。這並不好笑，但又挺好笑。生命會繼續下去。這實在是病態得太好笑了。

「別再出聲了，康思坦絲。」喬醫師說：「記得要正常呼吸。」

「抱歉，醫生。」她說。

「妳同意進行更新嗎？」他問道。

「同意。」

「好，我們幾小時後見。」

這時開始播放大衛．鮑伊的〈The Man Who Sold the World〉。再生中心發現更新過程中，音樂是有效的潤滑劑，因此鼓勵客戶列出個人化的播放清單。要複製自己的大腦，康兒想不出有哪張專輯比大衛．鮑伊更合適。他去世那天正好是她的生日。在一個小孩看來，這其中意義份外重大，她也和之前幾個世代的邊緣人一樣，從他的音樂獲得信心，相信與眾不同便能得到力量。她第一次參加才藝比賽得獎，正是翻唱〈Heroes〉。母親震驚又氣憤，但那時的康兒已經不在乎，也或許比較誠實的說法是，她已經不願承認自己在乎了。倘若眞有一門技藝是讓人徹底硬起心腸，不理會父母親的失望，那她還沒學會。

阿志和她一樣熱愛大衛．鮑伊。最初他們會愈走愈近，就是因爲兩人都愛極了「瘦白公爵」。他們的邂逅是在她成爲德州大學奧斯汀分校大一新生的第一個星期。那個週四，她的新朋友史黛菲．瑪茨介紹他們認識；到了週日，兩人便已形影不離。她對音樂的品味廣博而深奧，阿志是頭一個能並駕齊驅的人。第一天晚上，他們連續聊了十二個小時，一把吉他遞過來遞過去，互相爲對方彈奏歌曲。那是她這輩子最美好的夜晚，在那個夜裡，她的地平線確實衝出了她那塵土飛揚、方圓僅三條街的家鄉。星期日晚上，阿志坦承他正在和室友休．巴贊組樂團，吉他手還沒著落，而下一個週末就要首度登台演出。所以史黛菲才會爲他們引見。

「所以這只是面試？」她問道，內心既興奮又失望。

「本來是的。」他回答。兩人隨即接吻，沉浸在可能性的熾熱光輝中，暖洋洋的。

她這年十八歲，人生終於得以開展。

康兒強自鎭定，極力假裝沒有感覺到這一吻有如連鎖閃電從她的脊椎急竄而下，便開口問樂團取名了沒有。阿志搖頭說，到目前爲止想到的名字都很糟。康兒建議採用鮑伊某次受訪時說的一句話——他說音樂喚醒了他內心的幽靈：「不是惡魔，你明白吧？是幽靈。」阿志喜歡極了。下個週六，「喚醒幽靈」便在奧斯汀第六街的一間小夜店演出他們的處女秀。結果不怎麼樣，但他們都感覺到潛力無窮。當湯米．迪歐在下一個月加入樂團擔任鍵盤手，他們也終於建立起自己的音樂風格，為樂團開啓了未來的路。

令她痛苦的是她記得阿志最初對她說的話，卻不記得他最後說了什麼。如今的他既是她的幽靈之一，也是她的惡魔之一，想到他就讓她覺得窒息。天哪，她好想他。

開始更新後，皮膚覺得微刺，視覺變得空洞。她最後的記憶是拉蕾對她說，過幾個小時再回來看她。

然後就陷入黑暗。

第四章

在攀爬過灰色隧道朝清醒意識前進之際，康兒知道事情很不對勁。更新上傳資料後的宿醉感覺鮮少是愉快的，卻不曾如此難過。差得多了。她的頭好像泡在水裡，兩側太陽穴有壓力持續不斷地累積。滴、滴、滴。她感覺大腦彷彿被塞進一個濕透的火柴盒。不，不是大腦，是心智。而且它想出來，非常地想。

她不由自主地打呵欠，這一點倒是正常。儘管更新過程表面上類似慢波睡眠，卻不是眞正休息。診所在簡介時便解釋過，抑制前額葉皮質雖是模擬睡眠，大腦的其他部位卻是活力四射，有如中了百萬大獎的吃角子老虎機。因此清醒後感覺比較不像醒來，反倒像是參加了全世界最大的龍舌蘭釀酒廠的導覽行程。

當她睜開雙眼，眼睫毛緊黏在一起好像剛剛哭過。偶爾是會這樣。再生中心稱之爲「自主情緒反應」，是海馬迴受到強烈刺激後的副作用。康兒則說這是精力被搾乾。雖然光線暗淡，那炫目的光卻宛如緊急照明彈似的刺入她的視網膜。她想舉手遮眼，但手臂沒有反應，她甚至感覺不到它的存在，就好像肩膀以下什麼都沒有。她試圖抬頭確認自己的手臂還在，不料脖子也不聽話。一個可怕的念頭閃過。過程出了差錯，他們不知怎的搞砸了。她緊閉雙眼，力圖鎮靜。

再生中心將上傳資料列爲例行性門診流程。當然，早期曾出包過幾次，在椅子上留下冒煙的植物人——不是複製貼上，而是剪下貼上。不過再生中心宣稱這些問題都已解決，最新一代的上傳失誤比例已小於百分之〇．〇〇〇〇〇〇四五三六。康兒將這個數字默記下來，因爲那無限小的小數字能讓人安心。在更新過程中神經被切除的機率，比在山頂上受鯊魚攻擊的機率還低。至少再生中心是這麼向客戶保證的。

她在說話聲的鼓舞下重新張開眼睛。一對男女慢慢在她視野聚焦。這兩人康兒都不認識，但較令人惴惴不安的是，沒看到拉蕾．阿斯卡麗。更糟的一點是，他二人的手術服外面都套著白袍。在再生中心，沒有人會作醫師打扮，從來沒有。轉移客戶的注意力，不讓他們去想自己的所在，這是再生中心的精心規畫手法。光是這一點就比身子難受的感覺更讓康兒驚恐。她張口欲問出了什麼事，卻只發出低低的、咿咿呀呀的呻吟。**好極了**。實驗室的技術人員瞥了她一眼，便又繼續看自己的ＬＦＤ。康兒決定再試一次與他們展開第一次接觸。

「喬醫師在哪裡？」她用粗啞的聲音說。不好聽，但有進步。

女技術員不解地看著夥伴。

男技術員解釋道：「喬以前在這裡工作，妳進來以前就離職了。」

女技術員露出驚愕表情。「這都多久以前了？」

「十八個月。」

「不，」女技術員說：「不可能。」

「她的時間標籤上是這麼寫的。」

「瘋了吧。是誰授權的？」

「過程是自動啓動的。」他提醒她。

「對，但會有適當的安全檢測。」

「所以說有人搞砸了。」他附和道：「大大地搞砸了。」

康兒很討厭他們一邊談論她一邊又把她當空氣。「喂，」她喊道：「喂！」

兩名技術員隨即住口。

「你們誰來解釋一下這到底是怎麼回事好嗎？你們對……做了什麼？爲什麼……不能……」她結結巴巴，說出下一個字前頓了一下，像打嗝一樣。「……動？喬醫師呢？」

他們剛才說他離職了，但一定是她誤會了。

男技術員瞄了夥伴一眼才回答：「喬醫師已經不在這裡工作了。」

「你在胡說什麼？……今天早上才看到他。他在哪裡？」康兒質問道。

「他在加州找到一份工作。」

「在六個小時內？」她的口氣一個字比一個字更強。也許她還沒被完全搞砸。

「是九個月前。」他幾乎是帶著歉意說。

康兒的寒毛豎了起來。眞諷刺，這竟是她醒來後，脖子以下第一個出現的感覺。他們眞的把她搞砸了。只有這個解釋。她環顧四周，細細審視周遭環境。這裡不是恢復套房，看起來像是手術室——潔白無瑕，到處都是機器與監測儀。他們搞砸了她，然後把她移到這裡來。康兒試圖坐起來，但身體仍然不聽使喚。她的手指腳趾開始刺痛，好像血液開始回流入原本沉睡的四肢。她頓時驚慌起來，監測器的警報聲開始大作。

「她會中風。」女技術員說。

「達西小姐？達西小姐！妳要盡可能冷靜。」男技術員對她說。

「你們對……做了什麼？」康兒再次結巴，無法說出完整的句子。簡直就像喬珥阿嬤某張舊唱片上的刮痕會製造的聲響。

「一切都會沒事的，只是妳得冷靜下來，妳得呼吸。妳可以做到嗎？」

「你們做了什麼？」她又問一次。「怎麼連一個簡單的更新都會搞砸？」

男技術員清了清喉嚨，卻被夥伴打斷。「別說。不該由我們來說。」

「諮商師呢？」他說：「現在也該有人來了。必須讓她知道是怎麼回事。太殘忍了。」

「對，但不是我們。這樣嚴重違反程序。」

「她已經第十八個月。早就已經違反程序了，不是嗎？」

「你會害我們兩個都被炒魷魚。」

「我會說是我一個人做的，可以了吧？」他正視著康兒直到兩人目光相交。「達西小姐，這不是在上傳，這是在下載。歡迎回來。」

康兒滿頭霧水地瞪著他看，她不是聽不懂這些字句，而是難以明白他的意思，又或者她是不願接受，才會氣憤地縮起身子。

「不，」康兒說：「不，你們弄錯了。」他們以爲她是複製人，瘋了吧。她必須告訴他們應該有什麼地方搞錯了，應該是某種文書作業上的錯誤。她沒有死。她只是來做例行性上傳。她人就在這裡，她是本尊，不是複製人。她是康兒．達西。**唯一的**康兒．達西。他們弄錯了。

「沒有弄錯，」他說：「我保證。」

「不，你們聽……說，這是……」

手術室的門猛然打開，走進一名白人女性，身穿樣式保守的灰色套裝。兩名技術員都恭敬地後退一步。

「芬頓博士。」他們異口同聲向她打招呼。

芬頓博士一個彈指，命令他們離開實驗室，他們一言不發立刻飛也似的離開。康兒讓頭轉到一邊，以便看得清楚些。這個博士瘦得有如鐵道釘，整個人看起來好像完全都由直角構成。年近六十歲的她有張瘦削、冷酷的臉，彷彿周遭時刻圍繞太多無能的人把她折磨成這副樣子。有三個表情嚴峻的醫生和一個年輕助理如喪家犬般，跟在她身後偷偷溜進來。

「這東西怎麼醒了？」芬頓問道。

康兒的左手不由得握起拳頭。她心想她和這位芬頓博士應該沒法當朋友。

「下載是自動啓動的。」一位高大的印度裔醫師說。他緊張得額頭汗濕發亮，並左右張望想得到同事的背書，卻無人開口。

「我知道下載是怎麼運作的，普拉納夫醫師。」芬頓厲聲道：「問題是，它爲什麼會自動啓動？這個帳號爲什麼沒有封鎖？」

「我不知道，芬頓博士。事情就是這樣。」

「事情就是這樣？」芬頓瞇起眼睛說：「你再說一遍，鮑伯。」

普拉納夫醫師不肯再說一遍。「我知道，我……」

「這個部門和部門裡發生的一切都由你負責，」芬頓的聲音有如小木槌重重敲落，立即讓他住嘴。「根本是一團亂。」

誰也沒有反駁她的評語，尤其康兒更是聽到驚呆了。

「重新檢驗每個客戶的狀態。」芬頓博士接著說：「我要知道這是個別的人爲疏失還是整個系統出了問題，又或者我們沒有採最高標準，但願不是吧。」

「不可能的。」普拉納夫醫師說。

「在排除之前，沒有什麼是不可能的。」芬頓駁斥。

「有沒有人能告訴……這是怎麼回事？」康兒問道。

沒有人對她的提問有所反應，更甭說是回答了。

「……在跟你們說話！」

依然沒有回應。這簡直是活生生的噩夢。她就像被釘在解剖盤上的標本，動彈不得，只能聆聽這些惡鬼般的人針對她作臨床討論。她的右手緊抓檢查床邊緣，因用力而抽搐。

「服務員是誰？」芬頓問道。

助理從自己的ＬＦＤ拉出資料。「拉蕾．阿斯卡麗。她今天休假，不過她已經在來的路上。」

康兒頓時全身鬆懈下來。拉蕾很快就會到了。拉蕾會聽她說，也會向他們解釋這一切都只是一場可怕的誤會。

「它的數據怎麼樣？」芬頓問。

「還不完整。」助理說著將圖表丟到芬頓的ＬＦＤ。

芬頓用修得美美的食指滑動圖表。「這些神經訊號數據有多久了？」

「這是起始數據，所以超過十二小時了。」普拉納夫醫師說。

「好吧，」芬頓悲哀又嚴肅地嘆了口氣。「這些檢測每六小時重跑一次，三十六小時後再看看有沒有什麼進展。」

「是的，芬頓博士。」

「等等，」芬頓說，康兒的圖表上有個東西吸引了她的注意。「這是艾比蓋兒·史提克林的外甥女？」

聚集在此的醫生似乎都不知情，大夥兒紛紛在自己的ＬＦＤ拉出圖表來。

「好像是。她想必是在我之前那位喬醫師的客戶。」普拉納夫醫師附和道，顯然很高興能把責任推卸給另一個人。

芬頓則首度露出不確定的表情。每個人都在尷尬的沉默中等候著。

「芬頓博士？怎麼了嗎？」普拉納夫醫師問。

芬頓擺擺手沒有回答他的問題，只說：「拉蕾·阿斯卡麗到了以後，叫她馬上來見我。在那之前，不許任何人出入。」

「那客戶呢？」

芬頓用冷靜算計的眼神看著康兒。「重新讓它昏睡，等我找機會去和董事們談。」

醫生們唯唯諾諾之際，芬頓已經半走向房門，大家連忙跟上去。康兒掙扎著想坐起身來，只是雙臂仍無反應。看著房門前後搖晃，說話聲漸漸遠去，她木然躺臥不敢置信。

「等一下，」康兒喊道，一股可怕的孤寂感入侵她的全身關節。實驗技術員的話在她耳畔回響：

這是在下載，歡迎回來。

女技術員回來了，這次只有她一人，還站得離康兒遠遠的，才將自己的ＬＦＤ重新與手術室連接，背對著康兒輸入指令。

「……不是複製人。」康兒對她說，還是結巴。

技術員抖了一下，沒有回答。康兒扭動身體坐了起來，這回手臂聽話地壓住床台。她感覺到輕輕的拉扯力道，低頭一看，發現手背與臂彎都插著點滴針頭。她得趁技術員重新給藥之前把針頭拔掉。

她忽然愣住。

刺青不見了。整條手臂的刺青，全沒了。她的左臂光溜溜的，不只如此——還是原始面貌。指甲也不是橘色，還超乎自然的長。怎麼會長得這麼快？她伸手摸摸耳垂，並順著軟骨往上摸。耳洞也都不見了，甚至感覺不到原本應該有穿孔的地方。她接著查看腿，卻讓自己陷入可能精神崩潰的危險。膝蓋上沒有疤痕，彷彿車禍從未發生過。但車禍確實發生過，那麼這代表什麼意思？

妳知道這是什麼意思。

她的思緒逐漸被一片迷霧籠罩，鎮定劑開始發揮效用。她的手臂沒了力氣，身子也跌回床台上。只可能有一個解釋，一個可怕的、無可迴避的解釋。

她已經死了。

不是她。

是另一個她。原本的她。

假如康兒·達西死了，她會怎麼樣呢？

幸好，在她還沒能回答之前，鎮定劑生效了。

第五章

當康兒第二度在手術房醒來，拉蕾就站在她身旁，頭髮剪到及肩長度，康兒覺得說不通，後來才想起她們上次見面已是十八個月前。實在很難保持思緒清晰，因爲她的記憶感覺好新，彷彿幾小時前才到再生中心來更新上傳資料。她仍能嚐到上一餐留在舌尖的哇沙米味，雖然非常不可能，畢竟那根本不是相同的舌頭。

「歡迎回來，康思坦絲。」拉蕾迅速而熟練地替康兒修剪指甲。

「是眞的，對不對？」

「是的，康思坦絲。」拉蕾點點頭，剪下最後一片指甲。

「……是怎麼死的？」

「現在沒時間說這些，康思坦絲。」

「怎麼說？」康兒問道。

拉蕾緊張地覷房門一眼。「我發誓我不知道。妳的生物辨識晶片記錄了二十小時前發生死亡事件。公司沒有等到查明細節，下載程序就自行啓動了。這妳是知道的。我們得馬上離開，康思坦絲。妳能走嗎？」

「……還沒試過，」康兒結巴地說：「爲什麼……說不出……？」

「妳可以爲我做一件事嗎，康思坦絲？」拉蕾說。

康兒只點點頭，以免又結巴起來。她不知道拉蕾爲何一再反覆地喊她的名字，但有種儀式化的特質，像在唸咒語或是禪修時的誦唸，而拉蕾每喊她的名字一次，就像在她腦中敲響鐘聲，清晰且撫慰人心。

「告訴我妳是誰，康思坦絲。」拉蕾說。

康兒原以爲要做某種生理測驗。「就這樣？」

「就這樣，康思坦絲。」

康兒張嘴，卻連第一個音節也無法發出來。她額頭開始冒汗，於是閉上嘴巴，不再呆呆地張著。

「康、思、坦、絲。」拉蕾鼓舞著她，同時將名字切分開來，讓她比較好駕馭。

沒有用。

「我……是……」拉蕾邊點頭邊說。她略等片刻，又再次鼓勵她。

到了第三次，康兒跟著她一起說。一字一頓地，猶如生鏽的引擎。

「我……是……」

「做得好，接著說完。」拉蕾勉勵道。「康思坦絲。」

光是說出自己名字的時間，康兒都可以唱完〈Station to Station〉了。眞是丟臉，說完之後她面紅耳赤尷尬不已。

拉蕾露出鼓勵的微笑。「很好，很好，很棒的開始。我要妳自己練習說：『我是康思坦絲・達西。』一口氣重複十遍。」

「……是怎麼了，」我這個字卡在喉嚨出不來。

「人稱代名詞，姓名，在恢復初期都很困難。原因不明，但妳需要練習把自己想成是康思坦絲・艾妲・達西。」

康兒想跟拉蕾說那樣很蠢，她當然知道自己是誰，可是話語不肯配合。沮喪之情想必顯露在臉上了，因爲拉蕾捏捏她的肩膀安慰她。

「沒關係，康思坦絲。這是每個人一開始都會經歷的。重生並不像手冊裡寫得那麼天衣無縫。」拉蕾一面說話，一面幫她調成坐姿，然後開始拔除點滴。「但過兩天，情況就會好轉，我保證。妳的新大腦在非常短的時間內就長出二十四年份的神經通路，身心之間的關係異常脆弱，儘管施以藥物治療，對系統而言還是巨大的衝擊。普通情況下，我們會請諮商師協助妳度過這個階段，可是現在沒有時間了。」

「爲什麼？」康兒問道，卻又害怕聽到答案。

「因爲如果不讓妳離開這裡，芬頓博士就會把妳刪除。」

「刪除……？」她又結巴。

「妳能站起來嗎，康思坦絲？」拉蕾問道，同時扶她下檢查床。

康兒以爲自己做不到，不料竟站了起來，身子前後搖晃。過了一會兒，她的視線充滿灰色雜訊畫面，膝蓋癱軟。

拉蕾接住了她。「會過去的，會過去的。」

「眞是要命的姿勢性低血壓，」康兒感覺血液在耳內轟然作響，頭暈目眩地說。其實稱這是姿勢性低血壓一點也不合理，畢竟她從來沒有站起來過，這個身體沒有。

她視線變清楚後，拉蕾扶她到一個小置物櫃旁。再生中心的客戶人人都有這麼一個小櫃子，以防萬一需要提早下載。一如同卵雙胞胎，複製人與本尊的指紋並不相同。因而開啓置物櫃需要的是舊式PIN碼與臉頰掃描。裡面有一套衣服、一個單一吊飾的鑰匙圈、康兒身分證件的實體副本、一個事先安裝了她的聯絡簿與銀行資訊的LFD備份，和一個數位硬碟，裡面存有她的出生證明與公證過的法律文件，以證明她是康思坦絲．艾妲．達西的複製人。啓動她新人生的工具包。

拉蕾留下她換衣服，自己則去巡視走廊。回來時，康兒正在與鞋帶奮戰，看來精細動作機能是格外大的挑戰。拉蕾於是蹲到她腳邊，替她繫好鞋帶。

「她爲什麼想刪除我？」康兒問道。

「因爲妳有十八個月的時間差。到目前爲止，那還在我們的安全範圍之外，我們甚至沒有可靠的相關數據。董事會擔心如果讓妳出院，而妳變得」——拉蕾略一停頓，想找個婉轉些的說法——「不可靠，那將會是一場公關災難。要是再讓反複製人團體抓到更多把柄，再生中心可承擔不起後果。」

一下子資訊太多，難以消化，但康兒知道拉蕾說得對。再生中心創辦初期，曾發生過複製人思覺失調的事件。有一個複製人殺害了自己全家人，與芝加哥警方對峙到最後，舉槍自盡悲劇收場。他從頭到尾都堅持要和大衛・萊恩茲交涉，警方想方設法仍無法說服他相信，其實他自己就是大衛・萊恩茲。輿論指稱這場「芝加哥大屠殺」證明了聯邦政府有必要中止複製人技術。接下來數年間，再生中心努力不懈，證實類似的異常現象已是過去式，以消除民眾疑慮。假如公司認定康兒會危及這份努力，必然會不惜代價保護自己的權益。

拉蕾接著說：「只要妳繼續留在院區內，就不算是人。妳明白嗎？他們可以把妳刪除，紀錄想怎麼寫就怎麼寫。根本不會有人知道妳曾經重生過。」

康兒打了個寒噤。「謝謝妳。」

「先別謝我，這也許是個錯誤，也許董事會才是對的。我得老實說，妳不會發生嚴重心理問題的機會很低。」

「有多低？」

拉蕾轉開目光。「不知道。再生中心做過延遲超過十二個月的模擬實驗，但純屬理論。我們知道時間差愈長，愈會壓迫到身體接受下載的能力。這就是爲什麼只要超過九十天，我們就會封鎖客戶，而妳已經十八個月沒有更新了。」

「你們試過最長的下載時間差是多久？」

「就是妳。差太多了，也無法確知會對妳造成什麼影響。」拉蕾遲疑了一下。「這樣吧，如果妳願意，我可以讓妳重新睡去，會很平和，沒有痛苦，我保證。但我認爲妳有權利自己決定。」

要是康兒對等在前頭的未來更了解一些，知道外面的世界有多嚴酷，應該就會爬回檢查床，讓拉蕾重新替她接上點滴。但即使最近幾乎快被憂鬱情緒給壓垮，她都從未想過要自殺。現在也還沒準備好要動手。

「算了，我都已經穿好鞋子了。」康兒希望自己的口氣聽起來比內心的感覺更勇敢。

拉蕾淺淺一笑，如今兩人已成共犯。「那跟我來吧。」

她帶領康兒走到外面一條沒有窗戶的長廊。行進的速度很慢，康兒還得一手扶牆保持平衡。走路的感覺比她印象中更複雜，單單只是跨出一步，就得分別專注於兩條腿的動作。儘管燈光明亮，天花板又高，她卻覺得位在地底深處。她們經過一連串類似金庫的門，門上從「W1」標到「W8」，最後來到一個無人的護理站停下。

「大家都到哪去了？」康兒問。

「睡覺。」拉蕾說：「要是出問題，警報器會叫醒夜班人員。放心，我解除妳的警報了。」

「保全怎麼樣？」

「客戶區很嚴，不過是對外。」

康兒狐疑地看她一眼。

「是用來阻擋外面的人進來，不是防裡面的人出去。」拉蕾解釋道：「『亞當之子』和其他一些瘋子曾經幾次試圖闖進來，想拍攝我們未啓用的複製人作爲宣傳之用。不過，以前從來沒有人闖出去過，這點對我們有利。」

靴子的回音讓她們倆立刻警覺起來。是巡邏的警衛，聽聲音似乎正往這個方向來。拉蕾低咒一聲，連忙環視四周尋找藏身處。護理站太小，但也來不及跑到下一個走廊交叉口。拉蕾於是將康兒循原路往回拖。

腳步聲愈來愈響。她們已不可能退回到手術室——以康兒這種搖搖擺擺、活像喝醉企鵝般的姿態是不可能。拉蕾在編號「W7」的庫房前停下來，掃了她的識別證、輸入她的生物辨識資料，然後用力拍打門，因爲門遲遲不開。

「快點，」她哀求道：「快點啊！」

房門發出怒氣沖沖的嘶嘶聲，開始緩緩向內開啓。

拉蕾這才鬆了一口氣。「還以爲我已經被他們封鎖在系統外。」她將康兒推入幽暗的房間。「找地方躲起來，好嗎？我去敷衍他們一下，但他們一定會檢查這裡。」

一個男人的聲音喊道：「喂，誰在那裡？」

拉蕾全身僵住。康兒從門縫看見她轉身走向兩名警衛，盡可能裝出爽朗輕鬆的語氣。「嘿，葛波，被你嚇一跳。是想給女孩子一點顏色瞧瞧嗎？」

「拉蕾？這麼晚了，這裡不應該有人的。」警衛幾乎是帶著歉意說。

「我知道。但你應該聽說我的史詩級砸鍋傑作了吧？芬頓博士一直嘮嘮叨叨，要我在她明天早上上班以前把事情處理好。我需要進庫房查看設定好寫報告。不用五分鐘。」

「妳不應該在這裡的。」另一名警衛說，聽到拉蕾吐苦水也不為所動。「妳一個人嗎？」

康兒退離門邊一步，很快地往房裡瞥一眼尋找藏身處。電腦螢幕照亮的房間，有如布滿螢光藻的水底洞穴。她看見狹長房間（差不多有一個街區那麼長）的兩邊牆壁上，有一整排一模一樣的吊艙。她當下定住，呆立不動，明白了自己身在何處。客戶與再生中心簽約後，需要花幾個月的時間，讓複製人快速成長到符合客戶目前的年紀。之後，未啟用的複製人會儲存在自我監控的高壓氧醫療艙內——再生中心稱之為「子宮」——年齡與客戶同步增長，等著一旦本尊遭遇不幸便接手他們的人生。她讀過關於這些子宮的訊息，但從未親眼目睹。再生中心以外的人誰也沒見過，連客戶本人也不例外。她目瞪口呆注視著最近的子宮，心裡明白為什麼不讓人看了。只要被外界看到這樣的複製人，就等於為美國複製人技術的合法化敲響了喪鐘。

妳也是其中一個。光是想到就讓她巴不得爬離自己的皮囊。

不行，她斥責自己。她來自德州聖安東尼奧西北的連茲柏勒市。她今年二十四歲。

有個聲音宛如扭曲繚繞的煙，問她眞是如此嗎？

「我是康思坦絲・達西。」她昂然回答，並用力捏一下手腕的皮膚，這是她從少女時代養成的習慣，利用劇痛來集中注意力。透過子宮的玻璃面，可以隱約看出一個裸體男子的陰暗輪廓，他的臉發黃、空洞，皮膚質地好像生雞肉。下一個子宮裡是個紅髮男孩，頂多七歲，睡著了一般。誰會送一個小孩來做這個？康兒凝視著男孩，一個空洞的小木偶，置身於這些格格不入的生物群中，竟顯得那麼眞實、那麼栩栩如生。這算是人，還不是，賦予他們生命所需的火花，儲存在這棟大樓另一處，一部大到匪夷所思的量子電腦內。那麼，在那之前他們是什麼？現在的她又是什麼？

高級假肉。「亞當之子」創辦人兼反複製人運動領袖，法蘭克林・巴特勒在某次示威集會時，就站在林肯紀念堂的台階上，用這個詞來形容他們。當時的她，只把重點放在自己的餐點上，認爲那無非是憤怒的措辭而不以爲意，但如今處境迥異，康兒想到這句話的醜陋意涵不由得打起寒顫。目睹仇恨與身爲仇恨標的之間的鴻溝寬似大海。幸好，又或許是很不幸地，這些問題以後才要考慮。因爲要是警衛發現她在這裡，那麼其他一切便都無關緊要。問題是這房間雖然不小，卻幾乎無處藏身。她所能看到唯一的選擇就是鑽到兩個子宮之間，並祈禱警衛只往庫房內草草看上一眼。然而，哪怕單一個複製人的標價都令人咋舌，她不太相信他們會如此草率行事。

她在一個敞開的子宮前停下腳步，怔怔地仰視空艙。這有可能是她的嗎？外面走廊上，警衛的說話聲愈來愈響亮。他們將會發現她，將她刪除。她現在還有另一個地方可以躲，可是光用想的就讓她起雞皮疙瘩。她將T恤和無鋼絲內衣從頭上硬脫下來，爬進空子宮，拉上蓋子，並用上衣衣襬卡住以免子宮被鎖上。她強忍住幽閉恐懼引發的啜泣。由於手指無法解開鞋帶，頂多只能把牛仔褲和內褲往下強拉到腳踝處，同時祈禱警衛不會逗留太久。

一道手電筒光束掃過房間。康兒闔眼閉氣，恨不能陷進構成子宮背部的凝膠網墊。一切還算順利，直到她開始心生疑慮，覺得似乎聽見上鎖的聲音。萬一被困在這裡面該怎麼辦？活著，有意識，卻被誤認為尚未啓用的複製人？無論怎麼捶打玻璃也不會有人聽見，不會有人放她出去。這念頭是如此逼真，如此真實而駭人，她的手不由得抽搐起來，手指彷彿試圖自動斷離逃跑。她屈指握拳。**我是康思坦絲・達西**，隨著警衛逐漸接近，她如此提醒自己，並像禱告似的反覆默唸，強自鎮定文風不動。警衛經過她的子宮時並未放慢腳步，但她始終不敢動，直到聽見沉重的庫房門砰然一聲緊緊閉合，她才睜開眼睛。

阿志從陰暗處走出來，用指節敲打玻璃引她注意。康兒畏縮了一下，抬起雙手摀住眼睛。

「湯米呢？」阿志問道，迫不及待想要上路了。

「你開車沒問題嗎？」康兒半敷衍地回答，輕而易舉便溜入回憶中。她很渴望繼續趕路前往北卡的羅里市，但又不得不承認湯米說得有理：阿志看起來精疲力竭了。六天內在五個城市演出，大夥兒全都累垮了。一週下來，所有人連同所有裝備擠在一輛廂型車內，相互之間已不只是厭煩而已。她愛他們，可是大家都快把彼此逼瘋了。就像家人一樣。上台表演前，團員表決確定不要在華盛頓過夜，而是繼續開往羅里。

這是康兒的主意，儘管距離在羅里的演出還有三天。假如直接殺過去，她和阿志就能有四十八小時不間斷、屬於兩人的時光。他們已經將近兩星期不曾獨處，對他的渴求已讓她的心開始隱隱作痛。他們要在旅館房門外掛上「請勿打擾」的牌子，直到登台之前都不露面。和阿志翻雲覆雨整整兩天。她簡直等不及了。

只有湯米一人堅持不讓步，主張留下來，先好好睡一覺再說。急什麼呢？湯米問。然而，少數服從多數。這是樂團的原則。不過事後想想，每次阿志不都是馬上舉手，好讓大家知道他的意向？而哪次康兒不是跟著他舉手。再想想，史黛菲和休不也幾乎每次都是如此？獨留下湯米成爲樂團中唯一不受歡迎的理智之聲。

「是啊，沒問題。」阿志咧嘴笑笑說道：「史黛菲和休去幫我們買一些咖啡因和零食補給，路上吃。現在只要找到湯米就好。」

「沒看見他。」康兒回答，心裡卻急著想警告他，也許今晚不應該繼續上路往羅里去。只不過無論感覺多麼眞實，這些都是回憶，不是新的經驗。她只能原原本本重新再經歷一次，沒有修正的餘地，交談內容與結果都同樣無法改變。

「他可能去抽菸了，」阿志說著轉身要走。「我去後面看看。」

「羅里！」她衝著他的背影喊道，一如三年前，但如今她更想做的是告訴他，湯米的雙親付了機票錢運送他的遺體回家。還有她雖然已經出院，卻沒有勇氣在喪禮上現身。

「羅里。」他幽幽地回答，表情半笑不笑，沒入陰暗中。康兒呼喊著叫他等一下，並推開蓋子。她的衣服畢竟發揮了效用。她跌出子宮，爬過地板，高喊要阿志回來，但他已經不見了。不管感覺多麼眞實，他其實始終都沒有出現過。她全身發抖。灰色雜訊畫面再次出現。

她是怎麼了？

她靜靜躺在地上，最後心臟好不容易不再企圖跳到衰竭。她才能以笨拙的姿勢翻身仰躺，在黑暗中穿上褲子。現在她到底該怎麼辦？一方面，她沒被發現；另一方面，她和心愛男人的幽靈一起困在保存庫房內。

好極了。

她口袋裡的ＬＦＤ震動起來。有簡訊進來。她奮力用不配合的手將ＬＦＤ塞到耳後，打開簡訊視窗。

我是拉蕾。眞抱歉。妳還好嗎？

康兒掙扎著在胸前打字回覆。謝天謝地，有自動校正錯字的功能。

—嚇掉了半條命。其他都好。妳要回來嗎？

不行。葛波在這裡陪我等芬頓博士到達，但我應該能替妳指路。

—我好像被鎖在一間庫房裡。

看來代名詞用寫的沒問題，但是要說出口就像被拖行過碎石地。

房門喀嗒一聲，再次慢慢打開。

現在呢？

拉蕾傳訊問道。

—好一點了。

康兒的顯示畫面中出現一個樓層平面圖。在她目前的位置打了一個×的記號，還有一條用虛線顯示的途徑，可通往一扇用紅線畫圈的門。

讓我使用妳的相機，

拉蕾傳訊道。康兒點了同意。

好，這樣好些了。準備好了嗎？

—安全嗎？

不知道。試試看吧。

康兒花了十分鐘才走到畫圈的門，因爲每次聽到一點聲響她就會僵住不動。她覺得和自己的身體有種怪異的疏離感，彷彿那是電玩中的虛擬角色，而她不知道該如何操控。直線前進是一大挑戰，空間意識也一樣。她難以判斷物體與自己之間的距離，不只一次撞到牆壁，很像是阿嬤愛看的舊卡通片裡的某個角色。

那扇門通往樓梯間，上樓就是地下停車場。雖然停車場幾乎空蕩蕩，拉蕾還是指引她曲裡拐彎地走，避開監視器熱點，然後爬上一條迴旋車道。到了頂樓，拉蕾以遙控方式打開一扇送貨門，門外是裝卸區。到了外面，或許她理應感到較爲輕鬆。畢竟現在的她是正式的人了（至少就再生中心利己的定義而言），而不是實驗室預定要刪除的實驗結果。但她就是很難有勝利的感覺——頭陣陣抽痛，雙手彷彿自有想法，爬完樓梯後肺也像火燒似的。更別提還有活生生的幻覺。等安全回到家以後再來慶祝逃脫成功吧。

她一開門，便撞上一道潮濕暑氣的牆。LFD顯示此時是六月中旬，理智上她知道必然如此，但不管怎麼說感覺還是不對。她的記憶仍堅持相信現在是十二月，因爲今天早上起床時就是十二月。

要認命接受至今已過了一年半，顯然並非易事。撇開別的不說，她肯定誤了「風信雞」的表演，希望卡拉能體諒。接著她忽然想到她的本尊並未錯過那場表演。十八個月前完成更新程序的本尊應該是去了。但因爲事情發生在更新的範圍之外，所以康兒毫無記憶。想這些事會讓她瘋掉。過去十八個月當中，她還錯過了些什麼？

拉蕾指引她找到一個藏在垃圾箱後面的背包，裡面有一盒蛋白飲和五瓶不同的藥錠。

藥錠有助於讓妳轉變順利，在妳能夠適應之前，它會掩飾一些副作用。現在就馬

上各吃一粒。

—適應什麼？

活著。

康兒不禁愣住，直盯著這兩個字看。

—活著？這是什麼意思？

抱歉。再生中心的作業極其複雜而精密。這和所有的移植手術一樣，也會有排斥的風險。只不過在這種情況下，是神經與心理的排斥。

—這些是什麼藥丸？

情緒穩定劑、抗精神病藥，其他是幫助神經系統調適。

—抗精神病!?

康兒邊寫邊回想。她真的不記得手冊裡有提到這個。不過這或許可以解釋她在庫房裡產生的幻覺。

我知道妳聽了作何感想，但關於讓複製人過渡到真實世界，再生中心有一套詳細

明訂的處方規畫。但這下子我們是全跳過去了。藥錠是那過程的一部分，但願能幫妳渡過難關。我也希望能有更多時間解釋，但妳得加快動作了。

—妳爲什麼要幫我？

對話中斷了好久，康兒不禁懷疑是否斷了連線。

因爲是我的錯。過了九十天，我有責任擱置妳的帳號。老實說，我以爲我有。

—之後妳會怎麼樣呢？

他們讓我放行政假，等候審查。我本該寫一份報告，可是他們明天就要炒我魷魚。我會寫的。幫助妳只會加速流程。

—謝謝妳，我是眞心的。

希望幾天後妳還會這麼想。對了，一開始先少吃點固體食物，妳的消化道需要時間調適。背包裡還有一系列益生菌要給妳吃。

—我會的。

出去後小心點。再生中心不會只因爲妳出去了就罷休。他們要擔的風險太大。

—他們會怎麼做？我以爲他們現在已經無法刪除我。

也許吧，但我不敢保證他們爲了保護自己的利益會願意做到什麼地步。如果是我，

我會盡量讓更多人知道我還活著。此時此刻，匿名對妳並不利。

這是個好建議。康兒第三度謝過拉蕾後關閉訊息視窗，然後揹起背包，動身回家，巴不得馬上和再生中心拉開距離。

第六章

康兒住在城區東北角的塔科馬市，地鐵馬里蘭線會經過。她回家最快的方式就是搭地鐵，只可惜要去地鐵站最近的一條路，會直接經過再生中心大門。一想到要再次應付抗議群眾，尤其前一天才應付過，她怎麼也不樂意；況且，在走路能力進步前，她都覺得不應該冒險走這條觀光路線。不料當她彎過轉角，眼前竟是一片祥和。今晚的示威活動已經結束，只剩寥寥幾個身強體壯的正義之士靜靜守夜。唯獨一名頑強分子肩上還扛著一塊自製標語牌，寫著：「複製人≠人類」。至少簡潔明瞭。她心酸地朝他豎起大拇指，但要展現諷刺意味想必太遲了，因為他露出微笑，感謝她的支持。

她從他身旁經過，距離近到可以伸手擊掌，但他永遠不會知道她是什麼。他怎可能知道呢？她懷疑他根本從未親眼見過複製人。看過的人並不多。這正是一部分問題所在。一開始，再生中心是國防部承包商，專門製造後備複製人以支援美國軍隊，可是那段日子已經結束。自從再生中心轉為民營企業，唯有富甲天下的人才享受得起他們的服務。剩下百分之九十九的美國人就只能既羨慕又氣憤地旁觀，滿心揮不去被排擠、被拋棄的感覺。這兩種心情的結合很容易一觸即發，「亞當之子」正好利用那股不斷發酵的焦慮感。**財富不能賦予任何人違反人類天性的權利，他們享受好處，卻讓我們承擔後果。**巴特勒曾這麼怒吼。

康兒到達地鐵站時，手扶梯與電梯都暫停服務，一如日常。等她走下階梯進到車站，已經氣喘吁吁，好像有個四歲孩童站在她的胸口上。她的肺活量與肌肉張力有如新生兒，她也確實算是新生兒吧，但片刻後，她才察覺一件不可思議的事：爬了那麼多樓梯，膝蓋竟絲毫不痛。自從車禍發生以來，她第一次全身無一處疼痛。背也不痛，脖子也不痛，膝蓋感覺好極了。不只是好極了——而像是全新。她想跑，想跳。這簡直讓她想跳舞。

她走到自動售票機前想買票，機器卻沒來由地拒絕她的銀行資料。她的ＬＦＤ上閃爍著「交易遭拒」的字樣。**好極了。**下一台機器也出現同樣的錯誤訊息。這台ＬＦＤ很廉價，又已經十八個月沒有同步，可是當她甚至無法登入銀行網站查詢餘額，她就知道不是她這邊出問題。是銀行帳戶被關掉了。她的本尊在搞什麼，爲什麼這麼做？她身無分文要怎麼回家？一路走回馬里蘭嗎？

她暗忖著以目前身體的協調度，不知跳不跳得過驗票閘門，不料才一靠近，眼前便出現一個虎背熊腰的黑人警察。

「想都別想。」他說道，兩隻大拇指鬆鬆地勾在勤務腰帶上。

「可不可以就讓我進去？不會有人知道的。」

見她如此大膽，他輕輕一笑。「事情不是這樣進行的。」

想到要再爬那些樓梯，她立刻壯起膽子。畢竟以前樂團的協商事務全部由她出面，不是沒有原因的。

「你說得對，」她說：「會有人知道，就是你和我，我們會知道。這將代表著重大意義。我會爲你寫歌，描述在我人生最怪異的一天，有個警察看出我已經快要走投無路，而放了我一馬，讓我不必在大半夜，而且是六月天裡，走十三公里的路回塔科馬市。」

他無動於衷地看著她。「口才眞好。」

「我不是在炫口才，我只是眞的需要回家。拜託了。」她不想做得太過火。此時少做方可多得，這是她的直覺。警察最討厭被玩弄的感覺。

他的手指在空中敲打他的ＬＦＤ。閘門倏地打開。

「好吧，」他又格格一笑，說道：「過去給這些好警官寫歌吧。」

∪　∩　∪

雖然到塔科馬市要走三個小時，搭地鐵卻只有四站。她利用這段時間清點背包裡的東西。除了藥丸，拉蕾還留了各種藥物的服用時間說明。康兒從每一瓶倒出一顆藥來，然後丟一顆進嘴裡。藥立刻卡在喉嚨，噎得她狂咳起來，直咳到把藥丸連同服用的粉紅色蛋白飲一起吐在地上。幸好這麼晚了，車廂幾乎空無一人。她花了片刻工夫練習吞嚥，她必須刻意去回想該怎麼做，覺得似乎抓到訣竅之後再試一遍，這回總算順利吞下所有藥丸，沒有吐出來。她確實像個新生兒。

從陰暗的車窗望著隧道飛逝之際，康兒再度思忖起自己的死因。念頭一逸出，她便知道這樣的想法很危險。何況，她沒有死，她還活著，正搭著北行地鐵要回家。但她之所以活著，不正是因為她死了嗎？一想到這裡，她的心立刻急急忙忙地轉變思緒，好像不小心轉到播放恐怖片的頻道似的。如果她還活著，怎麼可能同時也死了呢？這兩個矛盾的想法拚命地想和平共存。她的存在是個悖論，如今終於能體會被困在薛丁格箱子裡的貓有何感想。

事實上她自覺像個冒名頂替者。最後一次更新已是十八個月前，假如少了十八個月的記憶，她怎麼可能還是康兒．達西？沒有這些記憶，她是不完整的，是個假貨。她甚至不知道自己是怎麼死的。正牌康兒．達西不是應該知道的嗎？她忽然生出一股強烈的衝動，想去看看本尊的屍體。這很變態，但這麼做便能塵埃落定。不是嗎？地鐵鈴響並播報塔科馬站到了，康兒從座位跳起來，往車門走去。暫時想得夠多了，再往下想也無益。

∪ ∩ ∪

她的住處與地鐵站僅相隔幾條街。當她的LFD進入感應範圍，玄關大門嗶了一聲卻沒有開啓。康兒彎曲手掌貼到玻璃上往裡看，樂觀地凝視空蕩蕩的梯廳。從十多年前起，大樓便請了管理員。這棟大樓興建於一〇年代，當時建商一窩蜂地蓋房子，導致出租屋過剩，華盛頓地區的房產趨勢起了變化，這棟樓也連帶遭殃。再加上經濟衰退，情況更是雪上加霜。進住率暴跌，房價也跟著跌，現在跟他們這棟一樣的大樓都委託給廉價的物業管理公司，希望能從破敗的錢坑裡勉強擠出一點收益。不過，康兒也不能抱怨什麼。假如大樓眞的整修了，她可付不起房租。

終於，有個上了年紀、看起來還沒睡醒的拉丁裔男子出來遛狗。她不知道男子的名字，卻知道他的狗叫小傑。她替他們拉著門，並蹲下來愉快地和狗打招呼，好讓老人知道她是大樓住戶。他疑心地上下打量她，見她溜進門卻沒說什麼，因爲不想在大半夜引起騷動。

康兒搭著唯一正常運作的電梯上到自己住的樓層。走廊上的燈多半都壞了，剩下幾盞在廊道上投下長長的陰影。這嚴重影響她剛剛建立起的深度知覺，只好一手扶著布滿塗鴉的牆壁來作爲引導。公寓門一直沒有升級，依然使用實體的遙控鑰匙。幸好她的鑰匙還能用。安全進屋後，她在黑暗中倚靠著門，享受空調。回到家總算鬆了一口氣，她盤算著接下來該做什麼。上床，睡覺。不，她需要吃東西，但先得沖個澡——也該是把新複製人氣味刷洗掉的時候了。她想把乾淨的長髮拉到鼻子前，聞一聞人工椰子香味。

她把鑰匙圈往玄關桌一丟，聽到它匡噹一聲直接掉在地上，開燈之後才看出問題所在。玄關桌沒了，改掛一面全身鏡，她看見鏡中自己的身影當下僵住，彷彿撞見歹徒闖入。那是誰啊？出車禍後她體重增加，但現在全不是那個樣，她的臉就跟大學時代一樣瘦。她往鏡子靠近，舉手觸摸臉頰，那肌膚如嬰兒般柔嫩光滑，未受太陽或人生的摧殘。沒有皺紋也沒有笑紋。就好像有人畫出她的輪廓，卻省略了所有個人特徵。好可怕。她的頭髮蓋過半個背，打結糾纏亂七八糟。身後有一幅裱框的耶穌畫像，那低頭凝視的表情彷彿在說連耶穌也不太認得她了。

她還沒來得及思索本尊是在何時有了信仰，便看見一個黑人小男孩（約莫十歲），穿著T恤和內褲，無聲無息從客廳走出來。他打著呵欠，用眼皮沉重的惺忪睡眼看著她。「妳是誰？」

「你是誰？」康兒回道。

「我媽呢？」

康兒越過男孩望向客廳，所有家具都很陌生，她到底是從什麼時候開始掛耶穌像？想通後，她感到洩氣。過去十八個月期間，她不知何時已經搬走。她竟想都沒想到這個可能性。

男孩開始面露憂慮。「妳是怎麼進來的？」

「我以前住在這裡，手上還有鑰匙。沒關係的。」前住戶拿著鑰匙闖入——康兒不明白這怎麼會沒關係。管理公司竟然連門鎖都懶得重新設定，但她倒也不覺得驚訝。

「妳還是走吧。我媽很快就要下班回來了。」

康兒暫時不理會他的建議。「你們在這裡住多久了？」

男孩聳聳肩，不太確定。「從去年夏天嗎？」

一年。她至少有一年沒住在這裡了。十八個月前她甚至都還沒有搬家的念頭。這是她在華盛頓唯一住過的地方，而且十一月才剛剛和房東商量好要降租。所以怎麼會突然搬家呢？

「你知道原來住在這裡的女人發生什麼事嗎？」她問道。

「不就是妳嗎？」男孩回答。

「是啊。」她說，但冒名頂替的感覺又回來了。

「那妳幹麼問我？」

這真是個好問題。康兒根本不知該從何解釋。

「妳還好嗎？」男孩問：「妳好像生病了。妳要不要找我媽看看？她在醫院工作。」

這個問題使她異常激動，同時想哭又想笑。但她沒哭也沒笑。她的情況，他母親根本無法解決。「我不是生病，我只是……」很新。「累了。不過還是謝啦。你叫什麼名字？」

「迪馬克斯。」

「謝謝你，迪馬克斯。我要走了，好嗎？對不起吵醒你了。」她將鑰匙交給他，再次道歉後，退到走廊上，反手將門關上。她聽見門栓轉動的聲音。聰明的孩子。

康兒離開大樓，過街到一個由三條街圍起的小公園。她需要坐下來整理一下思緒。本以爲回家應該就能得到一些答案，不料卻只是累積更多問題。要是沒住在這裡，她會上哪去？她爲什麼不再去再生中心做每個月例行的更新？她是怎麼死的？這一切相互之間有關聯嗎？

不過事情還是得按部就班來——現在問題是，今晚，她要怎麼辦？她覺得精力都耗盡了，要是不趕快睡覺，會撐不住。但睡哪呢？她可以說是囊空如洗。也許可以在這個公園裡睡，這裡向來是她的一處避風港。雖然只有一條長椅，和幾棵橡木底下的一方三角形草地，但春天裡，她會拿著吉他和筆記本倚著樹幹坐。

她深愛那把吉他，是馬丁 D28經典款，那是她最寶貴的資產。爲了慶祝與唱片公司簽約，阿志在底特律一間小小吉他店買了這把吉他送她，是最後一批使用道地巴西玫瑰木製造的成品之一。想必跟著前主人身經百戰，從一些地方看得出來：指板邊緣都磨圓了，有兩根弦釘不相配，琴頭看起來好像被拿來當門檔用，吉他背面也刮得一塌糊塗。要她猜的話，應該是長年擱放在大腰帶釦上所致。但儘管經過歲月的淬鍊磨耗——或者正因爲如此——吉他具有一種卓越的音色，溫暖而熟悉。

阿志是樂團裡負責寫歌的要角，但他總會鼓勵她寫。他不在了之後，寫歌成爲她的情緒出口與唯一慰藉。倒不是說她會發表什麼新歌，她也從未寫過任何私密或個人的東西，只是想到要與聽眾分享……她就是還沒準備好。但她有個想法，她一直以來收集在筆記本內的歌曲有可能會錄成專輯，總有一天，當她終於振作起來的時候。

街道對面，有一輛ＳＵＶ車悄悄滑行到她那棟老舊大樓外的路邊。車還沒停穩車門就打開了，三名黑衣男子隨即下車。他們快步走向大門，然後消失在大樓內。康兒坐直起身子。他們是怎麼開門的？他們肯定不住在那裡。

ＳＵＶ怠速停在路邊，等候著，觀望著。她無法證明他們是再生中心的人，但不是他們還會是誰？倘若他們稍微早一點到，她就會被困在大樓裡出不來。拉蕾說得沒錯，再生中心的人不會就這樣善罷甘休。

ＳＵＶ的駕駛搖下車窗，一張臉又白又乾瘦，還滿是痘疤，被儀表板的燈光一照，好似月球表面，下巴則圈著一道細如帽帶的鬍子。他轉動頭掃視小公園，忽然猛地回頭，彷彿瞧見了什麼。他往前傾身，用那雙暗淡無神的鯊魚眼直直盯著康兒。她強壓下逃跑的衝動，暗自祈禱能隱身於樹影中，害怕得連氣都不敢喘一口。

方才那三人當中的兩人走出大樓，駕駛像是被解除了咒語，終於移開目光。康兒安靜地滑下長椅，將身子平貼在土地上。

「有嗎？」駕駛問道，他的聲音隨夜風傳送到她耳裡。

「她來過。」其中一人回答。

「什麼時候？多久了？」

「小孩不確定。沒有很久。」

「她是怎麼坐上地鐵的？她是怎麼趕在我們前面的？」

「她很小心。」

「放屁，她只是個小女生，一定有人幫她。」駕駛往窗外啐了一口。「賈西亞留下，以防她再回來。你們兩個跟我走。」

那兩人嘟噥應和一聲，便重新爬上車。過了幾分鐘，車子駛離，又過了幾分鐘，康兒悄悄溜進夜色中。

第七章

在公寓大樓的那一刻眞是千鈞一髮，接下來幾個小時，康兒在腎上腺素與恐懼感的驅策下，不停轉移陣地。她覺得自己好笨。拉蕾都已經警告過她，再生中心不會輕易罷手，她卻太不當一回事，反而還直接回家，要是她晚幾分鐘離開，或是那些人早幾分鐘到達……她不敢再往下想那可怕的後果。總歸一句呢？是她超級幸運，下次可不能再那麼輕忽了。

她擔心再生中心會追蹤她的ＬＦＤ，便把它關了。說不定他們只是跟蹤她回家而已，不過小心一點準沒錯。走著走著，人行道突然冒出一截巨大樹根，步道磚被它一擠壓有如面紙一樣碎裂開來。她絆到樹根，精疲力盡之餘幾乎整個人跪下來。非得找個地方睡覺不可，現在早已不容她東挑西揀。

她在一間衣索比亞餐廳後面的巷弄內，用一疊壓扁的紙箱鋪成床，背包充當枕頭。餐廳的垃圾箱形成天然屏障，能遮擋街上行人的目光。不過也有缺點：暑熱將滿溢的垃圾箱變成發臭的燉鍋，巷子裡瀰漫著腐敗食物加熱慢煨的氣味。往好的方面想，這股臭味應該能讓意外闖入的遊客退避三舍。會跑到這裡來找她的人需要有極大的動力。

一記汽車喇叭聲將她驚醒。沒有ＬＦＤ，她只能憑著斜斜照進巷內的朦朧日光判斷時間。但是，感覺上好像沒睡那麼久。她滿身大汗側躺著，覺得想吐又虛弱。喬琪阿嬤趿著拖鞋穿著家居袍緩步走來。那其實是浴袍，但她總說是家居袍，好像這樣就可以穿著去雜貨店了。

「妳什麼時候才能不再跟同學打架？」阿嬤問道。

康兒聳聳肩。她又回到十二歲，剛剛才第二度被學校暫時停學。又是因為打架。這回是和一個白人女生，她用手梳過康兒的頭髮，然後裝出一副頭髮很髒很噁心的樣子。結果康兒來這裡找阿嬤，沒有回去面對母親。

康兒搖搖頭，試圖驅散幻覺，但阿嬤只遞給她一包冷凍青豆，彷彿在說：想擺脫**我可沒那麼簡單，孩子**。康兒將豆子貼在腫起來的顴骨上。冷凍後結成一團的青豆，感覺好眞實。一切感覺都好眞實。燉豬肉在爐上沸騰，香氣四溢。收音機播放著費拉・庫蒂的音樂——在喬琪阿嬤家隨時都有音樂聲。

「妳打架有沒有贏過？」阿嬤問。

康兒又聳聳肩。沒有，她從沒贏過，因爲她瘦小，他們人又比較多，每次都好幾個人一起來。不過輸贏根本不是重點。這個說她那個爲國捐軀的父親的壞話，那個嘲笑她的外貌，還有一個對她動手動腳——然後就開戰了。阿嬤嘖嘖兩聲，好像察覺出孫女的叛逆。

「今天晚上妳可以替我綁頭髮嗎？」康兒問道。到時看那個安珀．松頓怎麼用她肥得像豬排的手指梳她的頭髮。

「唉，妳被停學耶，第二次了，妳以爲妳阿嬤會幫忙解決妳惹出來的亂子嗎？」

「我可以在這裡過夜嗎？」康兒問了她眞正想問的問題。

「可以，但只能過一夜。」喬珥阿嬤微微一笑，捏了捏康兒的臉，她那長繭的手眞叫康兒又愛又恨、愛極生恨。

後來又過了兩年康兒才搬回家。最近她宣布退出教會的唱詩班。過去這幾年康兒成了吸引目光的明星——這個小不點似的女孩聲音比天空還遼闊——母親也沉浸在隨之而來的關注與讚美中。挺身對抗母親是她至今做過最可怕的事，一直以來兩人之間不斷累積、一觸即發的張力隨即轉爲公開對戰。她母親，瑪麗．達西的家從來都不是個能夠愉快成長的地方，但自從母女倆起衝突後，更是令人厭惡至極。母親聽到她被停學的消息會有何反應，十二歲的康兒心知肚明。她會恨恨地歸咎這都是她老爸，安托萬．達西的「壞榜樣」，儘管這個男人已去世六年。康兒現在年紀剛好大到足以懷疑她的白人母親這句話的眞正意思，也害怕萬一母親要是再說一次這種話，不知自己會做出什麼事來。

「孩子，妳眞會要了我的命。」喬珥阿嬤說話時誇張地翻白眼。「好啦，來幫我鋪沙發。」

康兒想追上阿嬤去拉她的手，卻發現自己動不了。喬珥阿嬤從眼前消失，廚房消散於煙霧中，又重新變成一條巷子。康兒知道這又是幻覺，但並未因此少一分眞實感，或是讓她對祖母少一分思念。這正是拉蕾給她的警告。她的新身體會試圖排斥她的意識。到目前爲止，這感覺就像世上最痛苦的撕裂。

狀況穩定些後，康兒坐起來，又吃了一輪拉蕾給的藥，配著蛋白飲送下肚。這飲料幾乎沒什麼用，只是讓她的胃不耐地咕嚕咕嚕叫。她需要食物，道道地地的食物，但食物要用錢買，她沒錢。好吧，非常時期總還是可以翻翻垃圾。要展開新的一天，再沒有比昨天的衣索比亞餐廳更好的起點了。她這想法原只是個玩笑，卻有如一記重拳揮來——太尖銳苛刻，難以帶來慰藉。

聰明的做法是去找朋友借錢。但她最討厭求助於人，翻垃圾桶聽起來還比較讓她心動，但她現在遇上了麻煩，眞正的大麻煩。或許是時候暫停奉行她的《阿志丟下我，只能孤身天涯路》的第一誡：絕不可再倚賴任何人。**現場有沒有女孩贊同我啊？**唯一的問題是，求助於人就必須打開ＬＦＤ，這很可能會引再生中心的狼群上門。拉蕾臨別時的話語在她耳邊回響：**此時此刻，匿名對妳並不利**。康兒漸漸明白此話明智。她需要被看見，證實自己還存在這個世界。但是該怎麼做才能一石二鳥呢？她有認識誰住在這附近？

卡拉．索羅門。

康兒差點就興奮地跳起舞來。卡拉住在附近的社區，就位在馬里蘭州銀泉市近郊。如果過去十八個月內她沒搬家的話。康兒不知道確切地址，但曾去過兩三次，所以應該很容易能找到。而且卡拉是好朋友，會幫忙的。最好是這樣，畢竟康兒曾無數次為她的樂團解圍。

∪ ∩ ∪

卡拉住的是一棟大屋，室友全是輪番來去的短暫過客。最初簽合約的人沒有一個還住在那裡，但隨時還是有八到十二個房客。這棟老屋很可能曾經風光一時，只不過那一時恐怕屬於另一個世紀。由於長年疏於照料，使得屋況處於一種無人在意的衰頹。房東定居在加拿大某處，對房子只會做最低限度的維護，以便繼續有房租進帳。白漆捲翹如羊皮紙捲，露出底下的紅磚，前門廊往一側傾斜，好似暴風雨中的船隻。康兒直切過前院，穿過高度及膝、被無情夏陽曬成褐色稻稈的草叢，按了門鈴。

不一會兒，一名穿著緊繃的紐約尼克隊球衣和工作短褲的年輕白人男子前來應門。他站在門口，手捧著一碗麥片湊在下巴底下，等她表明身分。當她開口問卡拉是否還住在這裡，男子豎起食指，砰一聲把門關上。**該死**。她看了看窗上自己的倒影，若以最寬鬆的定義來形容，今天髮型不太好看。她小心翼翼取下一張糖果紙，想必是睡覺時黏上的。**好上加好**。

康兒還沒來得及用手指把頭髮梳得整齊一點，門又開了。卡拉從門縫探出頭來，一看見來者是誰，立刻露出介於氣惱與消化不良之間的表情。

卡拉把頭靠在門框上等候著。康兒原本準備了一大堆話要說，卻轉眼間詞窮。

「嗨。」她只說了一個字。

「嗨。」卡拉的回答只是簡單的接發球。見到康兒她看似驚訝，卻不是「妳應該已經死了」那種驚訝。也許她沒聽說。

康兒不知該說什麼，只好重複一遍，只是多說了幾個字。「妳好嗎？」

「我好嗎？」卡拉重複她的話。「我剛剛收工回家，得上床睡覺了。就是這樣。」

「對不起，我知道現在真的還很早，只是情況有點緊急。」

「妳哪次不是這樣？」

她的口氣把康兒嚇著了。這不是經過漫長一夜後又累又暴躁的卡拉，她是在生氣。

「這是什麼意思？」

卡拉嘆了口氣。「妳想幹麼？」

「是這樣的，我碰到一點困難。」

「所以就來找我？」

「我真的需要妳幫忙。」康兒說。

「賤人，妳現在是在跟我開玩笑嗎？」卡拉不敢置信地說，臉隨之鬆弛下來。「妳以爲我會幫妳？」

康兒覺得自己好像缺了一整頁的腳本。卡拉很明顯是爲了某件事在生氣，但什麼事呢？而且卡拉怎能這麼厚顏無恥？也不想想以前他們樂團主唱嚴重宿醉上不了台，康兒幫「風信雞」救過多少次火。頓時間一股熟悉的反抗感油然而生，每當有人對她妄下評語，或是聽到某些二手傳聞，也不向她本人求證就信以爲眞，她總會生出這種感覺。她從來無法輕易接受這種鳥事，現在也不打算開先例。

「妳到底是哪裡不爽啊？」康兒厲聲反問。

卡拉瞪大雙眼，起先是因爲驚愕，隨後轉爲憤怒。她將前門整個打開，跨到門廊上來。她出身薩摩亞的移民家族，即使赤腳，也高出康兒整整十五公分。她伸出食指指著康兒的臉。

「少跟我來這套，」卡拉說：「我哪裡不爽，妳心裡明白得很。」

事後，康兒應該會納悶自己爲何花那麼長時間才認清明擺的事實——不管卡拉生氣的原因爲何，都發生在她最後一次更新之後。康兒之所以不記得，是因爲這不在她記憶當中。她一再將預設時間拉回到十二月二十六日，就像故障的時鐘不斷重設爲午夜十二點。殊不知現在已過了一年半，她答應替「風信雞」登台的演出早已是過去式。

「妳明知道我們有多需要那場跨年表演，」卡拉說：「竟然還放我們鴿子。」

什麼？清單上沒有跨年的演出啊。最後一場是三十號，她記得很清楚。應該是吧，對她來說那還是昨天的記憶。

康兒露出的困惑表情沒有爲她爭取到任何分數。「所以現在是怎樣？妳需要幫忙，所以呢？妳現在得失憶症了？」卡拉敲敲自己的太陽穴，咂舌發出空心椰子的聲音。「果然是老把戲。」

「對不起。」康兒說，卻不確定對不起什麼。

「喔，妳現在說聲對不起，我們就應該和好如初？是嗎？我們本來有機會在『玻璃屋』登台，結果妳卻臨陣退縮放我們鴿子。」

「你們怎麼能去『玻璃屋』表演？」這個問題問得合理，卻欠考慮。

「這話是什麼意思？」卡拉問道：「妳以爲沒有偉大的康兒．達西的庇蔭，我們就訂不到『玻璃屋』？」

「我沒有這麼說。」康兒說著後退一步。「玻璃屋」是較大的場地，預約的多半是地區性或全國性的表演。說實話，不管有沒有她，「風信雞」能訂到「玻璃屋」都出人意外。對他們這種規模的樂團而言，這意義重大，何況還是跨年演出。更令她意想不到的是自己竟然會答應表演。「玻璃屋」是「喚醒幽靈」最後的演出場地。那個經理已經糾纏她多年，還冷血地提議去找出史黛菲來一場重新合體秀，最好能選在車禍週年紀念日當天。比起再次踏進那個地方，康兒寧可選擇自剜雙眼。

那她當時是著了什麼魔？

「我們需要那場表演。但沒辦法，它非得是一場康兒的個人秀。妳被新男朋友從現場帶走以後，賈士柏把整個表演全部取消，剩下的時間就由他手下的一個ＤＪ撐場。我們在嘲笑聲中被轟出場。一個月後樂團就解散了。」

新男朋友？康兒感到天旋地轉，卡拉的暴怒則迫使她退下門廊階梯。她退出陰影之外，陽光照亮了她的臉。卡拉瞪著她，嘴張得大大的。

「妳是怎麼了？」卡拉問道，聲音中火氣全消。

康兒不知該從何說起。

「妳生病了嗎？」卡拉說。

「沒有。」

「那是怎……？」她沒把話說完，兩眼直勾勾地盯著康兒裸露的左臂。康兒覺得不自在，試著用另一條手臂遮掩，彷彿被人瞧見自己裸體。就某方面來說，她一生中從未像現在這般赤裸裸。卡拉往上瞄一眼她的臉，目光旋即又回到消失的刺青。

「妳是替身？」這回換卡拉後退一步，手盲目地摸索著門。

在指稱複製人的俗話中，**替身**絕不是最殘酷的，但打擊仍然不小。尤其出自朋友口中。

「對，不過妳聽我說……」

「妳應該早說，萬一被妳傳染囊腫纖維化病變還是更可怕的病怎麼辦？」卡拉打開了門，卻仍逗留在門廊上，病態的好奇心暫時戰勝了厭惡感。多數人從未見過複製人，從未親眼見過。更不用說是當朋友了，因此卡拉明顯感到驚惶失措。

「拜託，卡拉。妳不可能染上囊腫纖維化病變。」

有個陰謀論的網站張貼了一篇研究報告，聲稱在自發性基因突變的遺傳病例中，有幾名病童與複製人有過接觸——也不想想遺傳疾病根本不會傳染。後來該研究報告被揭穿是垃圾科學，但民調數據顯示百分之五十八的美國民眾相信這種威脅確實存在，還有幾個州立法明定，禁止複製人在兒童周圍工作。

「這跟我聽到的可不一樣。說真的，我要妳離開我家門廊。」

「妳是認真的？」康兒話雖如此，卻仍步下階梯退得更遠，並舉起雙手示意順從。等康兒退到安全的距離，卡拉再次細細打量她。「也就是說康兒死了？」她問道，語氣平靜而哀傷。「她死了嗎？」

康兒明白她的意思，但還是難以大聲承認。「嗯，應該是吧。」

「怎麼死的？」卡拉原本或許十分憤怒，但得知朋友的死訊仍備受打擊。死亡往往能讓舊日紛爭頓時變得毫無意義。

「我還希望妳知道呢。」

「我？不知道啊。好久都沒跟她說話了。我最後一次聽說她住在維吉尼亞的里奇蒙附近。」

「里奇蒙？」康兒愕然，難以想像自己竟然離開華盛頓，不管後來是去了里奇蒙或是哪裡。她想逃離這座城市都多久了，久到只能放棄這個念頭。車禍與她失去的一切形成一股重力，將她固定在思念阿志的孤獨軌道上。憂鬱默默發酵，產生煤氣燈效應，讓她對未來的每個憧憬都產生懷疑。回學校——太費勁了；回家——對她而言那裡什麼都不剩；成立新樂團——是什麼樣不忠不義、麻木不仁的賤人會做這種事？就這樣，在自我憎惡的慣性中，又過了兩年。然後在她最後一次更新後的某個時間點，在那消失的十八個月當中，她竟搬到了里奇蒙。她找出了離開這裡的方法。

「沒錯，跟那個妳在跨年夜帶到『玻璃屋』來的男生。妳男朋友。」

「什麼男朋友？」康兒試圖消化這些話，她不只搬到里奇蒙去，而且是爲了一個五天前還不存在的男朋友。若非卡拉的語氣足以說服她，這些應該都不可能是眞的。她有上千個問題想問，只是卡拉顯然無意回答。

「妳到底想幹什麼？」卡拉問道。

「找住的地方。」

「不行，門都沒有。」

「拜託，卡拉。我沒有地方可以去。昨天晚上我睡在巷子裡。拜託好嗎？」

卡拉態度軟化但並未讓步。「妳回里奇蒙不就好了？」

「我沒辦法。」

「爲什麼？」卡拉問。

「我從來沒去過里奇蒙。」康兒支吾地說。

「妳在說什麼？」

「我的記憶裡……大概有十八個月的空白。從我最後一次更新到現在。我不記得我搬到里奇蒙去。我不記得和妳的樂團發生了什麼事。一點都不記得。」她泫然欲泣，好像終於和盤托出，承認了一宗令人髮指的罪行。這是她有生以來最難以說出口的事。

「看吧，妳不是她。不算是。」

「我是。」康兒說道，卻沒有把握。她一直覺得自己是在冒名頂替，而這就是證據。

「不，妳是她的劣等拷貝。妳甚至不是人。」卡拉暫停了一下，似乎也被自己惡毒的言語驚呆了，但她似乎因此下定某種決心。她回到屋裡砰地關上門，留下康兒獨自在院子裡，震驚又氣憤。

成長過程中，康兒少不了要應付種族歧視，不過她家鄉的人通常知道如何粉飾，鮮少大剌剌地說出口。後來的生活歷練爲康兒打造出保護自己的盔甲，但是當朋友正視著她說她不是人，這又完全是另一回事了。她很想大步跨上階梯，重拳捶門，直到卡拉再出來，她倆好好作個了結。但她的腳卻像是生了根定在原地，好似卡拉是出其不意地打了她一拳，打到她透不過氣來。

前門再次打開。康兒準備好迎戰，不料不是卡拉，而是先前穿著尼克隊球衣來應門的男生。他步下階梯，走到一半忽然停住。

「妳是康兒．達西？」

「是啊，怎麼了？」她提高警覺地說。

「昨晚有個男的來，要找妳。」

康兒肩上的寒毛抖動起來，有如平野上被變幻莫測的風吹得起伏不定的草浪。「找我？那你怎麼說？」

「就說我不認識什麼康兒．達西。」他說。

「他幾點來的？」

尼克男聳聳肩，不太確定地說：「大概半夜嗎？我不知道。昨晚本來睡得挺舒服的，被那傢伙嚇死了。」

「爲什麼？」

「那雙眼睛啊，好像在看著我後面什麼東西，就算直直地盯著我看也一樣，好像在給我照 X 光。」

「他長什麼樣子？臉上有疤嗎？像青春痘疤之類的？」康兒問道。

「啊，沒錯，就是他。還留了電話號碼，說妳要是來了就打給他。」

這麼說來，再生中心不僅知道她住在哪裡，甚至還知道她有哪些朋友。「你會打給他嗎？」

他哼了一聲。「不會啦，拜託。我是個不可靠的敘事者。」他遲疑了一下。「妳真的是複製人？」

她勉強點了點頭。

「我可以拍個照嗎？」他挨近她身邊，拍了幾張快照。真低級，不過她還能怎麼樣？現在可不能惹他生氣，太冒險了。他向她道謝，彷彿她是什麼名人似的，然後便進屋去了。

前門還沒完全關上之前，卡拉溜了出來。她走下門廊台階，手裡拿著一疊鈔票像是用來驅擋惡靈。那是打發用的錢，她用力塞進康兒手裡。康兒仍處於作戰心態，正準備用她知道的所有難聽話大罵朋友，但一轉念想到那條巷子，思忖著自己更重視何者：是自尊還是活命。她收下了錢。

「別再來這裡了。」卡拉說道，卻無法正視康兒。

「我不會。」

「對不起。」

「哪部分？」

卡拉沒有回答，隨即逃入屋內尋求庇護。門重重關上，沒有再打開。

第八章

康兒的第一站是附近一家簡餐館。卡拉給的錢不夠付一晚的住宿費，但若是省著點花，或許可以讓她有三五天不必挨餓。但願到時已經想出了計畫。不過事情當然還是得有先後順序。她的大腦正在進行靜坐罷工，被餵飽之前拒絕運作。蛋白飲已然魅力不再，她如今能想出的似乎只有兩個字：**培根**。

露宿街頭一晚之後，空調的感覺宛如天堂。她四下張望著找地方坐之際，意識到通常吵吵嚷嚷的餐館因她的到來變得安靜。眾人的目光沉重地壓在她身上，她不由得低下頭。是她太神經質，或是他們眞的看得出來？他們認出她是什麼了嗎？一名男侍者擋住她的去路，搔搔後腦杓。他是個年輕白人，展現出的身體語言十分怪異，像個從未打過架，而且不惜任何代價想避免衝突的人。

「拜託，」他語氣中夾雜著尷尬與氣惱。「妳不能進來這裡。」

空氣瞬間凝結，人人都等著看這場對峙將如何發展。

「爲什麼不行？」她問道。剛剛迎戰過卡拉．索羅門的她，想知道他是怎麼知道她是複製人。

「拜託。」他又重複一遍，好像原因不言自明。

「我只是想吃點東西。」

「抱歉，不能讓妳打擾到顧客。」

是她的外觀，很可能還有她的氣味，讓他們以爲她是遊民——他並不知道她是複製人。一股令人不快的羞辱感，讓她備受打擊。她不是遊民。是嗎？那睡在巷子裡的人應該叫什麼？她腦中喜歡唱反調的那個聲音問道。也許這就是所謂的遊民。也許在某人如此看待妳之前，妳沒有意識到自己是遊民。又是一個惹人厭的都市警世故事要跨越或迴避。

「我可以付錢。」她說著傲然舉起錢來。

侍者退下去找經理，並爲她說情。最後經理讓步了。侍者回來後，帶她去坐在吧台最盡頭，遠離其他客人。

「經理說妳要先付錢。」

她將鈔票推過吧台，侍者撈了起來，又再次道歉，然後問她想吃什麼。菜單上爲注重身材曲線的客人標示了熱量，康兒反其道而行，點了卡路里最高的品項「費力吧早餐」：三顆蛋、兩片鬆餅、培根、吐司、玉米粥、水果、咖啡。另外再加點一份培根。

侍者搖搖頭。「沒有培根。我們的食物列印機壞了。」

失望之餘，康兒改點大豆香腸。

拉蕾警告過她吃固體食物要慢慢來，可是康兒餓壞了，也早已沒有徹底執行。餐點上桌後，她像個漂流到荒島的野人一樣狼吞虎嚥起來。從昨晚開始，走路已變得比較自然，但雙手使用刀叉仍然相當困難。

說也奇怪，她只要愈不去注意就能使得愈順手，因此爲了轉移注意力，她開始看裝設在吧台上方的電視螢幕播的新聞。有些人依然懷念大家看同一頻道的社群感，而不願沉溺於自己的ＬＦＤ中。沉溺對康兒應該是好事，只要能將餐館與所有虎視眈眈的目光摒除在外都好。然而，她對於重開ＬＦＤ有疑慮。雖然遲早都要開啓——這是維繫她與更大世界的唯一一條救生索——但眼下可以暫時收在背包裡。

一則則新聞都再熟悉不過——同樣的戰爭打個沒完，而選舉即將到來，選前的辯論只是在在突顯這個國家的種族、區域與社經分野，仍一如既往地牢不可破。獨立分裂黨預期將能贏得第一個國會席次。昨晚，在來銀泉的路上，她原本擔心缺席十八個月會讓她認不得這個世界，會讓她感覺像某部老電影中的時空旅人，迷失在一個人人揹著噴射背包、令她難以理解的未來。沒想到，事實上，改變少之又少。多半都是一些枝微末節——某間餐廳關閉，換了新經營團隊重新開張；某個地面大坑洞竟然冒出一棟六層樓建築。儘管這些微小差異同樣讓她難以接受，但至少不是要她去面對飛天車這種新科技。

最令人無法理解的改變似乎只涉及她自己的生活。不知怎的，在過去的一年半當中，康兒・達西本尊做出了之前三年做不到的事。這讓康兒大感驚異，卻也對本尊感到異常自豪。康兒真希望能見見她，問她最終是怎麼找到力量拋下華盛頓。當然，如今這是不可能了。她的本尊已經不知死在什麼地方。欲知真相的渴求又回來了，而且不只是本尊的死因，而是過去十八個月的每一件事、每一時刻。總覺得填滿這些空檔是當務之急。假如能得知一切，那麼兩個康思坦絲・艾妲・達西的矛盾便能迎刃而解。也只有到那個時候，她才能不再覺得自己像個江湖郎中、騙子。至少她希望如此。

自從康兒進了餐館，其他顧客都離她遠遠的，這時卻有個男人坐到與她隔兩個座位的高腳椅上。他是日裔，年紀約莫三十五、六歲，頭上抹的髮油看起來好像經過雕塑的水面油膜。他穿了一件人字紋花呢西裝背心，裡面搭配著完美無瑕的高級開領襯衫——對一家位在銀泉的小餐館而言，這身打扮有點太過隆重。他將面前的咖啡杯翻轉過來，並對康兒微微一笑。

「妳今天早上過得好嗎？」他問道，她不太聽得出是哪裡的口音。硬要猜的話，是南方吧，不過所有能用以辨認的特色都已仔細抹去，只剩一些微乎其微的痕跡。

她伸手去拿背包。男子舉起一手，掌心朝上，表示他並無惡意。

「你是誰？」她問道。

「我叫彼得・李。」

「你想幹麼，彼得・李？」

「只是想說幾句話。」他說著將一張名片放在吧台上推過來給她。上面寫著「維農・格迪斯——格迪斯責任有限公司總裁」。

康兒揚起一邊眉毛。她認得這個名字，大家都認得。當初艾比蓋兒・史提克林提出她的激進理論，面對科學界的訕笑與譴責之際，有位天使投資人在這個年輕研究者身上賭了一把，那人正是維農・格迪斯。二〇一九年，他們成立了一家名爲「再生」的小規模新創公司，著手實踐複製人的技術。康兒所知道關於維農・格迪斯的另一個細節，就是他也是複製人。

三年前——不，等一下，是五年。是五年前。康兒必須不斷提醒自己如今已不是二〇三八年。五年前，格迪斯與妻子搭乘的灣流噴射機墜毀於北大西洋，不到幾秒鐘，華盛頓這邊立刻啓動他的複製人。不料，結果發現他妻子不是客戶，因此沒有複製人。於是維農・格迪斯的本尊被控謀害辛西雅・格迪斯，因爲他非常清楚自己的複製人能在空難後延續生命，而新生的格迪斯也耗費多年爲自己辯護。雖然罪名始終不成立，但媒體在報導這則醜聞時集體失控，複雜的輿論迫使格迪斯從他共同創立的公司下台。對此議題發表評論的人不計其數：

—本尊犯下的罪行能由複製人承擔嗎？

—複製人技術是否產生了殺人漏洞？

—國會何時才能扮演好領導角色，針對複製人技術訂定出完整的全國性法令，而不是拋給七拼八湊、相互矛盾的州法來管？

後來格迪斯隱遁起來，鮮少再冒險公開露面。只當了一晚的複製人，康兒便已開始對他的決定產生共鳴。

他找她想做什麼呢？她好奇地捏一下名片右上角，啓動內建影片。只見一名頭髮雪白的中年黑人男子出現在名片上，面帶微笑。

「妳好，我叫維農．格迪斯。」畫面隨即切換到製作精美又簡潔的格迪斯責任有限公司與其核心事業的簡介：電信、房地產、氣候治療、生物技術、遊說等等，不勝枚舉。看來格迪斯公司各行各業都插了一手……除了複製人技術之外。介紹中並未提及再生中心。影片結束後，開始第二段錄影，這回是私人訊息。維農．格迪斯坐在一張桌子後面，表情陰鬱，若有所思。

「康思坦絲，很抱歉沒能早一點聯繫妳。我光想像就能知道妳的處境有多艱難。如果能爲妳提供庇護，將會是我的榮幸。這是個重整的機會。有些事我希望能和妳商討，我相信對我們兩人都大有益處。如果妳願意接受我的邀請，彼得會帶妳到敝舍來。希望妳考慮考慮。期望能見到妳。」

影片結束。

「他家到底在哪裡？」康兒問。

「馬里蘭。查爾斯島。」

「眞不是蓋的。」查爾斯島位在乞沙比克灣，是一條八公里長的狹長土地，如今已成爲富豪精英的避風港，藉以逃離華盛頓枯燥乏味的生活。是個全然只有億萬富翁、豪宅與遊艇的地方。康兒曾經去過一次，擔任婚禮歌手。八百名賓客，個個盛裝出席。那次的酬勞夠她付三個月房租。這整座島只有一座雙線道私人橋梁與外界相通，可說是一個門禁社區，擁有自己的保安部隊與巨大的護城河——如果你想這麼看的話。對全美最具爭議的複製人而言，隱身於此再好不過。

「維農．格迪斯是你的……？」

「雇主。」彼得說。

「明白。所以你的雇主找我想幹什麼？」

「就像他說的，他有些事想和妳商量……」

「對我們倆都大有益處的事。對，那部分我聽懂了。但那是什麼意思？如果對他有那麼大的好處，他爲什麼不親自來？」

從他的表情可以明顯看出，康兒挑起了敏感話題。「格迪斯先生最近很少離開島上，不過妳可以打他名片上的電話，他正在等著。」

康兒小心謹愼地將名片翻面，像是擔心它會跳起來咬她。打電話就意味著要重新打開她的ＬＦＤ，但她不得不承認，她眞的很好奇姨媽這位前合夥人到底想做什麼。值得冒這個險。於是她不甚情願地從背包摸出ＬＦＤ，開啓電源，塞到耳後。她看見有幾通未接來電與留言，但都來自不認識的號碼，因此她暫時不予理會。她一開始撥號，彼得便起身移到吧台另一頭聽不見的地方。

她的ＬＦＤ只響一聲，格迪斯就接起來了。

「康思坦絲。我是維農．格迪斯。妳知道我是誰嗎？」他問話的口氣故作謙虛，惹得她翻白眼。

「你是我姨媽的事業夥伴。」

「對，那是我一生中莫大的榮幸。事實上，我們需要討論的就是妳姨媽。」

「怎麼說？」她問道。

「康思坦絲，再生中心的情況不對勁已經很久了。」

「是啊，昨晚我算是稍微見識到了。」她說。

「那恐怕只是冰山一角。我還知道妳後來受到惡劣的對待。眞是太糟糕了。」

「那些事你怎麼會知道？你又不認識我。你墜機以後，他們不是把你趕下總裁的位子嗎？」她其實可以更圓滑一點，但他虛僞的關心怎麼都讓她惱怒。他在操控她，想將對話導向他事先安排好的方向。她想看看一旦脫稿演出，他會有何反應。

電話另一頭的格迪斯用力吸了口氣，接著卻輕聲一笑，並未生氣。他想必眞的很需要她。

「沒錯，」他回答道：「的確如此，但我還是保住了董事的位子。關於如何處理他們的康思坦絲．達西難題，妳想知道他們是怎麼投票的嗎？」

她其實不想，但猜也猜得到。「昨晚有一群男人出現在我以前住的公寓大樓。」

這話引起了他的注意，不過他聽起來並不怎麼驚訝。「眞的嗎？那女人眞是不可思議。」

「誰？」康兒問。

「當然是布魯珂．芬頓了，我的繼任者。」

「這人很難纏。」

「豈止難纏而已。諷刺的是，布魯珂是我親自挑選的。通常我看人的眼光會更準一點。墜機事件後，董事會投票表決解除我的總裁職務，但知道她會接手，我其實很放心。事後我才知道是她利用墜機當藉口，要手段除掉我，然後回頭企圖從艾比蓋兒手中搶奪研究實驗室的控制權。這從頭到尾都是一場政變，只不過當時我實在傷透了心，無力爲自己辯白。」

「那這一切跟我又有什麼關係？」

「這正是我想知道的，」格迪斯說：「我想最好別在電話上談細節。我只需要告訴妳，當我在董事會上逼問芬頓，妳怎麼能在那麼長的時間後重生，她卻極不尋常地閃爍其詞。我曾經協助設計支配複製人重生的系統與流程。再生中心的實驗室與保存庫房堪稱全世界最精密的機密情報隔離設施之一，有十來個故障保險裝置能確保複製人不會在封鎖期限後重生。應該只有上帝出手才能讓整個系統失靈到這個地步，否則就是內部問題，因爲外人無法接近再生中心的子宮。」

康兒的存在乃是拜破壞行爲所賜，這個可能性讓事情有了新的轉折。拉蕾說得好像單純是人爲疏失，但萬一不只如此呢？她是否也涉及其中？

「所以你想幹什麼？」她問道。

「我不知道芬頓在謀畫什麼，但光看她個人對妳的情況這麼感興趣，就足以讓人起疑。不過有件事我很確定，那就是董事會並沒有授意緝捕行動。昨晚出現在妳住處的人不是再生中心派去的。不管芬頓想保護誰的利益，總之不是公司的。在釐清這件事以前，我想把妳送到一個安全的地方。」

這是個誘人的提議。卡拉給的錢撐不了太久，而且康兒甚至還沒開始思考今晚要上哪過夜。正當她斟酌著是否接受之際，那個打了整個早上的不明電話號碼又打來了。雖然進了語音信箱，康兒看得出是八〇四開頭的號碼。電話來自里奇蒙。卡拉說過她的本尊和一個男的搬到那裡去了。轉眼間，康兒完全不再關心再生中心的內鬥。

「我再打給你。」她說。

「什麼？」格迪斯說時，她已掛斷電話。

彼得帶著探詢的神情起身。她拇指往廁所方向比了比，他點點頭又坐下來。他自己的ＬＦＤ已經在響了。

安全無虞地鎖在廁所裡之後，她查看了未接來電。有幾通留言也是來自同一個八〇四的號碼，但她還來不及聽任何一通，ＬＦＤ又響了。

「是康思坦絲·達西的複製人嗎？」一個男人問道，聲音聽起來好像在酒桶裡熟成了十二年。

「你哪位？」

「戴留斯·克拉克，里奇蒙警局的警探。」他似乎略感著惱，她竟然不知道他的身分。「我們收到再生中心通知說康思坦絲·達西死了。我需要對妳作後續追蹤，看能不能確認一些事情。」

「確認什麼？」她一直絞盡腦汁在想，有誰能告訴她她的本尊出了什麼事。她並沒有想到要找警察，但還有誰會更清楚這個答案呢？

「確認康思坦絲·達西死了。」

「你不確定？」

警探清清喉嚨，好像不喜歡這個問題，結果話就卡在喉嚨了。「沒找到屍體。直到再生中心來電以前，都只是當成失蹤人口調查。」

康兒這才發覺儘管本尊的死因始終縈繞在腦海，她卻不允許自己妄加臆測，總覺得像是危險的禁忌。但如果本尊失蹤的時間已經久到足以讓警方介入，這不是好現象。過去十八個月間，她的人生變成什麼樣子了？

「妳還在嗎？」他不耐地問。

「那你能告訴我什麼？」

「其實程序不是這麼走的，不過我們見面以後，我可以稍微提供一點內情。我的上司認爲和妳這樣的人談一談，應該會有用。」

「像我這樣？」她不喜歡他說這幾個字的口吻。

「就是複製人。妳有被害人的記憶，還有誰比妳更了解她？能詢問仍下落不明的失蹤者本人，這種機會可不常有。總之，我們要是能理解她的想法會有所幫助。」

「我是被殺的嗎？」問這個問題很不舒服。

「我們最好當面談。」

「好，但我其實完全沒辦法去里奇蒙。」

「不需要。我現在人在華盛頓。再生中心這邊應該十一點以前就能結束，那我們就約十二點吧。」這不是在徵詢。

克拉克警探絲毫沒有想要配合她的意思，而在連茲柏勒市長大的經歷，也讓康兒與警察打交道時格外謹慎。跟母親在一起時，人們與康兒的互動始終保持禮貌，可是她獨自一人時，就很難預料自己會遭遇什麼對待。她不認識這個戴留斯．克拉克警探，對於他會是個好警察也不抱太大希望。他說話聽起來就像是個自以爲高高在上、愛擺架子的混蛋。樂團崛起的過程中她也遇過同樣的人——經紀人和宣傳人員，多半是男人，他們自知是守門員，若是誰想要成功，就只能照他們的遊戲規則玩。

重點是，他象徵了一個機會，能填滿許多空白，她恐怕沒有向他說不的意志力。

「中午可以。」她說。

警探說了一家位在中國城附近，印地安納路上的三流餐館。康兒正要說她會準時到，對方已經斷線了。

她回到座位時，彼得・李在吧台邊等著。她說她得走了。

「我必須告訴妳這樣做是個錯誤。」他說。

「你該不是想阻止我吧？」

他微微一笑。「不，不是這樣的。反正也沒什麼用。」

「你會沒法向老闆交代嗎？」

「不會，他知道妳會拒絕。這些事情只能循序漸進。」

「什麼事情？」她問道。

「當一個複製人。」他的語氣乍聽之下傲慢，但一切跡象都在在顯示他純粹只是陳述事實。他將她留在櫃台上的名片遞給她。「這個留著。格迪斯先生希望妳知道他的提議並未失效。等妳準備好就打給他。」

「請他不要期望太高。」康兒說著便往門口走，聽到彼得喊她，又回過頭來。他手裡拿著皮夾，遞出了幾張嶄新鈔票。

「這是幹麼？」她問道。

「就當我拜服妳的硬漢作風吧。」

「謝啦。」她語帶警惕，但還是接過了錢。

「不過強硬的作風也只能到此爲止了。希望妳還有其他後盾。」

「我能撐得下去。」

他對著她微笑，點頭嘉許。「到了外面小心點。」

第九章

許多年來，這座中國城根本只是虛有其名，可是當康兒走出地鐵，眼前仍舊迎來那紅綠相間的友誼牌樓與金黃光燦的七層寶塔。她穿梭於出外用餐的上班人潮中，有半數的人沉浸在自己的 L F D，只倚賴數位路邊警示來提醒路口到了，要停下來。地鐵誤點，所以她已經遲到，但去見克拉克警探前，她還是去了一趟藥妝店。她需要一把梳子和化妝品。

以目前手頭拮据的情況，這似乎是她最不應該浪費錢買的東西，不過她剛才在簡餐館仔細照過鏡子。她有許多問題只有克拉克警探能回答，容不得她現身時像個……唉，實在很不想用這個字眼，但就是像個複製人。或許在其他人眼裡他是個混蛋，但至少他的語氣略帶人性。複製人技術在維吉尼亞是違法的，複製人倘若不小心跨入維吉尼亞州界，可不只是沒有合法地位那麼簡單。要是克拉克警探先生反對複製人，就更沒有義務幫她。要想有勝算，她必須說服他相信，無論維吉尼亞州法怎麼訂，她都是人類。所以她最好別讓人覺得她像是個有感應的兒童玩具。

她將自己反鎖在一家咖啡館廁所內，脫到只剩內衣褲，在洗手台用擦手紙和洗手皀清洗身體。在藥妝店搜刮的香水試用包有助於稍微掩蓋垃圾箱的氣味，只是稍微。在「喚醒幽靈」的巡迴途中，康兒已適應了游擊隊式的個人清潔。史黛菲稱之爲法式洗澡。很不幸地，樂團中三個男生對肥皀興趣缺缺。康兒還記得湯米在車上窩幾天後，那味道有多嚇人。當時她都快被逼瘋了，但如今距離產生美感，她幾乎懷念起飄在樂團鍵盤手後面那團毒雲了。

她的頭髮也沒好到哪去。後腦杓的頭髮在再生中心的子宮裡擠壓成一團一團，連梳子也梳不開。早知道應該買一把剪刀。不對，若想要有一點實質進展，她需要的是開山刀。最後化妝品登場，塗抹粉底與眼影以遮蓋那完美到詭異的新生兒肌膚時，雙手又是一陣奮戰。重新學習肌肉記憶所須花費的時間似乎最長。她往後退評估外表有無進步，當下就知道自己當電影造型師的夢想是破滅了。看起來她頂多只能做到「不完全無可救藥」，希望這樣就夠了。

∪　∩　∪

見到維吉尼亞來的警探時，她幾乎遲到了一個小時。餐廳內部全是深色木板與昏暗照明，感覺好像瞬間變成午夜。由於正值午餐尖峰時段，吧台邊與大部分桌位都坐滿了人，多半是三四人結伴，也有幾個男人獨自用餐。康兒這才想起自己根本不認得戴留斯．克拉克，每個人看起來都像警察。八成也是，因爲餐館離法院和大都會警局總部只有幾條街。要不然就是當地人愛穿廉價西裝的習慣使然。

靠裡面，有個穿藍色西裝的黑人招手要她過去。

「戴留斯．克拉克嗎？」她邊問邊滑入雅座，與他對面而坐。

他點點頭，卻仍繼續吃午餐，也沒伸手與她握手。「這地方難找嗎？」他滿嘴食物問道。

「抱歉，地鐵誤點。」

「華盛頓嘛。」他說得有氣無力，活像發現自己背上長了無名腫瘤。

就近一看，她發覺他不像聲音聽起來那麼蒼老。不超過三十歲。但誰知道，有些人就是會提早變成老混蛋，而克拉克警探活像是已經準備好坐在門廊搖椅，呆看眼前無趣景致的退休樣子。他修得整整齊齊的短鬍子往下削尖，黑框眼鏡框住了眼神尖銳鋒利的雙眼。整個人流露出一種嚴酷的專業形象。一個以從不給學生最高分爲傲的嚴師。

「那，」他皺起眉頭問：「是什麼味道？」

看來香水沒有起絲毫作用。

「衣索比亞的食物。」她以此暗示自己的午餐內容。

「妳幹什麼了，泡在裡面嗎？」他戲劇性地丟下叉子，顯然胃口全無，然後推開盤子。接著一面用餐巾一角擦嘴，一面上下打量她。不僅是打量。是分析。

「怎麼了嗎？」她問道。

「從來沒這麼近看過你們。」他說得好像她是馬戲團的明星，而他是買票來一睹令人歎爲觀止的怪胎秀。

他理所當然的口氣震撼了她，但同時她也寧可他當面直說。在不同族群間長大，最讓她無法忍受的總是那些似有若無的竊竊私語。不管他心裡怎麼想，最好還是大方說出來，這樣她至少能確切知道自己要應付的是什麼。話雖如此，仍不免怒火中燒。她保持緘默隱忍不發的歷史並不長，但她領悟到逞口舌之快一點好處也沒有。因此，既然看出他想要什麼，索性就給他吧：她低垂雙眼，再度爲遲到而道歉。奏效了。他以爲他們對於這裡誰作主已有了共識，便放鬆下來。

她伸手去拿菜單。「我可以點個東西來吃嗎？」儘管吃過豐盛的早餐，她已經又餓了。讓維吉尼亞邦政府買單，小事一樁。

他一把搶走菜單。「欸，我們不是來吃飯的。這不是約會。我需要妳回答幾個問題，然後我就要打道回府。事實上我已經拖太久了。」

「拜託啦，」她睜著一雙大眼睛看他，說道：「我很快就吃完。」

從表情可以看出他明顯不爲所動。「妳想點什麼就點什麼，等我走了以後。」

他將一部錄音機擺在他們之間的桌上，說出自己的姓名、警察編號，以及日期、時間與地點。

「首次晤談康思坦絲・艾妲・達西的複製人。」他說複製人的口氣就像其他人說戀童癖一樣。「妳幾歲？」

她坐著沒出聲。至少他夠自重，沒有再把問題重複一遍，這點她願意給予肯定。他按下錄音機的停止鍵，舌頭順著牙齒遊走尋找午餐殘屑。和他作對也許不是好主意，但她有個感覺，如果任由他脅迫，他很快就會養成習慣。

「妳不是吃了衣索比亞菜了？」他說。

她聳聳肩。「我營養不良。」

「好吧。」他把菜單丟回給她。「妳想點什麼？」

康兒攔下從旁經過的服務生，點了她在菜單上看見的第一樣東西，以免讓這個王八蛋有機會反悔。她已經好久沒吃烤肉捲。但好像有句俗話說乞丐不能挑三揀四還是什麼的？

她伸手越過桌面重新按下錄音機。「我二十二歲，現在應該是二十四吧。」

「不，我的意思是妳幾歲。再生中心讓妳上線多久了？是這麼說的嗎？上線？」

這個問題讓她猝不及防。「是重生。我其實不知道，你沒問他們嗎？」

他在ＬＦＤ上打了註記，但沒有回答她的問題。「據我所知，再生中心的客戶全部都內建了生物辨識晶片。」

「沒錯。遇到死亡事件，它會通報再生中心，讓他們可以即時啓動複製人。大概是因爲這樣他們才會比你們先知道。」

他點點頭。「另外，應該也有GPS的資料連接到康思坦絲．達西的晶片。再生中心堅稱他們無法獲取。」

的確如此。幾年前，新聞爆出再生中心收集並儲存客戶行蹤的GPS資料，由於事涉隱私而引發大騷動。原來億萬富翁也和尋常百姓一樣，不喜歡自己的行動受到追蹤。爲了避免公關危機與客戶反彈，再生中心重新設計晶片，持續刪除所有超過三十六小時的GPS資料。也就是客戶死後，只有生前最後的三十六小時會被保存起來並以超高規格進行加密。如今，能取得那項資訊的只限客戶本人、指定代理人或是他們的複製人。康兒這才明白自己在此的眞正原因，克拉克與她晤談並不是爲了熟悉康思坦絲．達西。

「你要我提供GPS，好讓你找到屍體。」她說。

「說對了。」他回答：「這將有助於爲我們指引正確方向。」

「你覺得……」康兒頓了一下才說出下一個字。「她是怎麼死的？」

「妳聽著。我對再生中心沒惡意，但我們通常不會相信任何人的話。在找到屍體以前，我不會隨便揣測死因。」

「意思是，她有可能還活著？」

他聳聳肩。「再生中心不這麼想，但我們不排除這個可能性。不過這樣一來妳就尷尬了，對吧？康思坦絲．達西突然活過來，而妳又假裝是她到處跑。到時候不知道他們會怎麼處置妳。這個判例可危險了。」

「我不是假裝。」她小聲地說，只是冒名頂替的感覺卻前所未有的強烈。他說危險也說對了。管制複製人技術唯一一條絕對而神聖不可侵犯的法令，就是「任何人都絕不能超過一個」。假如康兒．達西本尊活著出現，將會以她的生命優先。對此康兒不知自己該作何感想——更正確的說法應該是，她不知道該怎麼調和這矛盾的感覺。一方面，她最大的希望是本尊安全無恙。另一方面，她又不想死。畢竟她也是康兒．達西。她的存在又再度出現矛盾。

克拉克又聳了聳肩。「所以妳到底是要不要幫我們？」

「也許我可以幫。那你願意替我做點什麼嗎？」

克拉克皺眉。「我們現在不是在討價還價。」

這回輪到她聳肩。多年來，有多少夜店經理說過同樣的話？「人永遠都是在討價還價。」

「我以爲幫我忙對妳有好處。」

「女生可以有的好處不只一種。」

克拉克翻了個白眼。「妳想要什麼？」

「我要知道你獲得的所有資訊。」

「絕不可能。」克拉克說。

「還有如果她眞的死了，我要你馬上辦妥死亡證明，盡快把資料輸入系統。」

「爲什麼？」克拉克問道：「啊，這樣妳就可以變成她了，對吧？不就是這麼回事嗎？」

「我就是她。」康兒說。

「隨便妳怎麼說。」

「我就是。」

「法律上不是。」克拉克刺激她說。

「對，法律上不是，在那之前我都沒辦法動用我的銀行帳戶。」

「或是找工作。」他提醒她。

他竟然如此幸災樂禍，讓她很不高興。「我還需要你替我打包一些個人的東西。我眞的只想要我的筆記和吉他。把東西寄到華盛頓來，因爲過了波多馬克河以南，複製人就不安全了。」

克拉克往後一靠。「死亡證明我可以盡量，可是不能幫妳把東西拿回來。」

「是不能還是不想？」

「隨便妳怎麼說。沒有一樣東西是屬於妳的。」

「你在說什麼？」

「維吉尼亞州不承認複製人技術和複製人，也就是說根據維吉尼亞的法律，妳沒有合法身分。如果康思坦絲·達西死了，她的資產會歸屬於她的丈夫。妳想要什麼，就去找他商量。」

康兒感覺臉部的血液倏地流失，剩下一片冰涼。「她的什麼？」

「她的丈夫。」克拉克重複道。

「我結婚了？」康兒震驚地喃喃自語。卡拉提過關於一個新男友，但丈夫？不可能。這位警探彷彿在說一個全然的陌生人。

克拉克一臉茫然。「這個嘛，妳沒有。但沒錯，她是結婚了，大概一年多一點以前。妳怎麼會不知道？他們不是給了妳她的記憶？」

「是我的記憶。」她動怒道。

「好啦，是妳的。所以妳怎麼會不知道有他這個人？」

「我缺少了一些記憶。」康兒坦承。

「多少？」

她幾乎聽而不聞，而是一個勁地試圖釐清警探對她說的話。結婚？怎麼會？阿志之後，她和人約會從來沒超過幾個星期。現在卻要她相信她認識了一個男生、搬到里奇蒙，還嫁給他？這太荒謬了。

「多少？」他再問一次。

「最後這一年半。」

克拉克吹了長長一聲口哨。「妳還想跟我說妳就是她？」

「我結婚了。」康兒自言自語，試著想讓這句話說得通。

克拉克看出她的不安，繼續往她傷口上撒鹽。「想看他的照片嗎？」

他丟了一張照片到她的ＬＦＤ，但被她擋下。沒看到丈夫的臉，她都已經覺得難以負荷了。「我不想看什麼爛照片。」

克拉克首度露出笑容。「好啊，沒問題。妳不想看，我不怪妳。反正那不是妳的人生。不過妳覺得如何？幫個忙，登入加密伺服器，並且解鎖ＧＰＳ定位系統，怎麼樣？」

「不要。」她以反抗的姿態輕聲說道，像用絲布包裹著的鐵鎚。

克拉克身子往前一挺。「妳說什麼？」

「我把ＧＰＳ定位開放給你，然後呢？」

「然後我就可以追蹤到康思坦絲・達西。」

「然後丟下我孤立無援。」

克拉克聳聳肩。「我看不出這當中有什麼關聯。」

「我跟你看法不同。但是就像你說的，我需要去找我丈夫商量。」她抓起背包站起身來，忽然覺得需要立刻出去，遠離這個克拉克警探和他那刻薄的蔑視。

「妳這是想上哪去？」克拉克抓住她的手腕。

「放開我。」她試圖掙脫，但他抓得更緊，弄疼了她。

「妳要知道，要是我們在維吉尼亞……」他話只說到一半。

「偏偏我們不是。這裡是華盛頓。我有權利。」

「權利？」他搖搖頭低聲一笑，彷彿她說了個他已聽過的笑話，但仍覺得有點好笑。他將手銬放到桌上。「要是他們發現妳的身分，妳眞覺得會有人爲了妳小題大作？好啊，妳就叫吧，我不在乎。不會有人出面拯救一個瘦巴巴的 Gucci 包。」

「放手。」她又說一遍。

他將她拉向自己。「妳知道爲什麼要叫 Gucci 包嗎？因爲複製人是昂貴的仿製品。只不過妳不算 Gucci 包，對吧？因爲妳是廉價仿冒品，而且本尊更廉價。妳沒其他人那麼有錢，沒有需要藏起來的錢。妳覺得這樣的妳會有什麼下場？」他鬆開她的手腕，拿起帳單。「妳會需要一個朋友，這點妳最好牢記在心。」

「喔，所以我們可以當朋友了？」

「妳昨晚睡在哪裡？」克拉克意有所指地問。「說不定我可以設法讓妳變成這樁案子的祕密線人，那麼我就可以塞幾張鈔票給妳，讓妳有兩三晚不必露宿街頭。」

康兒遲疑著。明天這個時候，她又是口袋空空了。也許天黑前能交上好運，有人願意供她一夜的食宿。也可能沒這好運。或許整個世界都是克拉克與卡拉這種人。倘若如此，她要面對的不只是再一次夜宿街頭，還包括一輩子的邊緣人生。她眞的有本錢拒絕他的提議嗎？但跟他合作，充其量只是個暫時的解決之道。幾天過後，她又會回到原點。既然她只有一個討價還價的籌碼，可不能低價出脫。

「我可以走了嗎？」她問道。

「妳的烤肉捲呢？」

「沒胃口了。」

「我還是需要那個GPS。」他說。

「而我需要找回我的人生。去告訴那個丈夫，他如果想要GPS，應該主動打給我。」

克拉克微笑搖頭。「看來他們對複製人的說法是眞的。你們眞的沒有靈魂。康思坦絲．達西失蹤，而且可能死了，妳卻甚至不肯做該做的事。」

「她沒死，」康兒說著轉身便要離去。「我人就在這裡。」

第十章

康兒徒步走著，直到她對克拉克的怒氣漸消，也很慶幸自己能混跡在國家廣場上的觀光人海中。她來到國家美術館的雕塑花園停下腳步，站在一座紅色的鋼板雕塑底下。歷經多年風吹雨打已然褪色的雕塑聳立其上，宛如一隻巨大昆蟲，但說明牌上寫著「紅馬」（Cheval Rouge）。她仰望著雕塑作品，試著體會創作者亞歷山大・考爾德在一九七四年創作時看見了什麼。看起來不像馬——在她的經驗中，沒有六條腿的馬——但不管是什麼，感覺還是很美。

她在一棵高聳的榆樹蔭下，找到一條空的公園長椅，終於能坐下來整理並釐清思緒。心情略為平復後，好後悔沒有吃那個該死的烤肉捲。還有她為什麼害怕到不敢看丈夫的照片？在知道更多關於他的事情之前，她會好奇到死。當時心思太過紊亂，連他叫什麼名字也沒問。不過這第一天也眞夠受的——先是發現自己是個複製人而驚慌失措，接著得知本尊可能不是自然或意外事故死亡。克拉克警探的蔑視讓她多了一件難以承受的事。此外還有消失的十八個月，以及這十八個月所製造出來、如癌症般蔓延的自我懷疑。昨晚，她原以為只要塡滿這些空白，冒名頂替的感覺就會少一點，不料到目前為止都恰恰相反。每當揭露一個新事實，就讓她愈難確信自己是康兒．達西。

她滿心想知道那消失的十八個月的一點一滴，這份需求漸漸近似執念。否則該如何解釋她為何拒絕維農．格迪斯提供的庇護？她主要是因為運氣好，才能在街頭過了一夜沒有遭遇搶劫或更可怕的事。她毫無在城市街頭討生活所需的技能，她也非常希望不必具有這些技能。然而，當被迫在「有個安全的地方睡覺」和「向那個警察追問答案」兩者之間作選擇，她絲毫沒有猶豫，而且知道就算重來一次，她也會作相同的選擇。無家可歸讓她害怕死了，可是這種質疑自己是誰又是什麼、活著不像活著的日子，遠遠更讓她害怕。

假如維農．格迪斯說得沒錯，是布魯珂．芬頓一手策畫康兒重生並逃離再生中心，那就表示康兒．達西本尊的失蹤可能與芬頓脫不了干係。她的本尊若是死了，康兒有必要知道。反之，要是沒死，她更有必要知道，無論後果為何。現在其他的一切對她來說，都只是背景雜音。難道眞要在華盛頓枯等，寄望於戴留斯．克拉克的協助？她對他的意圖並不怎麼有信心。所以何不親自去一趟里奇蒙？她自己就能取得本尊的GPS定位資料，剩下只需要一輛車就好了。

想到自己的絕望處境，她不禁失笑。除去卡拉和彼得．李給的錢，她大概還缺個幾千塊吧。所以，現在要怎麼辦？

儘管明知白費工夫，她仍試著登入個人的社群網路。二〇年代，龐大的社群網路陸續消失殆盡——在法律與文化層面，民眾對隱私權的注重程度改變所致——自我管理的私人社群網路取而代之。這些新的、DIY的私人社群網站由一群正派、願意開放原始碼、反企業化的軟體工程師所設計，不僅免費、設定簡易、分散管理，更沒有企業霸主操控。康兒讀過一篇報導，說全世界有超過兩百億的私人社群網路，相互串聯形成一個複雜的網格結構。但她的本尊在過去十八個月間修改了登入憑證，而沒有這個憑證，康兒甚至看不到她加入的私人社群網站，更甭提進入個人帳戶了。

搞定登入問題後，她花了一點時間一一向聯絡人求援，希望能爲今晚找到過夜的地方。她很快便察覺到卡拉一整個早上都很忙碌。她們倆的朋友圈有許多重疊之處，「康思坦絲·達西在維吉尼亞身故，而她的複製人正在尋求施捨」的消息，已經如野火般延燒開來。**施捨**？康兒的怒火再次被點燃，不過她心想卡拉的確在某方面幫了她——如今再生中心要想讓她失蹤就沒那麼容易了。有太多人知道她的存在。但在短短的時間內，這個朋友已經替她關上許多門，讓她連去敲門的機會都沒有。

寥寥幾個接她電話的人似乎是眞心對她的死訊感到悲痛。他們一致認爲康兒的人生坎坷，因而希望她能找到克服哀傷的方法。有人爲她的死哀悼確實令人感動，但她聽在耳裡總覺得不對勁。悼詞是說給喪家聽的，而不是給亡者。只是康兒此刻情況特殊，她兩種身分兼具。他們問她知不知道自己是怎麼死的，雖然沒有人直說，但很明顯大家都擔心她是自己輕生。康兒不喜歡他們這麼想。她沒有那麼沮喪；還是，她有呢？她有可能發生這種事嗎？

每個人都有問題要問，她可以聽出他們在暗自撰文，準備稍後貼上社群媒體分享。畢竟沒多少人能誇口說自己認識複製人，不是嗎？

康兒盡己所能地回答，希望贏得些許善意。可是一提到借宿，答案總是直截了當的「不行」。有些人很明顯是出於反複製人情結，但有些人的原因較簡單：他們的朋友已經死去，讓活生生的她住進家裡只會讓他們想起失去的朋友，太難承受了。

康兒沮喪地從耳後扯下ＬＦＤ，把頭往後靠，透過綠蔭仰望天空。地上一絲風都沒有，頭上的枝葉卻在波動搖擺，彷彿有隻無形的手在撥弄。當康兒重新往下看，發現有名白人女子站在不遠處。那冷漠的姿態有些眼熟，過了半晌她才想起那張消瘦的臉——是布魯珂．芬頓。康兒伸手去拿背包，並往四周一瞥。

芬頓似乎看穿她的心思。「只有我一個。我只是想談談。」

「妳不是想刪除我？」康兒說。如果往南跑，會暴露在開闊的廣場上無處藏身，但如果跑向憲法路，那裡有夠多的博物館和商家，或許能讓她躲上一陣子。前提是，要看芬頓博士帶了多少幫手。

芬頓搖搖頭。「時機早就過了。妳現在已經公開亮相，里奇蒙的警察找妳談過話，在紀錄上妳是存在的，刪除妳已不在考慮範圍內，就算我想也沒用，但相信我，我並不想。」

「我現在可以用妳啦？」康兒回想起芬頓當時是多麼不當一回事地命令手下替她打鎮靜劑，等著看董事會決定如何處置她。「我還以爲我是個東西呢。」

「妳要是覺得受冒犯，我道歉。」芬頓說：「當時情況麻煩，我沒有太注意措辭。」

康兒暗暗記下她這番不算道歉的巧妙道歉。「妳怎麼找到我的？」

「克拉克警探。今天早上他去再生中心進行晤談，提到要跟妳見面的事。我派人跟蹤他了。」

聽起來可信，但康兒仍對 LFD 有疑慮，還是關掉電源以防萬一。

芬頓移近了些。「我可以坐嗎？拜託？十分鐘就好。」

「坐這裡又不用錢。」康兒盡量用平靜的語氣回答，兩手緊緊抓著背包。

她二人並肩而坐，正視前方。最後，芬頓清了清喉嚨。「我知道我們一開始就搞壞了關係，妳可能永遠不會把我當朋友看，但我相信我們能互相幫忙。」

「爲什麼？因爲昨晚妳派到我公寓來的人失手了嗎？」

「人？」芬頓的困惑表情十足逼眞。「什麼人？」

「影后級的表演就留給其他人吧，我不會買單。我不信任妳。」

「眞可惜，因爲妳會有一堆麻煩，康思坦絲。」

「夠了，」康兒說著一面起身。「如果對話已經變成了威脅，我要走人了。」

「我不是在威脅妳，」芬頓說：「妳的重生出了一點問題。」

「是啊，我聽說了。我延遲太久了。」

「不，事實上極端時間差的症狀是心理方面，這次卻不一樣，是生理上的，我們發現了異常之處。」

「什麼樣的異常？」康兒重新坐下，問道。

「缺漏。妳的下載紀錄中有叢集性缺漏。我們拿來和妳儲存的上傳資料進行比對，並不相符。」

這些話康兒一個字也聽不懂，只覺得是經過精心策畫的說詞，專用來恐嚇她的。但明知如此仍無法阻止它的恐嚇效應。「是怎麼回事？」

「我們唯一能確定的是錯不在我們。」

「妳不認為是意外嗎？」康兒回想起和克拉克警探的對話，如此說道。她的本尊在維吉尼亞出了什麼事？

「有太多地方出了差錯，才導致妳今天坐在這裡。這恐怕不能完全歸咎於人為疏失。有人非常想把妳弄出再生中心。」

「誰？」康兒問道，其實在芬頓回答前她就知道答案了。維農．格迪斯。康兒並未忽略這套說法跟今天早上格迪斯講的何其相似。「維農．格迪斯為什麼要故意破壞自己的公司？」

「他不是想破壞再生中心，這是他和我的恩怨。最近幾年，維農過得很辛苦。妳知道他痛失愛妻的事嗎？這件事在許多方面都讓他付出慘痛代價，不過他始終過不去的是丟掉總裁一職。」

「據我聽說，是妳利用墜機事件逼他下台，還試圖接管艾比蓋兒．史提克林的研究實驗室。」

「是董事會逼維農下台的，而他們並沒有錯。」芬頓反駁道，語氣中的憤慨清晰可感。「是他以爲他可以繼續掌權，透過操控我——他的小門徒。他確實有一次當著我的面這麼說。他眞正想要的是個傀儡。當我展現出哪怕只有一絲絲的獨立跡象，他就指責我背叛他，還企圖除掉我。至於妳姨媽的實驗室，妳說對了，我是想取得掌控權。一家尖端科技公司竟然被自家的研究部門挾持，還有比這個更具危害性的事嗎？艾比蓋兒把她研究發明的承諾當成武器，她會端出最新的突破成果來逗弄董事們，然後又匆匆趕回實驗室，一下說還沒準備好，一下又說時機尚未成熟。誰也不敢違逆她。公司最後落得向自家人乞討剩菜剩飯的不堪處境，眞的是太誇張。

「維農．格迪斯和艾比蓋兒．史提克林確實創造出具有革命性的東西，結果就把成果當成他們自身的延伸。在他們看來，他們就是再生中心，少了他們診所就會無法存續。他們堅持要掌握大到不健全的控制權。可是當公司需要成長，他們的自尊卻不允許。這種事太常發生了，而且有個名頭，叫『創立者症候群』。最近這幾年，維農忙著重新鞏固他在董事會的勢力，一逮到機會就暗中破壞我對公司的管理。我不知道維農是怎麼做到的，但他竄改了妳的重生並將妳偷偷送出再生中心。他有何目的，我還不清楚。」

康兒不得不承認這番話太有說服力了。但話說回來，維農．格迪斯的版本也十分可信。他們當中有一個是說謊天才。無論如何，康兒所知的資訊不夠多，無法猜出誰說的是實話，所以最好兩個都別信。

「爲什麼是我？」康兒問。

「妳別見怪，因爲妳窮。」芬頓說：「我的意思是妳和那個機構裡其他的複製人都不一樣，妳沒有至少五億起跳的身家，也沒有聽候差遣的律師團隊。所以妳是最佳人選。」

「那妳想從我這裡得到什麼？」康兒單刀直入地問。

「我需要上傳妳的意識，以便查出維農對妳做了什麼。」

「爲什麼不乾脆再試著抓我一次？」

「我不會試著再抓妳一次，而且昨晚我也沒有想要抓妳。這麼做根本沒用。處於無益的情緒狀態下，妳的意識無法成像。也就是說，唯有在客戶同意的前提下，意識才能上傳。所以我是來徵求妳的同意。」

有意思。這就說明了芬頓爲何採取柔性攻勢，也讓康兒的處境有幾分獨特。

「好，現在很清楚知道我能怎麼幫妳了，但妳要怎麼幫我？」

芬頓露出微笑，彷彿康兒打出了她恰恰需要的牌。「妳的延遲程度前所未有，這對妳有什麼影響？妳開始出現幻覺了嗎？」

「沒有。」康兒撒謊，同時想起之前看到阿志，以及他說話聽起來多麼真實。還有祖母的拖鞋拖行過水泥地面的聲音。

「其實我不太相信妳。我已經從拉蕾·阿斯卡麗小姐那裡聽說妳出現肢體失用症現象，肌肉記憶的問題。妳甚至無法自己綁鞋帶，不是嗎？有沒有口齒不清？複視？本體感覺信息中斷？」

「什麼東西中斷？」

「肢體的動覺——難以保持身體平衡、基本的協調性，諸如此類。」

「有一點。」康兒坦承。

「妳是不是一時沒認出我？就幾分鐘前。妳是不是沒能想起我的長相？」

康兒點頭。

「那是面部辨識能力缺乏症，也叫臉盲症。妳將來會出現一籮筐的辨識能力障礙。不過呢，如果妳服用了阿斯卡麗小姐給妳的藥，可以暫時掩飾這些症狀。但之後情況會愈變愈糟，而且糟很多。」

「我會死嗎？」康兒問道。

「有些情況比死還糟。相信我。」

「妳這話還眞是說得輕鬆愜意、快意自在，是吧？」康兒想要相信芬頓是誇大其辭，只是藉由不斷餵食絕望厄運的陰暗面，讓康兒照她的希望做。但不知爲何，她不覺得自己有這麼幸運。

「但如果妳幫我的忙，再生中心就會出錢製作一個新的複製人。複製人長到適當年齡需要六個月時間，可是等妳新的複製人準備好以後，將會和妳的意識完全吻合。」新複製人是個了不得的甜頭，但這提議也更顯出芬頓有多麼不顧一切想對抗格迪斯的挑戰。然而即便她相信芬頓（康兒是打心底不相信她），想到要當她實驗室的白老鼠也覺得駭然。何況康兒也不信任芬頓一旦得償所願後會遵守承諾。

「我再考慮考慮。」康兒用她十六歲的口氣說，那個年紀的她凡事都避免給出確切答案，藉此遊走在母親愈來愈善變的情緒起伏間。芬頓博士似乎看不慣康兒一副無關緊要的樣子，忍不住發火。

「妳這個傻瓜。」

「小心點，博士。妳總不希望我處於無益的情緒狀態吧。」

芬頓博士皺眉道：「可以至少讓我做幾項測驗嗎？抽個血。」

「想都別想。」康兒說：「妳和維農．格迪斯，我都不信任。」

芬頓瞇起眼睛。「妳跟維農談過了？」

「對，今天早上。」

「見到本人了？」芬頓說，但康兒看得出她思緒紊亂。她臉色極其蒼白，簡直就像血液給漂白了似的。

「沒有，他好像不喜歡離開他那個島。」

「看來他做足了抹黑的工夫。好吧，那也沒辦法。妳還是個傻瓜，不過記得繼續吃藥。」芬頓遞上名片。「妳要是改變心意或是症狀惡化，請打給我。讓我幫妳。這樣對我們雙方都好。」

康兒接過名片，敲打著自己的ＬＦＤ，將芬頓的資訊加入聯絡簿，與格迪斯並列。今天收穫真不少，但她覺得這兩個人她誰也不會找。儘管芬頓給了許多世界末日級的警告，能讓康兒在意的終究只有一件事：她的本尊是怎麼死的？

其他都不重要。

只是首先，她得去找一個人借車。

第十一章

還有一個小時才開門，不料等著聽音樂會的人龍已經排滿整條街，還轉過轉角見不到盡頭。聽眾是較年輕的族群，出身富裕但極盡可能地低調。康兒不認得入口看板上的表演者名稱，但想到待會兒能忘我地沉醉在現場秀的匿名保護網之中，便欣喜不已。是哪種音樂不重要，只要能和對她一無所知的人摩肩擦踵地唱歌跳舞，她願意付出任何代價。

當然了，不是這裡。除了這裡哪裡都行。

經過這些年，「玻璃屋」在她心裡多了一種神祕特質。她對那一晚的最後記憶是爬上廂型車開往北卡羅萊納，所以對她而言，這裡才是事故真正發生的地點。就在這個地方，她的自私啓動了樂團的噩運，隨之而來的失落與愧疚掏空了一切，這裡也成了她未來的終點與真正人生的起點。

雖然後來再也沒有回來過，康兒很有把握能將「玻璃屋」描述得鉅細靡遺，一釘一鉚都不會弄錯。然而實際站到對街時，她才發覺它不像她印象中那麼大、那麼宏偉。窗戶都到哪去了？她甚至找不到當時她去找湯米時，阿志停車的位置。他停在一棵大樹下，可是這整條街連一棵樹都沒有。連電子看板都變到建築物的另一邊，她的記憶有如鏡中倒影。這是她生命中唯一最重要的時刻，她的記憶卻像塊粗製濫造的拼布，胡亂拼湊她曾經上台演出的各個夜店。關於阿志的最後一夜，她還誤記了些什麼？

阿志。他還好嗎？等一切安定後，她應該去看看他。但願她的本尊去探視過他；她很不願意去想過去十八個月，他都一個人孤零零的。

康兒沒有走前門碰運氣，而是從夜店旁的小巷子去敲後門。一個大塊頭黑人保鑣打開一條門縫看看是誰在鬧事，發現是康兒時，似乎相當吃驚。她說明自己的身分以及爲何沒有和其他人一起排隊等候的原因。他面無表情地聽著，然後放手讓金屬門自行關上。幾分鐘後門又開了，他招手叫她進去，像是給她做個人情。他說賈士柏在樓上忙，就帶她到主樓層，留她坐在吧台邊。四下裡，員工忙進忙出爲開店營業做準備。這讓她有在家的感覺，向來如此，尤其是從前樂團每晚在不同場地巡迴演出時。每一間夜店都不盡相同，但每一間的氣氛都同樣充滿緊張刺激的活力。那是世界上獨一無二的感覺。

當賈士柏·班傑明終於從樓上辦公室下來，群眾已開始魚貫而入，渴望能占到靠近舞台前方的位置。賈士柏慢慢走向吧台來到她身邊，咧嘴露出業務特有的諂媚笑容。他是那種已經四十多歲，卻死也不願相信自己看起來像四十歲的白人男性。而賈士柏的問題在於他顯然有自知之明，卻無法承受事實。一個具有熱切的過度補償心理的男人展現出的狂熱與不顧一切，這一向就是他的個人特色。對賈士柏而言，那意味著昂貴的衣著與太陽黑子般、從外太空都能看得見的人格特質。她曾聽他這麼說過：*要是沒有一幅美麗的畫作，至少要買個昂貴的框。*

今晚，他的那個框包括一件亮面橘紅色運動夾克，內搭復古的 Trouble Funk 樂團 T 恤，加上在燈光下閃亮亮的名家設計款黑色牛仔褲，和一雙紅橘相間的義大利皮鞋，這雙鞋八成比她的房租還貴。他穿戴的首飾比康兒這一生所擁有的還要多。眞的太閃。這個男人應該要出示可能誘發癲癇的警告。爲了使效果達到完美，賈士柏身後跟著一個像巨人一樣巍然聳立的白人男子，相較之下，剛才那個保鑣就像會被其他小孩欺負的孩子。她知道巨人名叫安澤，大家都知道。他和賈士柏如影隨形，即使她所聽說關於他的傳聞只有一半屬實，他都不是個討喜的人，她也不太喜歡他盯著她看的眼神，好像在挑選晚餐，而她則是水產缸裡最後一隻龍蝦。

「歡迎回來。都好些日子了。」賈士柏一手輕輕搭在她的後腰處，好像她有可能從高腳椅上跌落。「聽說了一些有關於妳的荒唐傳聞。」

「是嗎？」她高聲回答，以便壓過逐漸升高的嘈雜聲。

「沒有人給妳送喝的來嗎？」他隨即彈指引酒保注意。「馬上給這位小姐來一杯伏特加。」

「不用了，眞的。我不需要喝東西。」

酒保還是往她面前擺了一杯酒。康兒於是微笑接受。與其拂逆賈士柏高漲的殷勤待客之心，還不如感激接受。依她的經驗，堅決要展現慷慨的男人一旦被拒絕會老羞成怒，而且幾乎不會再給第二次機會。而這第二次機會對她來說至關重要。

她啜了一口，注意到賈士柏看她的眼神。不是一般男人品評女人時草草瞥上一眼，就轉瞬間能將外在缺點編列成冊的那種眼神。**那種眼神**她早已學會視若無睹。不，這不一樣。卡拉、警探和現在的賈士柏．班傑明——他們看她的眼神就好像試著琢磨出現在浴室裡的是哪一種蜘蛛，還有牠危不危險。

「怎樣？」她脫口而出的兩個字帶著連自己都感到意外的怒氣。

他對她閃現一抹孩子氣的靦腆微笑，這種笑容八成是專門用在他自以為有魅力的時候。年輕時或許眞能發揮作用，但現在……卻像是強釘在臉上，只顯得油條。「只是好奇能不能分辨得出來。妳明白的……我是說，如果我不知道的話。」

「結果呢？」也不知道自己爲何要問，因爲她根本不想知道答案。

他瞇起眼睛看她。「應該可以。不確定。妳看起來不一樣，但又好像說不出爲什麼。所以原諒我吧，但我非問不可。我還以爲只有有錢人負擔得起複製人，妳是什麼祕密億萬富翁，跑到這裡跟我們這些人鬼混裝窮嗎？」

「我要是的話現在還會在這裡嗎？」康兒問道。

「考倒我了。所以妳的祕密是什麼？」

康兒不打算透露她和艾比蓋兒的關係。「大概就是好運吧。」

賈士柏思索片刻，似乎願意假裝她回答了自己的問題。「妳知道嗎？我一直覺得有個複製人很酷。聽說芭兒摩・布芮特是複製人。妳能想像嗎？」

康兒也聽說了。芭兒摩・布芮特是全球票房頂尖的明星。據八卦小報報導，她在拍攝電影《天文館站》某個特技場景時出了差錯，意外死亡。她的經紀公司措辭強烈地予以否認，演員本人也始終不願回答相關問題，只譴責這樣的指控荒謬又惡毒。然而，傳聞並未停歇。業餘的網路偵探指出一些疑點，諸如她與歌手狄隆泰・安德斯為期兩年的婚姻驟然告吹，以及她喉嚨處從小就有的一道疤痕起了某些細微變化。至於這個謎團是讓她人氣上升或下降，就很難說了。

市面上有各式各樣關於複製人題材的電影，多半是恐怖片，但也有其他類型。外加電視、音樂、書籍。亞倫・德拉尼出了回憶錄描寫他身為複製人的超然經驗，登上三十多國的暢銷排行榜。當一個文化試圖解決有關複製人的複雜且往往相互矛盾的各方意見時，這整個觀念定會激起偌大的反應。他們對複製人技術又愛又恨，基於各種立場害怕它、反對它，卻又感到忌妒，自覺被遺落了。

猜測哪些名人是不為人知的複製人已經自成一項家庭工業。再生中心本身對於該話題始終三緘其口，對於診所客戶的身分既不承認也不否認。據猜測，有一些走投無路的名人便利用再生中心嚴格的保密政策，故意洩漏自己是複製人的假消息，希望藉此引發爭議來挽救自己逐漸走下坡的事業。

在政界，手段更是骯髒許多。抹黑對手爲複製人，使其失去大眾信任，這方法屢試不爽。有不少陰謀論者主張，儘管經歷了二〇三三年的醜聞，美國政府依然爲白宮主要成員資助一項機密的複製人計畫。總統大選在即，兩黨的所有準候選人都嚴正聲明一旦自己在十一月贏得大選，絕不接受複製人備份。

開場秀已登上舞台，第一場表演也開始了。他們的表現精采得出人意表，吸引了大批群眾聆聽並頻頻點頭讚賞。

「飲料如何？」賈士柏問道，他幾乎是附在康兒耳邊大吼好讓她聽見。

「很好。」康兒又啜飲一小口好向他交代，卻發現確實好喝。但爲了安全起見，她就此打住不再多喝。今天她只吃了一頓早餐——嚴格說起來，應該是從頭到尾只有這麼一餐——而且這副身軀從未體驗過酒精。她的耐受度恐怕跟一隻渾身濕透的小貓差不多。

賈士柏說：「總之呢，妳都不知道當初『風信雞』解散的時候我有多難過。有好長一段時間我一直試著要找你們回來，就差那麼一點點了。靠，終於能再看到妳演出，眞是太好了。我是說眞正的演出。」

「你說『終於』是什麼意思？」康兒問。她確實知道他至少看過她六、七場演出。

「那天晚上我在場。」他說：「我看到妳了。」

「看到我？哪天晚上？」

賈士柏拚命回想日期。「聖誕節過後的某一天。妳和『風信雞』在『水晶燈』吧，我想。」

「水晶燈」是卡拉清單上的第二場表演，二十七日晚上。對賈士柏來說或許時間久遠，康兒卻記憶猶新。

「妳眞是……」賈士柏從來不會詞窮，但此時他卻沒把話說完。他也許愛出風頭、吵吵嚷嚷、白目得令人惱火，但始終有個可取之處，就是內在的他先是歌迷，其次才是夜店行銷。當他談起音樂，馬上變成一個眞心熱愛音樂的大孩子。「那是我所見過數一數二的精采表演。而且我什麼表演都看過。那天晚上妳就像炸彈爆裂。觀眾只有半滿，但誰的眼球都沒法從妳身上移開。」

「好，簡單，就是很殺。」康兒說，感覺話說得有點太過，像是麵包上塗了過多奶油。

「我說眞的。」賈士柏改用嚴肅的口氣來證明。「我無意冒犯，但過去幾年我看過妳很多次，搭配不固定的樂團客串演出。我總覺得妳都像是寧可到別的地方去，哪裡都好。可是那天晚上不知怎麼搞的，好像開關忽然打開了。我只看過『喚醒幽靈』唯一一次在這裡的表演，但那晚就像那一次的重現，讓我全身起雞皮疙瘩呀，小姐。後來的幾首安可曲當中，妳還唱了那首新歌。」他兩手放到太陽穴邊做出爆炸的手勢。

她眞想不到，老是夸夸其談的賈士柏竟如此觀察入微。那幾年上台表演經常讓她產生矛盾的感覺，但她自以爲已經掩飾得很好了。她不禁好奇當時唱了哪首歌。

「不知道歌名。」他說：「就只有妳和卡拉出場，唱了妳寫的一首新歌。她貝斯，妳吉他。就這樣。做夢都忘不了。本來想問音控那邊把旋律記下來，但可惜那天晚上他沒錄音。」

過去三年康兒寫過太多歌，根本猜不出是哪一首。不過她唱過其中一首的這個事實，簡直比她結婚的消息更令她驚愕。她已經不唱「喚醒幽靈」的舊歌，也絕對、絕對沒有唱過她新寫的歌。是什麼改變了她呢？

「妳知道嗎？我讓『風信雞』辦跨年演唱會，完全是爲了妳。」賈士柏說：「看到妳這麼卯足了勁，我非讓妳在這裡表演不可。」

「我答應了？」

賈士柏一手按在胸口，彷彿受到致命一擊。「是啊，妳答應了。老實告訴妳，我眞的嚇死了。」

「結果呢？」

「不知道。樂團試了音沒問題，可是妳好像忽然情緒崩潰。跟妳在一起那個男的，我還以爲他要出拳揍我。只好叫安澤過來請他出去。後來，我聽說，妳男友帶妳回維吉尼亞，之後妳就再也沒回來了。我跟卡拉．索羅門說沒有妳就免談，靠，她就像個活炸藥一樣。」

「我聽說了。」康兒如今明白了今天早上卡拉那麼憤慨的原因。康兒的這個丈夫愈來愈令人好奇。關於她的本尊在過去十八個月內墜入愛河並步入禮堂這個怪奇童話，她始終無法盡信，如今竟又告訴她在十二月二十六日（她最後一次更新日）與跨年夜之間，跑出一個羅密歐徹底顛覆她的人生——想必是旋風般的戀情。這個男人中的男人究竟是誰？

「好啦，言歸正傳，妳要找老賈談什麼？」他以第三人稱自稱，他就是這樣的人。

「呃，是這樣的，我想向你提個計畫。」

「有趣了，我也是。」

康兒沒有理會，繼續說道：「你還有興趣讓我在『玻璃屋』演出嗎？」

賈士柏才剛剛跟她說有多希望她來這個夜店表演，如今真的開始商量，他卻搔下巴瞇眼睛，好像她想要賣什麼無謂多餘的商品。「我有可能有興趣。妳能把史黛菲・瑪茨也找來嗎？」

「我想她現在搬到西部去了。」康兒說。這是謊話，她並不知道史黛菲最近住在哪裡，但就算她知道，這也不在選項之內。她接下來最不想做的就是將任何人牽扯進她要做的事情。

「太可惜了，」賈士柏說：「兩個會好過一個，妳知道吧？有兩個人我真的可以搞點名堂出來，可是如果只有妳，我想就算了吧。」

「別這樣，賈士柏。自從我認識你以來，你就拚命纏著我，要我再來『玻璃屋』表演，現在我答應了，你反而臨陣退縮？」

「我當然希望妳登台，」賈士柏說：「我是個歌迷。可是這些孩子呢？」他伸手朝等候的觀眾一揮。「他們不像我這麼在乎。」

「所以你沒興趣。」

「喂，我沒這麼說。如果能先看一段表演，也許可以。妳有沒有一點什麼想法？」

「你知道我沒有。」康兒說：「告訴你吧，我只是需要跟你借一星期的車。我在維吉尼亞有點私事要處理。等我回來，我會追查史黛菲的下落，我們再合作演出。我甚至可以免費表演。」

賈士柏看著她，像是覺得她瘋了。「借車？小姐，妳又不是要讓披頭四重新合體。我看起來像什麼？租車公司？我不會把車借給妳。不過妳要是眞的需要賺點錢，應該去找我幾個朋友談談。」

「什麼朋友？」她謹愼地問。

「我們何不到樓上的辦公室把話說完？那裡安靜些。」

好啊，以爲她會上當嗎？「算了，我走了。」

他把手放在她手臂上阻止她。「妳要明白妳有多特別。外頭對複製人感到好奇的人多的是。」

「你在說什麼？」康兒掙脫開來問道。

「就是說有很多賺錢的機會。有很多人願意付大把鈔票，只求有機會……」他話沒說完，好像沒說出來就沒事似的。

「搞上複製人。」安澤嘟噥一聲，這是他頭一次開口。「最後的禁忌。」

康兒打了個哆嗦。「好了，到此為止。」

她望向賈士柏後方，尋找最快速的離開途徑。越過他的肩頭，她瞥見一張面熟、冷漠的臉孔。群眾興奮地跳起來時，那張臉暫時消失，但進入慢拍後，它便像是退潮後重新露出的參差岩石。那個痘疤臉來了。他一手掩著耳朵，一面在人群中搜尋她。這混蛋是怎麼找到她的？康兒滑下高腳椅，不理會賈士柏正苦苦哀求她聽他說，便從他身邊退開。安澤往前一步擋住她，但她彎身繞過一群隨音樂起舞的女子溜了開來。

康兒奮力往前擠，逆著人潮前進。身材嬌小有個好處，有時候比較容易在人群中移動。她回頭瞄上一眼，心想安澤可能隨時會從身後冒出來。可怕的是，儘管周圍都是人，她卻知道不會有人出面救她。大家會以為是保安要弄走不守規矩的客人，而自動退開。

正前方，出口標誌有如一座救命燈塔閃著亮光。她又擠過另一群人——然後直接投入痘疤臉一名手下等候著的懷抱。他緊緊抓得她肩膀發疼。她抬頭看去，但他的臉被舞台上方深紅色燈光的光環蒙蔽住了。

「抓到人了。」他對著ＬＦＤ說，但聲音被音樂淹沒。他又大喊一聲，還是沒有得到回應。他將手舉到頭上揮舞，同時試圖將他身前的康兒往後帶到痘疤臉那兒去。她使勁地掙扎，用力踩他的腳，可惜他穿的是厚重軍靴，根本沒感覺。一如預期，群眾爲他們開出一條路來，不想多管閒事破壞自己的歡樂時光。

有個人，或是有個東西，從右手邊砸向抓著她的人——是安澤，沒見過哪個這麼大塊頭的人，能像他動作如此迅速。康兒一時沒了束縛，摔倒在地。人潮波動分離，中間出現一個空隙。這時有第三個人加入混戰。安澤的體積比他們大上一倍，但那兩人受過訓練合作無間，在他揮出重拳之際，不停遊走在外。倒在地上的康兒自覺好像哥吉拉老電影中的某個市民，倒楣地旁觀著怪獸摧毀城市。

樂團並未停止演唱。明明滅滅的閃光燈，只是徒增超現實的感覺。打鬥的動線忽前忽後，人潮也隨著起伏漲落，康兒趁隙爬向舞台後門，想在群眾間獲得保護。安澤的一記鐵拳掃中其中一人，暫時把他遠遠打飛一邊去。那人摔落在康兒附近，敏捷地翻身站起，看見了她，立刻伸手想抓她的腿。她另一條腿踢了過去，踢中了，她感覺到抓她的手鬆開來，立刻連滾帶爬混進人群，很快地從走廊衝向舞台後門，卻被稍早放她進來的那名保鑣擋下。

「幹麼？」她問道，並準備奮力一搏，哪怕毫無勝算。

「出去就不能再進來。」

康兒險些失笑。「放心，我不會回來了。」

他聳聳肩便讓她通過。

康兒跌跌撞撞來到巷子，隨便挑個方向就跑，只想離「玻璃屋」愈遠愈好。她不確定自己比較怕被誰抓到，是安澤？還是痘疤臉？過了兩條街才發現自己在混亂中掉了一隻鞋。**好極了**。她蹲下來從腳底拔出一塊尖銳石頭，然後繼續走。

雖然難以承認，但華盛頓對她而言可能已經是死胡同。關於消失的那十八個月，她能打聽的都已經打聽了。後面的故事要從維吉尼亞接下去，所以那是她必須要去的地方，不管有多危險。難道還可能比這裡更糟嗎？她不以為然，但無論如何，她深知自己並不在乎。現在唯一的問題是要怎麼去。找賈士柏幫忙已然無望，但至少讓她某個程度上清楚認知到自己的脆弱處境。她不會堅持自己設法去維吉尼亞。她需要幫忙。

她打了電話，只響一聲就接起來。

「妳好，康兒。」彼得．李說，似乎是真的很開心接到她的來電。「妳今晚好嗎？」

「不能再好了。你呢？」

「現在好些了。需要我為妳做什麼？」他問道。

「轉告你老闆我想做個交易。」

「他會非常高興。我派車去接妳。」

第十二章

康兒醒來時覺得昨晚是她離開再生中心以後，第一次獲得休息。能再次用清晰的頭腦思考讓她鬆了口氣，也慶幸身上不再發出隔夜的衣索比亞食物氣味，這得歸功於她這輩子洗過最舒服的一次澡。老實說，設計那個水柱從四面八方噴出的沖澡設施的人，有資格拿諾貝爾獎。即便如此，她還是用洗髮精加潤絲洗了四輪，頭髮才開始有一點點乾淨的感覺。雖然仍需要才華洋溢的美髮師加持，至少現在能用手指梳過頭髮。有時候一點小確幸就夠了。

昨晚抵達島上已經太晚，沒見到格迪斯。彼得說他是早睡早起的人，她也樂得能先梳洗睡覺。此時她在床上坐起身來，問屋子幾點了，一個愉悅的英國腔回答說已經下午三、四點。難怪她覺得這麼舒泰。當窗簾自動拉開，一片燦陽的炫光灑入房間。

她的衣服恐怕是拯救無望——若再重新穿上，昨晚的澡就白洗了——不過彼得說過她可以隨意取用衣櫥裡的衣物。她發現那裡面吊了一排女裝，全部都是全新的，吊牌還沒剪掉。地板上則有堆得高高的鞋盒。她信手翻看一下衣架，發覺全是她的尺寸。她還沒答應要來之前，就都買好了。這招果然快狠準，她不得不承認，並決定不去多想格迪斯怎麼會知道她的衣服尺寸。

更衣後，她走到臥室外的陽台，想趁著白天看看這片產業。又是濕熱的一天，不過有微風從水上吹來，所以還可以忍受。搭車前來時，她知道宅子建在島上最遠端，一塊彎彎曲曲伸入海灣、狀似爪子的土地上，夜裡看起來有如龐然怪物，此刻她從三樓陽台探身望去，發現自己想的沒有錯。維農．格迪斯住在一座城堡，或許是非常、非常超級現代化的城堡，但受盡風吹雨打的黑色岩石賦予它不可能錯認的中世紀氛圍。而且儘管格迪斯住在隱密又安全的島上，卻仍在屋宅四周築起高牆，只差沒有一條護城河與一座吊橋了。

她肚子咕嚕咕嚕叫得厲害，這才想起從昨天早上至今都還沒吃過一頓正餐。她向屋子詢問彼得在哪裡。屋子回答他在廚房區，並問她需不需要引路。等等，廚房區，是複數？屋子為她帶路，每到轉彎處便指引方向，不過她就算想破頭也分辨不出這個無形的聲音從何而來。它帶領她穿過屋宅，走下一段宏偉階梯，來到一處大理石門廳，她覺得這裡比起私人住宅更像飯店。從家具到藝術品到裝潢設計，一切都有一種不帶個人情感、經過修圖的完美。她抬頭注視上方高達十二米的圓頂天花板，只見一盞車站用的枝形吊燈從粗如船錨的鑄鐵鍊垂掛而下。

她表演過的夜店，有些比這裡還小。

屋子也沒說錯，的確不只一個廚房，而且每個都大過她在華盛頓的舊公寓。彼得站在其中一間的流理台前，和主廚一起檢討這星期的菜單，但一看見康兒便停下來。

「午安。妳一定餓了吧。」

「可以吃點東西。」她用二十一世紀最輕描淡寫的語句之一說道。

「早餐或午餐？」

「早餐，當然是早餐。」

「歐姆蛋怎麼樣？咖啡、小麥吐司、玉米粥、什錦水果。」

「再一份培根可以嗎？」她問道，並希望自己的口氣不會太像《孤雛淚》裡的孤兒奧利佛。打從在那家食物列印機故障的簡餐館開始，她就對培根念念不忘。

「我的同好啊。我們的肉品全都是來自當地的永續集體農場。格迪斯先生是投資人。」彼得說的同時，在原本堆滿一落落書本紙張的粗刨農村桌上，替她清出一塊空間來。這裡是屋內頭一個看起來像是真的有人居住，而不是精心擺設供拍照用的地方。彼得解釋說格迪斯先生大多時候都在這裡工作，自從他妻子過世後，比起辦公室裡的孤單落寞，他更喜歡廚房的熱鬧活力。

「他的孩子呢？」她記得報導上提過格迪斯夫妻有三個小孩。

彼得臉上隱約露出某個表情的輪廓，但一閃而逝，康兒難以形容。在流理台邊的廚子也停下手邊工作，刀子舉在一顆洋蔥上方定住。

「孩子們沒有住在這棟房子。」彼得解釋道。顯然還有更多得多的內情，但他的語氣明顯暗示這是個不宜討論的話題。

「那麼你老闆在嗎？我什麼時候能見到他？」康兒問。

「眞不巧，格迪斯先生今天早上進華盛頓市區去了。」

「你不是說他從來不會離開島上？」她對於時間的拖延感到氣餒。她必須趕到維吉尼亞去，沒有時間玩什麼遊戲。

「我是說很少。他是臨時有急事，不過應該能趕回家吃晚飯。他希望邀妳一起進餐。」

*他希望？*她不明白為什麼有權有勢的人非得假裝一切能由你做主，事實上他已經把你逼入角落，而你們雙方都心知肚明。也許這樣能讓他們晚上睡得安穩吧。

廚子端來她的早餐，她靜靜地吃，彼得則繼續完成他的工作。她看不出他的職務到底是什麼，只是他似乎很稱職，整個人散發著幹練的光環，讓她覺得有他在很令人安心。在她用吐司把盤子抹得乾乾淨淨後，他提議帶她到處參觀一下。

「其實，我在想能不能跟你借把剪刀？」康兒比比頭髮說：「這個狀況需要處理一下。」

彼得失聲笑了出來，這是她認識他以來頭一回。「我有更好的主意。跟我來。」

他步伐輕快地走著，一副就算蒙住眼睛也能在屋裡來去自如的自信模樣。康兒快步跟上。他們進到一個小房間，基本上是個只有一張椅子的理髮室，但配備之齊全不輸她所光顧過的任何美髮沙龍。

「這些是什麼？」她問道。

「格迪斯先生喜歡一星期理一次頭髮，因爲會把他的浴室地板弄得髒亂，他就蓋了這裡。」

「你也會剪頭髮？」

「是的。」彼得將理髮椅轉向她，示意她坐上去。

「說眞的，你的職稱到底是什麼？」

彼得又笑起來，康兒發現自己挺喜歡他的笑聲。「我想他和我商定的頭銜是majordomo。」

「這又是什麼？」這個單字康兒知道，卻從未聽人說過。「是像管家嗎？」

「majordomo是以前義大利或西班牙宮廷的大總管。我負責替格迪斯先生處理業務、管理家務，讓他的生活過得平順。」

「也包括剪頭髮？」

「我是個多才多藝的人。不過給妳一個合理的警告，我已經很久很久沒有替女性剪頭髮。只要妳不要求時髦，我想我還是應付得來。」

整理頭髮方面，她能放心交付的人不多，但彼得有一種說不出的感覺讓她坐上了椅子。他替她鬆開馬尾，帶著歉意清了清喉嚨。

「可能得剪得有點短。」

「多短？」她問道，雖然清楚知道頭上的情況有多慘。「這樣吧，你該怎麼做就怎麼做。」

「我通常都是這樣。」

接下來的三十分鐘，彼得剷除了所有不健康的頭髮，然後才開始以所剩不多的頭髮設計髮型。他太謙虛了——這個男人簡直是拿著剪刀的魔法師。他邊剪邊和她聊天，不多久，康兒就讓自己相信生活又再度恢復正常了。她彷彿就跟上百萬個女性一樣，只是出趟門，剪了個頭髮，尤其彼得沒有用古怪的眼神看她，也沒有問她關於複製人的問題。她心想既然是替格迪斯工作，複製人什麼的肯定已不再是有趣的話題。可以閒話家常的感覺眞好。她問他替格迪斯工作多久了，他說是從墜機後一年開始。也就是二〇三五年，將近四年了。

「你在哪裡學會剪頭髮的？那是大總管的標準職務之一嗎？」她問道。

「以前我爸爸開了一家理髮店。我從七歲起就在店裡幫忙。」

「家鄉在哪？」

「麥迪遜堂區，一個叫塔盧拉的小鎮。」彼得說。

「你來自路易斯安那州？」她有聽出南方口音，卻萬萬想不到是路易斯安那。

她的驚訝想必寫在臉上，因爲他對她咧嘴一笑，暫時操起道地的家鄉口音。「這一帶不太需要有卡郡血統的大總管，親愛的。我是經過訓練才適應的。」

「訓練你的人很稱職。」

「呼哇！」彼得低低發出一聲戰吼。

「你是軍人？」他的穿著令她困惑不解，但如今知道實情，他的姿態舉措也就說得通了。

「十七年。」

「我爸也是軍人。」話一出口，她自己都嚇一跳。她從來沒提起過父親。「他在一次行動中喪命。」

「格迪斯先生跟我說他是遊騎兵。很替妳感到難過。」他說得一本正經，好像是昨天才發生的事。

「沒關係，我那時候還小。」康兒熟練地轉移重點。

「不可能沒關係的，尤其妳那時候還小。」

聽他的口氣，康兒可以感覺到他呼之欲出的痛苦。她沒出聲，替他保留一個可以繼續沉思的空間，但他轉而問起她父親的名字。

「安托萬·達西下士。你認識他嗎？」

他搖搖頭。「軍隊規模很大。我可以問問他在哪裡服役嗎？」

「中美洲，墨西哥和瓜地馬拉交界。」

「南方警戒行動。」彼得用嚴肅而熟悉的語氣說：「那裡從頭到尾都有一大群人。我們失去了很多好弟兄。」

這個話題讓他們的談話失去興味，彼得默默地繼續剪髮。康兒很少想到父親，在她心裡他比較像是個觀念而不是真人。他死的時候她才六歲，即使在那之前，他出門在外也比在家的時間多。更何況康兒搬去和祖母同住後不久，母親就把安托萬在家裡留下的所有痕跡一掃而空。某天下午，康兒趁母親應該還在上班的時候，順道回家拿點東西，不料竟發現後院有篝火熊熊燃燒，而她的媽媽，瑪麗．達西則縮著身子坐在損壞的躺椅上，讀著聖經。

彼得剪完後，後退一步拿起鏡子。康兒看到自己的轉變，倒抽一口氣。她有祖母遺傳的黑色直髮，卻從未剪過這麼短，因爲擔心看起來會像個新兵，但彼得的巧手給她一種近似小精靈的感覺。成果好到超乎她的想像。她敢大膽地說，她的模樣簡直是可愛。更重要的，這是她頭一次看起來像一個人。倒也不是她自己，而是某個人。就好像如果有人瞄她一眼，她不必再擔心他們是否在納悶她是什麼物種。她忍不住張開雙臂，滿心感激地抱住彼得，兩人都因此大吃一驚。

「所以我過關了？」

「那還用說。太謝謝你了。」

「妳高興我就高興。」他說著脫離她的擁抱。

「彼得，我能問你一個問題嗎？私底下問問？你老闆實際上是什麼樣的人？」也許是她太天真，以爲彼得會直率地回答。畢竟他爲格迪斯工作，幫她剪頭髮並不代表他們就成了好友。然而，她就是信任他。這實在難能可貴，因爲她很少這麼快就信任一個人。

「嗯，這是個複雜的問題。但我猜妳的意思是他可不可靠，是嗎？」

「可以這麼說。」

「可靠。這是否意味妳應該相信他呢？關於這點，我恐怕沒有置喙的立場。這個人救過我的命，所以在這個話題上我可能不客觀。」

「他救過你？」她問道。

「妳要理解，格迪斯先生的處境非常複雜。而且有錢人，他們的思考方式和妳我不同。有時候我甚至不確定他們是不是生活在這個星球上。偶爾他會出乎我意外，但他待我向來公平。不過，到頭來，我們都得各自留意自己的權益，因爲除非擁有一致的利益，否則誰也不會在乎別人。妳明白我的意思嗎？這是我能給妳最好的答案了。」

「謝謝你。」她說：「很有幫助。」

話說完後，彼得隨即告退，說他還有事情要做，她有任何需要的話都可以對屋子說。下午剩餘的時間她便到處探索，一面思量彼得所說的一致的利益。有件事是確定的，今晚的對話將會十分有趣。雖然格迪斯殷勤款待，但他們並不是朋友，而且恰恰相反，他只是對她有所求。至於芬頓所說的話，也可能有一半機會是真的。她必須提高警覺。

這屋裡的房間一個個都裝飾得完美無瑕，也都空蕩蕩毫無生機。行走其間，彷彿走過旺季結束後的豪華渡假村，所有賓客都回家去了。除了廚房區外，屋內的豪華設備還包括：一間電影院；一間彷彿屬於舊日英國大學的巨大圖書館；一個遊戲間，裡面有酒類齊全的酒吧、幾張撞球桌、乒乓球桌和沙壺球台；一間設施完備的健身房；一個壁球場；以及一個存放了數千瓶酒的恆溫酒窖。她經過一個宴會廳，空間大到走路都有回音。但是一來到醫院級的醫療套房，康兒的羨慕之情開始轉為憐憫。彼得說過格迪斯很少離開島上。那麼有錢的他仍然像是被困著。這裡不是家，而是一等一的監獄。

她上樓後看見他小孩的房間，每間都像完完整整冰封的琥珀，當初散落在地上的玩具衣物都還在原地。這讓康兒想到有些父母無法面對事實，就會以這種方式悼念失去的孩子。在某個兒子的書桌上有未寫完的作業。可是彼得說孩子們不住在這裡。但孩子們當初也沒有坐上那架失事的飛機，所以他們如今究竟在哪裡？

站在女兒房的窗前，康兒看見一輛豪華禮車駛進環形車道停在正門口。維農・格迪斯下了車，步履輕快地走進屋內。她應該沖個澡，整理整理儀容。晚餐時間快到了。

第十三章

八點剛過不久，彼得帶康兒到俯瞰防波堤的露台上，多虧有這道堤防，小島才能免於被乞沙比克灣的漲潮淹滅。太陽低掛在西方天空，夕陽光暈爲屋子鑲上了金邊。格迪斯坐在一張輕易便能接待三十位客人的餐桌旁。他身穿剪裁精美的西裝，起身迎接她。洗過澡後，康兒一度苦惱著該穿什麼。應該從衣櫃裡的新衣當中挑一件以表達感激嗎？或者這樣會讓她顯得軟弱？她試穿了幾套，但最後還是選擇來時穿的 T 恤和牛仔褲，因爲先前回房時她發現衣服已洗乾淨摺好放床上。她一再強調自己是康兒·達西，因此行爲舉止最好也要像她。

「晚安，」格迪斯說：「很抱歉，妳醒來的時候我不在，只是我不得不進城裡去滅一場火。我相信彼得把妳照顧得很好吧？聽說妳非常勇敢，還讓他替妳剪頭髮。」

「應該說他非常勇敢，敢幫我剪。」

彼得聽了她的玩笑話淡淡一笑，但沒開口。他倒了酒之後又進屋去了。格迪斯舉起酒杯，等著康兒也舉杯。

「歡迎光臨寒舍。謝謝妳來。」

「謝謝你。」康兒說著與他碰杯。她急著想趕快切入正題，卻又知道先提起話題是不智之舉。沉默在他們之間瀰漫開來。他面帶微笑，引她上鉤。好手段。她年紀輕，但不笨。於是她轉而品嚐杯中的酒，恭維了幾句，其實關於這杯酒，除了它是白酒之外她一無所知。

「妳知道嗎？這是這棟房子裡妳姨媽最喜愛的地方。」格迪斯打破僵局說道：「她住在島上的時候，我們會在這裡坐上幾個小時，規畫再生中心的未來。她愛極了這片風景，不過在加高防波堤以前景色更美。」

「沒關係，反正我從來沒眞正看過大海。」康兒坦承。「很美。」

「從來沒有？怎麼可能？妳是德州人耶，你們家離墨西哥灣多遠？兩三個小時車程？」

「我媽覺得度假沒什麼好處。」

「妳媽覺得度假沒什麼好處。」格迪斯發出不敢置信的笑聲重複她的話。「原來艾比蓋兒說她姊姊難纏，並不誇張。」

通常，康兒不喜歡除了她以外的人說她家人壞話。然而，現在爲了策略考量，她願意不去計較。「我媽，我媽的媽媽，很可能還有我媽的媽媽的媽媽。難纏可以說是家族遺傳。」

「這點艾比蓋兒應該也提過。不過她非常喜歡妳。」

「最好是。」康兒說得太快。伴隨著送她複製人的提議一起寄來的信，她有許多形容詞可以用來形容那封信中的口氣，其中不包括「喜歡」。

「妳覺得是誰幫妳付大學學費的？」

「我奶奶。」康兒謹慎地說。

「不對，妳祖母只是開支票，錢是艾比蓋兒給的。悄悄給的。以免讓妳和妳母親的情況更加惡化。」

康兒想再次否認，但已經看出他的說詞也許可信。自從母親禁止康兒去德大奧斯汀分校上課，喬珥阿嬤的錢從哪兒來始終是個謎。阿嬤說是她未雨綢繆的積蓄，結果原來一直是康兒的有錢姨媽給的。

「你有成功滅掉嗎？我是說那場火。」康兒問道，爲了轉移話題也爲了不讓格迪斯太好過。似乎奏效了，因爲他臉沉了下來。

「可惜沒有。我今天被再生中心董事會除名了。」

「很遺憾。是因爲我嗎？」

「我插了手總要承擔一些後果。不曉得布魯珂怎麼知道我和妳談過。但現在也無所謂了吧，我想。她找藉口已經找了很久。」格迪斯將空酒杯重新斟滿。「但話說回來，儘管知道這是遲早的事，還是比我想像中更難接受。我幫忙從無到有建立打造的公司，竟然把我當成一般罪犯，讓保全送我走出大樓。」

「是我，是我告訴芬頓博士我們談過。」康兒想不出有什麼理由不告訴他——他要不是已經知情，想要測試她，要不遲早也會知道。現在由她主動告知會比較好。「我不知道會害你被踢出董事會。」

「是嗎？」格迪斯放下酒杯說：「我們談過以後妳也和芬頓談了？」

「是的，我見到她了。」

「妳見到她。」在格迪斯心裡，談話與見面似乎有重大差異。「這麼說妳回再生中心去了？」

「沒有，是她來找我。」

「親自？她親自去找妳。」格迪斯一副好像剛剛從她口中得知點鉛成金的祕密。「有意思。布魯珂是怎麼爲自己辯解的？」

「她說是你把我弄出再生中心，還說我下載發生異常，你是罪魁禍首。」

「異常？」他聽起來眞的很訝異。「什麼樣的異常？」

如果這是演出來的，他眞的非常、非常高竿。康兒提醒自己，芬頓說的話也同樣很有說服力——這些人不是靠單純率直而致富的。她盡最大可能描述芬頓所說，關於她下載紀錄中的叢集性缺漏。

「王八蛋，」格迪斯握起拳頭重捶椅子扶手，像法官敲法槌一樣。

「你知道是怎麼回事嗎？」康兒問道：「芬頓說她毫無概念。」

「鬼才相信她不知道。她比我想的還要聰明。」

康兒等著他說下去，但格迪斯陷入沉思，目光眺望著海灣，彷彿看見天邊有艘船即將沉沒。康兒以雷射般的眼神凝視他的太陽穴，希望藉由意志力驅動他開口。告訴我。但未能生效，她便伸手去端自己的酒杯。如果這整個晚上將成爲僵局，那麼或許可以趁機測試一下她的新身體對酒的耐受度。幸好，彼得及時帶著晚餐再次出現。綜合野菜沙拉、青蟹濃湯，還有紅酒燉牛小排，看起來肯定是入口即化。她幾個小時前才吃過東西，卻已經又飢腸轆轆。她大聲地質疑說自己這輩子不知道還能不能吃飽睡飽。

「妳在開玩笑吧？」格迪斯笑了一聲說道，所有怒氣都神奇地消失無蹤。就好像有一個擅長社交又富魅力的格迪斯完美替身，接替了談話。「我當複製人的第一個月，每天大概要睡十四個小時。除了吃東西以外都不下床。幸好那時候彼得還沒替我工作，所以現在對我還能有點尊重。」

聽到這話挺讓人安心的。她一直只憑靠一己之力摸索新的現實，如今得知自己經歷的是正常現象，頗感安慰。

「妳覺得怎麼樣？我是說情緒上？」格迪斯把自己當成她在世上最好的朋友，問道。

「不太好。沒有人覺得我是我。」康兒不太確定是否應該對敵人傾吐心事，但卻痛苦地意識到她有多需要跟懂得這種感覺的人說一說。令她氣惱的是她敢說他也知道這一點。

他深表同情地點點頭。「那妳呢？妳覺得妳是誰？」

「我不知道。我腦子裡亂糟糟的。」

「我完全明白。我也經歷過同樣的事，而我只延遲了兩個星期，妳卻是十八個月。我無法想像妳會是什麼感覺。」

「我連外表都不一樣。」

格迪斯點頭道：「通常，再生中心會事先讓妳選擇要不要補上刺青、疤痕、特殊痕跡。也會讓皮膚老化。他們聘了兩個整形外科醫師顧問。相信我，這有幫助。有時候客戶會選擇全部重新來過，但十有八九則是希望盡可能和本尊相似。我當然是這樣，可是當時也很掙扎。」

康兒往下瞄一眼光溜溜的左臂。她明白。照鏡子的時候至少認得鏡中人，這是最重要的了。「我總覺得我快瘋了，你懂嗎？」

「我懂。但絕對不只有妳這樣。」格迪斯大大吐了口氣。他指尖相碰頂成帳篷狀的手指前後抽動著。「妳真正了解妳姨媽多少？」

「幾乎一無所知。」康兒承認。

「她很了不起。獨一無二。我是個工作狂，但跟她比起來卻像個不能雇用的懶鬼。

再者，她也是我所見過最聰明的人。幸虧她對做生意沒興趣，否則我就失業了。我們是一九年春天，去波士頓開會時認識的。當時她已經拿到ＭＩＴ的量子電腦學位和哈佛的醫師科學家博士學位。這是很不尋常又繁重的課程組合。她寫複製人技術的博士論文造成轟動，只可惜沒能吸引到投資者。」

「爲什麼？」

「她這人，就像妳說的，難纏。投資人想知道他們能掌控自己買的東西。」格迪斯想起前合夥人面露微笑。「艾比蓋兒卻是不受控制，嚇跑了很多人。我看在一位朋友的份上去找她談，因爲聽過不少傳聞，也就不期望會有任何結果。不料我們談著談著還一起吃了晚餐，等到用過甜點，我整個人生的軌跡也就此改變。我們決定攜手改造世界。我卻從未停下來問一問世界是否願意改變。

「當國防部找上我們，意義再明顯不過。我們國家太熱衷小戰爭，使得自己分身乏術。到了二八年，特種部隊的行動凝聚力大幅衰退，以至於特種作戰司令部無法履行與他國的承諾。妳要知道，單一個第一特種部隊隊員就需要多年的訓練與超過千萬美元的經費，如此可觀的投資可不能任由一顆流彈毀滅。」格迪斯彈了一下手指。「但如果再生中心能支援那些士兵呢？如果能在幾週內讓陣亡將士重回戰場，讓訓練與調派人力的損失降到最低呢？那些珍貴無比的經驗與技能將能保留下來，而不會慘遭遺失，他們的家人也不會失去母親或父親。我們發揮了愛國心。無論從哪方面看，這都是雙贏局面。」

「直到他們開始回家爲止。」康兒說，一面納悶爲何要在這裡聽歷史課。如今，這在美國已是家喻戶曉的事情。三二年，《華盛頓郵報》率先曝光，有一家名叫再生中心的小型生技公司在爲特種部隊重要人員提供後備複製人。這則新聞震撼了美國人的良知，使得原已分裂的國家更加四分五裂。關於人類生命本質的問題已經從科幻小說的假想，轉變爲國內家家戶戶餐桌上的話題。政治上向來敵對的人不安地發現雙方對此議題站在同一陣線，而昔日堅定的盟友卻反而反目。

更糟的是聯邦政府陷在無止境的官僚困境中，無法針對該議題通過任何有意義的立法。根據輿論顯示，通過立法聲明受動的美國退伍軍人不是人，無異於政治自殺。因此就連一項法案都未曾付諸表決，結果只好由州政府自行決定。首先通過反複製人法案的州——其中包括伊利諾、麻塞諸塞、喬治亞——直接就禁止了該程序。接下來數年間，其他州規定得愈來愈嚴格，彷彿在全國性的純正度測試中爭相競逐最反複製人的權力衣缽，完全剝奪複製人的人格權，憲法中「充分信任與尊重條款」遭到牽強附會與曲解的情形更是南北戰爭以來所僅見。世界其他各國對此也各有立場，歐盟全面通過複製人技術的暫時禁制令，而中國、韓國與日本則開始發展自己的複製人計畫。假如傳聞屬實，沙烏地阿拉伯皇室以鉅款聘請了再生中心在利雅德開設一間他們專屬的私人複製人診所。

「如果告訴妳第一代複製人多半都走了，妳會覺得驚訝嗎？」格迪斯問道。

「走了？怎麼個走法？」

「絕大部分是自己了結生命，沒有這麼做的人則是飽受成癮症和憂鬱症之苦。有人直接就從地表上消失，人數之多令人沮喪。也不知道他們上哪去了。」

「怎麼回事？」康兒不敢置信地問。這部分她沒聽說過。

「因爲他們是複製人，就是這麼回事。他們爲國效力之後，被政府拋棄了。國家拋棄了他們。沒有人試著幫助他們順利過渡到一個不知道他們存在的世界。由於這項計畫是極高機密，連他們自己的家人也不知道眞相。當消息在媒體上曝光，把那些家庭都摧毀了。」

「我都不知道。」她終於失去了胃口。

「誰也不知道，因爲多半都沒有報導。重提這些事對國家也沒好處。我們就只有在看球賽廣告時，才會想到要關心一下退伍軍人。」格迪斯將瓶中最後的酒倒入杯子。

「天啊，」康兒輕呼一聲，但已感覺到怒火暗生。「都知道這些了，你還是決定要爲一般大眾提供複製人？」

「是的，」格迪斯回答，她的挑釁口吻讓他受到驚嚇。但若是他以爲坦承自己的罪行能夠贏得她的好感，恐怕要大失所望了。

「爲什麼？你到底在想什麼？」

「我很希望能有崇高一點的答案，但我就是個生意人。我覺得這是個很大的商機。艾比蓋兒想暫時喊停，討論各種後果，可是沒有時間了。我知道一旦媒體掌握了消息，我就必須果斷行事，否則我們所建立的一切都會被輿論潮流所淹滅。我眞心以爲只要克服美國人原始的懷疑心態，就能說服他們相信再生中心正在做許多有益的事。說白了，我們逃脫了死亡，這一直是人類離開洞穴後的夢想，再生中心讓這個夢想成眞。」格迪斯停下來，對自己的興奮熱忱感到尷尬。「妳要知道，當時我對複製人技術有著狂熱的信仰，我錯得太離譜了。」

她吃了一驚。她不認爲他會是個勇於認錯的人。「那是什麼讓你改變心意？」

「墜機。」他簡短地回答。「我和辛西雅都死了。她向來很支持我的工作，但從來不想要有自己的複製人。所以當我在再生中心復活時，就成了孤單一人。張皇失措，不願接受事實。這些妳很熟悉吧？」

「對，非常。」

「我創立了再生中心，但是並不理解當複製人的意義。我以爲我理解，以爲我能有同理心，但我太著迷於它的潛力，以至於只把成爲複製人對客戶的傷害視爲可以接受的有利交易。直到我死了才發現這一切有多麼不道德。」

「不道德？所以，這意思是……你現在不認爲複製人是人了？」

格迪斯搖頭。「不，不是這樣的。我們當然是人。相信我，我也有充分的時間思考這個問題。五年前甦醒時，這是我唯一毫不懷疑的事。」

「所以說，你覺得複製人是人，但卻又反對複製人？這要怎麼說得通？」

「妳當複製人多久時間？兩天嗎？到目前爲止感覺還愉快嗎？」他意在言外地問。

這時彼得剛好又從屋裡走出來，讓康兒省得回答，他的時機點總是那麼完美。他附在格迪斯耳邊說悄悄話，只見格迪斯的臉往下沉。海浪打在堤防上的空洞澎湃聲在遠處隆隆回響。

「他們全都來了？」格迪斯問。

「是的，主人。在門廳。要我請他們走嗎？」

格迪斯皺眉道：「不，那只會讓情況更糟。阿道斯跟我一樣很不喜歡出門，如果這麼大費周章卻白來一趟，他會很不是滋味。帶他們過來吧。」

「是的，主人。」彼得說完便去接人。

「有問題嗎？」康兒問。

「我的另一場火燒過來了。」格迪斯說。

「我應該離開，」康兒說著便要起身。「我們晚一點再繼續談。」

「不，妳應該留下。這事也和妳有關。」

彼得讓三個男人來到露台上。康兒遠遠就能看出他們難掩的怒氣。他們沒有耐心講究禮數，直接從彼得身旁疾走向前。從彼得看格迪斯的眼神，似乎只要主人一聲令下，他就會把這三人全丟進乞沙比克灣。至於格迪斯，儘管被這些人團團圍住，他仍揮手讓彼得退下。若換作是康兒，她應該會站起來好拉開一點空間，但格迪斯只是啜著酒，冷靜地看著他們。

「各位，」他說：「是什麼風把你們吹來了？」

「是眞的嗎？」第一人問道，他是個高大的錫克教徒，額頭上有深深的皺眉紋。

「是嗎？」第二人附和道，他是個身材微胖的白人，有個鷹勾鼻和鄉村俱樂部會員特有的下顎垂肉。

第三人也是白人，則是不發一語。他是三人當中最矮的一個，但康兒覺得他靜默嚴肅的神情很嚇人。他將休閒式西裝上衣的衣襬帥氣地往後甩，手插口袋站著。

「什麼是眞的嗎？」格迪斯說。

「別裝傻。」第二人說：「詹姆士打給我們了。他說你今天下午告訴他再生中心董事會把你除名了，現在你打算提出上訴。是眞的嗎？」

「我們還是坐下來說，如何？」格迪斯口氣溫和地提議。

「直接回答就好了，維農。你打算繼續嗎？」

「是的。」格迪斯說。

來客大發雷霆，先前虛僞的客套快速消失。只有第三人保持沉默，不過在那善意的表情背後，目光轉爲冰冷。格迪斯靜坐不動，聽著他們指責他背叛。

「我們說好的。」第二人說。

「我很清楚。」

「當初說好只要你的案子進最高法院，你就會先撤訴。這是你答應的。」

「我知道，對不起。」格迪斯說。

「對不起？」第一人說，一面用手背拍打手心。「這樣不夠，差得遠了。對我們所有人來說，冒的風險太大。」

「是，」格迪斯說：「我們全都要冒一些風險。我們都在同一條船上。那是一種美好的情感，但只有我可能要犧牲一切。」

「那是你的美好情感，」第二人說道，他整張臉紅到康兒覺得他好像就要心臟病發作。「是你的。你從一開始就不斷鼓吹。」

之前始終沒有開口的第三人，這時清清喉嚨。他的同儕於是安靜下來，朝他看去。

「朋友，沒有人會忽視你要付出的天大代價。」他用深沉且充滿同情、有如政治人物的口吻說道。

「他們是我的孩子，阿道斯。」格迪斯說：「你們這是要我放棄我的孩子，放棄我做爲父親的資格，並公開承認我不會爲他們奮戰到底。你覺得他們如果知道父親把政治權謀看得比他們還重，會作何感想？你做得到嗎？」

「維農，我們明白。」阿道斯回答：「相信我。我們都很痛苦，這你是知道的。

可是你沒想清楚，要是這個案子上了法庭，你贏不了。五票對四票，也可能六對三。」

「這點我們不能確定。」格迪斯說。

「五對四，頂多是這樣。賈西亞會跟隨多數，你必輸無疑。我們做的敵情研究，全都是這樣的結果。這已成定局，然後我們全都會失去一切。最高法院將會對國內複製人的合法地位，給予致命的一擊。我們過去這五年所做的一切努力都將付諸流水。很抱歉，現在真的不是好時機。」

格迪斯沒有提出反駁。他未置一詞，但康兒看得出他心意已定。從小在母親身邊長大的她對這種表情再熟悉不過——此時事實已不再重要，真相變得麻煩，而且要不是違背她的信念就是阻礙她的想望。康兒不知道維農·格迪斯心裡在想什麼，但無論如何，她知道他不會改變立場。

阿道斯並未因此放棄嘗試。「但假如我們的候選人在十一月勝選，又有兩名法官已年近八旬，我們很有機會在接下來的八年內扭轉最高法院的情勢。」

「我等不了八年！」格迪斯厲聲說。

「我知道，」阿道斯應和道：「這並不公平，但我們得有耐心，要謹慎行事，你知道的。」

「他當然知道。畢竟，這是他的計畫。」第一人說。

接下來一整個小時，這三人試盡各種想得到的方法企圖說服格迪斯，可惜無一奏效，到最後甚至康兒都想支持他們了，如果有人問她的話。不過當然沒有。她自覺像個涉入家庭紛爭的不速之客，那三人一次都沒有顯露出注意到她的存在，而格迪斯雖說了這件事與她有關，卻也沒有特意爲她引見。從對談當中，她已猜出他們全都是複製人，但康兒似乎不是他們那一類。或者，不如說她是隱形人。這一點讓她上了一課。格迪斯願意讓她靜靜旁聽，但想要發聲就得有十億身價。記住這點才是明智。

當那三人終於看清和格迪斯說不下去了，便準備離開。他們的怒氣已消，取而代之的是一種隱約的幻滅感。無疑是領頭羊的阿道斯一邊扣上外套鈕釦，一邊回頭看格迪斯。

「你知道我不是那種隨便出口威脅的人，但如果你繼續打官司，你要知道會產生一些後果。你會讓我沒有選擇的餘地。」

「我明白。」格迪斯說：「我不會怨你。」

「我們很快再談談吧。我實在不希望和你爲敵。」

「好的，」格迪斯起身與他們一一握手，就好像事情已經談定。康兒覺得這整齣裝模作樣的戲怪異至極，完全猜不透有錢人如何爭鬥。再度剩下他二人時，格迪斯重重坐回椅子上，眺望凝視著海灣許久。這似乎是他最鍾愛的姿勢。

「他們沒有說錯，」他最後終於說道：「這場官司我可能會輸。」

「什麼官司？」康兒語帶同情地說，但其實她內心的沮喪感更加重了。

「說得也是，」格迪斯說：「我偶爾會忘記這案子不是每個人世界的重心。認眞說起來其實很簡單。飛機墜毀時，是我和辛西雅正要從巴黎回來。那趟旅程是爲了慶祝結婚紀念日，而巴黎是地球上她最喜愛的城市。這件事的悲劇部分在於旅程結束後，她原訂要去巴塞隆納參加一場會議發表演說，我則獨自回家，沒想到西班牙發生恐攻，會議不得不在最後一刻改期。結果她才和我一起飛回家。否則她現在還會活得好好的。總之又是一起隨機事件伴隨著無法預料的後果。」格迪斯說到這裡打住，意識到自己無意中跨入的私人領域已超乎預期。「總之呢，我們旅行的時候，經常讓孩子待在維吉尼亞她哥哥家，她的兄嫂是孩子們的教父母，我們兩家的孩子年齡也差不多。我們互相往來頻繁，孩子們的感情也好得不得了。再生中心讓我重生後，我捎信請他們將我的孩子送回家，結果我大舅子卻透過律師通知我，說孩子會繼續跟他們住在維吉尼亞。」

「爲什麼？」

「因爲在辛西雅家人心中，維農·格迪斯和妻子一起墜機身亡了。他們不承認我的存在。我失去了妻子，見不到孩子也完全沒有和他們聯絡過，如今我眼看就要永遠失去他們，以及我的財富和我建立的一切。」

「哇。」康兒這才明白他的難處。

「關於這方面，維吉尼亞的複製人法律訂得明明白白，辛西雅哥哥的態度也一樣。

他以教父的身分申請我三個孩子的監護權，除此之外，他還向維吉尼亞法院提起訴訟請求宣讀遺囑，遺囑的內容說了，我和辛西雅死後，資產將交付信託以照顧孩子，並由我的大舅子負責執行，我眞是個大笨蛋。」

「那麼你就破產了？」

「一文不名。當然，我在維吉尼亞提出上訴，又在馬里蘭法院提出反訴。馬里蘭的判決對我有利，維吉尼亞則對他有利，兩邊僵持不下。於是兩案合併移送最高法院，法院已經表示願意受理，而我也確定會輸了。」

「所以你的朋友才那麼生氣。」

「假如最高法院判定我不是維農．格迪斯，等於是以聯邦層級解決了複製人人格權的問題。這項判決將會凌駕所有州級法律，象徵美國境內合法複製人技術的終結，全國各地複製人的權利與財產都會被剝奪。所以我要不是用盡手邊每一分資源爲孩子奮戰，就是犧牲他們以成就更大利益。在今天召開董事會之前，我本來多少有點認命地選擇後者。」

康兒沒有小孩，對小孩也沒有太大興趣，但仍無法想像被迫做這樣的選擇。「那你爲什麼改變心意？」

「因爲我認爲這一切都不是意外。現在發生的事已經暗中進行很久了。我感覺得到，只是不知道是什麼，又是爲了什麼。」

「那現在怎麼辦？」

「現在我們來做個交易，」格迪斯說：「來個甜點如何？」

第十四章

甜點是藍莓餡餅配冰淇淋。格迪斯喝了杯威士忌，但康兒婉謝了。她還在慢慢啜飲第一杯葡萄酒，並打算繼續保持現狀。格迪斯將椅子拉近，以便與她悄聲交談。他脫去了外套，拉鬆了領帶，神祕兮兮地往前坐，並捲起袖子。

「三二年的時候，《郵報》爆出複製人的新聞，再生中心也開始為大眾提供複製人服務。至今八年來，兩個創立元老都被有計畫地趕出他們創辦的公司。」

「我姨媽是自殺。」

「拜託，」格迪斯嗤之以鼻。「艾比蓋兒．史提克林是我所見過最不可能自殺的人。」

「媒體說她患了憂鬱症。」康兒說。

「工作上的挫折的確讓她沮喪，但她絕對不是憂鬱。那純粹是再生中心對外的說詞。」

「你不認為她是自殺？」

「不，那肯定是艾比蓋兒沒錯。但我也聽到各種荒謬說法，說儘管在醫學理論上她無法擁有自己的複製人，但不知爲何跳樓那個就是她的複製人。本尊與複製人在多數方面都完全相同，但還是有辦法判別，例如指紋、環境的磨損消耗、日曬傷害。這些都無法造假。我不懷疑從屋頂摔落的人是艾比蓋兒，我只是始終想不明白爲什麼。」

「你認爲這一切都有關聯。」康兒說。

「我知道妳聽了有何感想。有時候我也覺得只是自己多心了——我不諱言在辛西雅死後這五年間，有時候會陷入想像無法自拔——但我始終覺得除了倒楣之外，還有更深層的東西在運作。」

「而你認爲布魯珂・芬頓就是幕後最大黑手？」

「我現在是這麼覺得。」

「你知道嗎？她也是這麼說你。」康兒告訴格迪斯的同時也在提醒自己。

「她當然會這麼說。她需要一個替死鬼，我正好符合條件。」

「那麼芬頓想要什麼？」

「創立公司的時候，我答應艾比蓋兒，她對於何時發表或者是否發表工作成果，有最後且絕對的決定權。這麼做有它的缺點，但說到底，這世上也只有一個艾比蓋兒・史提克林。自從芬頓取代我成爲總裁，就開始和艾比蓋兒爭奪研究與開發實驗室的控制權，她探索她所能支配的每項資源，想把手伸進艾比蓋兒正在研發的智慧財產大寶庫。結果都沒用。艾比蓋兒死後，芬頓長驅直入研究實驗室，就像漢尼拔翻越阿爾卑斯山。妳知道她找到什麼了嗎？零發現。艾比蓋兒刪除了所有資料，多年的研究心血都沒了。再生中心因此倒退了至少十年。當時，我以爲艾比蓋兒只是太自我，不願留下任何東西讓其他人有機會追隨她的腳步，做到她沒能做到的事。這非常像是艾比蓋兒的作風。」

「但現在你不確定了？」

「現在我懷疑這一切恐怕都不是眞的。艾比蓋兒的研究資料眞的都被刪除了嗎？或者這又是布魯珂・芬頓對外的說詞？也許我想錯了，但我覺得和艾比蓋兒自殺，以及她的外甥女在九十天的醫學封鎖期限過後十五個月重生比起來，我的懷疑更加可信。更何況一開始看似操作封鎖程序失當的人，正好就是偷偷幫妳逃出保存庫的人。」

「你認爲拉蕾・阿斯卡麗也有牽連？」康兒邊問邊回想拉蕾有無任何撒謊的跡象。但這想法讓她很不舒服。

「這個嘛，我也想問她同樣的問題，只不過她好像失蹤了。」

「所以說你認爲芬頓謊稱艾比蓋兒的研究資料已毀，並想利用我的意識從再生中心盜取資料？」康兒試著去理解這個想法。

「對，我是這麼想。但就算是總裁，也不能帶著那種智慧財產走出再生中心。絕對不可能。她會需要一個遞送員，一個不知道自己攜帶了寶貴物品的人。」

「所以你想上傳我的意識。」

「對，不過要這麼做就需要用到再生中心診所，而我已經沒有使用權。所以我希望能掃描妳的頭部，我有一位專家應該能告訴我們我的推測是否正確，或者只是陷入自己的想像。分析需要幾天的時間。這段期間，歡迎妳待在這裡作客。」

「我要還個價。」

「好，我其實也想到妳會這麼做。」格迪斯說：「說來聽聽。」

「我想要一輛車和一些錢，足夠我一、兩個星期的開銷。」

「妳想去維吉尼亞，對不對？不管有多危險，不管要冒什麼風險，妳都準備好要開車過去了。」

「是啊，很笨嗎？」

「這要看妳問的是誰。妳能告訴我原因嗎？」

她遲遲說不出自己的想法，因爲知道聽起來有多蠢。「很難解釋，但是……我想知道她發生了什麼事。我的本尊。在過去十八個月裡。我就是需要知道。」

「這是當然。」格迪斯點點頭，露出會意的眼神。

「我這麼好奇她的生活會很奇怪嗎？」康兒問道：「我忍不住一直在想，這消失的十八個月，到底是什麼狀況。」

「妳要是能忍住不想才奇怪。」

「眞的嗎？」

「那可不。過去這幾年我和許多複製人聊過，大家都是這樣。不管時間差的空檔多小，內心總會被一種不完整的感覺折磨。」

「沒錯！」康兒猛然坐直起來。這正是她一直拚命想明確說出的感覺。不完整。她的那個部分不見了。得知自己不是唯一一個這麼想的人，她再次鬆了口氣。「你也會這樣嗎？」

「我根本是著魔了。」維農回答道。

「我就是這種感覺。」

「我最後一次更新就在我們出發前往巴黎前夕。我心裡有種很強烈的需求想知道我和辛西雅之間發生的一切，哪怕是再小的細節。我們去了哪裡，做了什麼？她開心嗎？我請了私家偵探追溯我們的行蹤，請他們去找飯店和餐廳的工作人員問話，找和我們互動過的每一個人。我仔細詳讀我們的簡訊，試著判斷當時的心情。辛西雅很擅長攝影，所以儲存了大量珍貴的照片和影片。我全部都看了，重建整趟旅程。」

「有幫助嗎？」康兒問。

「可以說有也可以說沒有。我想說的是，不管怎麼樣永遠都不夠，可是到最後，我得知的部分已足以讓我平靜下來。我知道辛西雅享受了一趟美好的旅程，我們共度的人生也結束在巔峰。這給了我前進的動力。」

「很遺憾，」康兒說。她想起前一段人生的最後時刻——在聖誕節隔天早上醒來，去探視阿志。已經是一年半前的事了，但對她來說，才僅僅過了三天。

「我無法想像妳會是什麼感覺。」他說。

「什麼意思？」

「意思是我只失去兩個禮拜，妳卻失去了一年半，而且還是變故多到不可思議的一年半——妳談了戀愛、搬了家，還結了婚。有太多人生重要的里程碑。」

「是嗎？我是說那算是我的人生嗎？」她提出了一個開始縈繞不去的問題。

維農臉色變得陰鬱，意味深長地清清喉嚨。「當然是了。不是妳的人生會是誰的？妳記得妳的童年嗎？妳以前的生活？」

「記得，可是……」

「沒什麼可是的。」維農堅決地說：「在我看來，妳和妳的本尊之間毫無差異。妳會說罹患失憶症的人因爲記不起一部分人生，所以他們就不是他們自己了嗎？誰有權利說妳不是妳？只有妳自己能決定，別人都不能。」

「所以你能明白我爲什麼非去不可吧？」

「我明白。完全明白。」格迪斯傷心地說：「這是個可怕的念頭。複製人在維吉尼亞不受歡迎。上一個在維州被抓的複製人，給人發現吊在一棵樹上。但我知道這些對妳來說都不重要。我知道無論我現在說什麼，妳都聽不進去。我絕對同情妳，但也因爲如此，我不能讓妳這麼做。如果我想得沒錯，妳腦子裡的東西應該是這世上僅剩的複本了。萬一妳在那裡出了什麼事，一切就都完了。」

「好，要是你不想幫我，也許芬頓會願意。老實說，你們兩個我都信不過，但我先給你機會。不管怎麼樣我都要去維吉尼亞。你說你知道我經歷了什麼，很好，那麼你就該知道你和芬頓之間的這場仗，我根本不在乎，我也不在乎再生中心或我姨媽的研究。對我來說唯一重要的就是找出我的本尊出了什麼事，如此而已。對我來說，看你們誰要給我車子，然後等我回來，這人就可以得到我腦子裡的東西。畢竟上傳意識需要我的同意，否則你們永遠得不到。」

格迪斯格格一笑。

「什麼事這麼好笑？」康兒問道。

「妳讓我想到艾比蓋兒。」

「我們成交了嗎？」

「妳出發前可以讓我先掃描妳的頭部嗎？」格迪斯問：「還有放妳去維吉尼亞以前，我想讓我的醫生替妳做個體檢。」

「好，這我做得到。」

維農．格迪斯伸手去和她握手。「那麼成交。」

第二部

過河

「我要向自己學習，當自己的門徒；
我要認識自己，認識悉達多的奧祕。」
他環顧四周，彷彿初見這個世界。

——赫曼．赫塞《流浪者之歌》

第十五章

與格迪斯共進晚餐的兩天後，康兒離開了查爾斯島，乘著一輛最新款的兩門小型電動車，掛的是維吉尼亞車牌。車子的顏色像冷掉的麥片，不怎麼吸引人，但有鑑於她的目的地，她就希望這樣。愈不引人注意愈好。除了這部可愛貼心的交通工具之外，格迪斯還將她全新的、立即可用的LFD連上一個銀行帳戶，至少能讓她撐上兩個禮拜。此時還是清晨，天空清朗，她心情頗佳。在再生中心醒來的第一天是一場求生大混戰。生命減縮到最基本的需求：食物、水、避難處。當人隨時處在飢餓、疲倦、害怕的狀況，很難擬訂計畫，只能將注意力集中於從A點安全移動到B點。如今感覺情況不同了。她有了計畫。她展開了行動。

眞的很奇怪，竟然感覺這麼好，感覺良好竟是如此奇怪的感覺。如此清楚地意識到自己，如此清醒。車禍發生後，她對自己完全失去興趣，彷彿在為朋友死後自己活下來一事做補償。現在，她覺得自己的好奇心回來了，就像從強力麻醉的迷霧中冒出頭來。過去三年她過得像個租用自身皮囊卻不負責任的房客，老是遲繳房租，任由周遭一切分崩離析。她十分確信她的本尊也察覺到了。只不過本尊沒有等到變成複製人才覺醒並離開華盛頓。康兒需要知道她是怎麼做到的。

駛離馬里蘭州公路進入I－95州際公路（從緬因通往佛羅里達的聯邦高速公路）時，車子抖動起來，她嚇得把扶手當成救生圈緊緊抓住，殊不知這只是車子連上了州際交通控制網路，也就是協調每天使用這條公路的數百萬輛車的演算程式。早上繁忙的車流自動爲康兒騰出空間，卻沒有一輛車慢下速度。她的車加速到時速將近一百三十公里，加入華盛頓晨間通勤族複雜無比的高速俄羅斯方塊遊戲。

她強迫自己放開扶手，甩甩手鬆解緊張感。自從車禍事故後，這才只是她坐過的第三輛車。她提醒自己在聯邦公路上駕駛人自行操控車輛是違法的。當然，有很多人拒不配合——這些純粹主義者謹守「開放道路」觀念，對於政府的粗暴監督手段深惡痛絕——不過他們就只能固執地繼續使用次要道路，從不連接上高速公路的群體智慧系統。這樣也好，他們就留在那些路上吧，只要離她遠遠的就好。

一時的驚慌確實讓她停下來質疑自己到底在搞什麼。儘管有那麼多警告，儘管知道會有什麼等在前面，此時的她還是通過伍德羅．威爾遜橋進入維吉尼亞，一個出了名對複製人毫不留情的州。在維吉尼亞殺死複製人甚至不被認爲是謀殺，而是當成毀損罪，程度最輕的重罪。她給自己找了藉口——她只會待幾天，只要塡滿記憶的缺口就行了。她答應自己不會貪心。沒有人知道她來。只要保持低調就不會有事。

一塊令人心情開朗的告示牌歡迎她光臨維吉尼亞，一份緊張感悄悄揪住她的心口，接下來還會與日俱增。的確，這裡沒有人在留意她，但萬一車在路邊故障，萬一挑錯汽車旅館住宿或挑錯餐廳用餐，萬一有人認出她來——到那時，麻煩就大了，而且等她察覺情況不對，已經太遲。不過最令她害怕的是，這一切她都不在乎，她甚至不在乎自己沒有第二個複製人，以及如果現在死掉，就真的是死透了。甚至是，即便知道有一群憤怒暴徒拿著一截繩索在維吉尼亞州界堵她，她也不在乎，也還是會來。她別無選擇。想得知那消失的十八個月的眞相已經成爲一種癮頭，只是她知道世界上沒有一個戒癮機構能緩解她的衝動。必須知道眞相的欲望，已經主宰了她。

下方，陽光在波多馬克河上純眞地舞動著，彷彿屬於一個截然不同的故事。

∪ ∩ ∪

她丈夫住在里奇蒙市郊更郊外的一處現代開發區，與近五十年內所建設的其他中上階級小社區幾乎難以分辨。最醒目的差異在於缺少的部分。雖然土地面積廣闊，康兒卻連一座游泳池都沒看見——拜愈來愈嚴格的用水規定與課稅金額之賜。取而代之的是強制裝設的集水塔與太陽能板。草坪也比康兒小時候來得少，不過倒是投入許多空間種植新樹，這大概是整個社區唯一讓她喜歡的一點。即使如此，樹苗——約莫有數千株——還太幼嫩遮不了蔭，而且這也愈發凸顯一個事實：這批屋子全是開發業者虛構的產物，不是真正的社區。

車子自動停在她丈夫住家的對街，她坐在車裡直盯著房子看，希望能對住在那裡的男人產生一點感覺，然而經過規畫的社區住宅外觀總會呈現一貫的枯燥乏味，這間房子也不例外。街區裡的每棟房屋幾乎（但不是完全）一模一樣，小到連油漆顏色也只是略微的變化，無疑是從獨裁管委會批准的色卡本裡挑選。而且所有房屋都巨大到過度補償的程度。若非她剛從一個如假包換的城堡出來，恐怕會對這些景物不必要的龐大體積心生畏懼。這個地方的一切可以說都讓她厭惡至極。

開車前來時，她已知不會有熟悉感，但仍期望會是個能讓她想像自己生活在其中的地方——即使不是實際，至少是心靈上的親和感。結果沒有，什麼也沒有。花了大半人生試圖逃離德州家鄉小鎮的她，無法明白怎會有人主動自我放逐到郊區。不料當初她就是這麼做。這裡是她的家。她與丈夫一起生活。一個名叫雷威．葛瑞爾的男人。姓名與這處地址，關於這個男人的事她只讓格迪斯透露這麼多。要是知道更多，感覺有危險。

也許她應該直接去找自己的本尊才對。離開查爾斯島之前，她登入了儲存著康兒．達西生物辨識晶片中加密 G P S 定位資料的安全帳號。一如廣告宣傳，再生中心只保留「死亡事件」前的三十六個小時，那段時間她的本尊似乎待在這裡以南僅僅六十五公里處的一座農場，後來也未曾離開。康兒抱著一線希望，也許她的本尊還活著，但即使她對再生中心的各項懷疑有理，也很難解釋得過去。所以她才會先到這裡來。不是她的死不重要，只是那是故事的尾聲，康兒不想從結束開始——她想先認識這個女人，了解她的生活情況。直到那時她才會覺得能準備好面對她的死亡原因。

這意味著她必須像個成熟的大人，去找出等在門後面的是什麼。於是康兒打開車門正要下車，卻忽然又砰地關門還上鎖，心也像敲著小鼓一樣咚咚狂跳。直到現在，雷威．葛瑞爾都還是個剪影，是個可以讓她釘上千百種可能性的人形立牌。可是當他一打開前門，他的存在就會變得眞實——而她是否果眞是康思坦絲．艾妲．達西這個問題也會獲得解答。見到他以後如果毫無感覺呢？這會讓她對自己有何了解？假如她不愛康兒．達西愛的人，那她怎麼可能是康兒．達西？

夠了。

她最後推自己一把，趁著還沒被自己說服而放棄之前，逼迫自己下車走上步道。她按了門鈴隨即後退，好像點燃煙火的引線後，不確定它燒起來會怎麼樣。

一名二十多歲的男子前來開門，他一臉憔悴、身材細瘦、疲憊不堪。這種疲倦就像在眼球後方慢慢累積的血管阻塞，並在耳內發出蟬鳴。質地有如舊輪胎的厚重眼袋垂掛在眼睛下方，他顯然已多日沒刮鬍子洗頭髮，滿頭亂翹的髮絲宛如一片洶湧怒海。他身上那件饒舌歌手肯卓克．拉瑪經典款 T 恤，胡亂交織著阿米巴蟲狀的污漬，看來至少有兩、三天沒換衣服了。這人就是雷威．葛瑞爾？那個將她迷得七葷八素還說動她搬來維吉尼亞的大情聖？怎麼可能？他根本是行屍走肉。他倒也不是沒有迷人之處。又髒又亂的鬍子底下顴骨高聳突出，一雙綠色眼眸暗示著只要花點時間去了解他，就會發現隱藏其中的深度。另外他想必高出她三十公分，他們要怎麼接吻？她試著想像自己被他摟在懷裡。

被門框框住的雷威·葛瑞爾一看到她像是突然故障似的，定在原地不動，嘴巴在動卻沒聲音，活像上台後忘詞的歌手。之前她滿腦子只想著見到他會有什麼感覺，竟沒想到自己會帶給他來什麼衝擊。失蹤並被推定死亡的妻子的複製人出現在自家門口，這樣的情形有前例嗎？從他的表情看不出端倪，但在表面底下，她看得出他的各種情緒正在激戰，爭搶反應的主導權。

「妳頭髮好短。」他牢牢盯著她說，神情有如酒保拿起百元鈔對著燈光照，懷疑那可能是假鈔。「她眞的有複製人。不可置信。」

「你不知道？」

「警察說她有，我不想相信。但看來是我不了解她。」他重重地靠向門框，雙手抱在胸前。「天啊，妳看起來就跟她一個樣。」他的眼珠繞著她轉來轉去，好像她是日蝕，直視的話眼睛會失明。

「T恤很酷。」她沒話找話說。她一直是肯卓克·拉瑪的死忠粉絲，也很懊惱沒能在他的黃金時期見到他。

雷威把衣服從胸口往前拉，看自己穿的是哪件。「喔，這件啊。是呀，妳當然喜歡。是她買給我的。」

她。

他們之間只相隔幾十公分，她卻能感覺到當中有一道鴻溝。她來是想看看自己對他會不會有任何感覺，如今有答案了。他對她而言是個陌生人，毫無感覺。沒有火花，沒有吸引力，什麼都沒有。這人不是她丈夫。當這些暗示排山倒海而來，她的頭開始陣陣抽痛，耳內響起一個低低的聲音，類似空襲警報，視線隨即變窄，固定她四肢的線也跟著斷裂四散。

她醒來時躺在一張藍白色絨布沙發上，色調與地毯、窗簾相搭，在這間極度協調的客廳裡，簡直是每樣東西都互相搭配。她真的昏倒了？打從八年級上體育課那次之後，她就沒昏倒過。也就是說她人在雷威．葛瑞爾家裡，察覺到這點後，她的好奇心讓她重新坐起身來。矮几上有一張銀框結婚照。她拿起照片，瞬間耳頸發熱，彷彿無意間撞見他人在親熱。這對幸福佳偶並肩站在法院台階上，手挽著手。雷威．葛瑞爾和康兒．達西。康兒甚至認不得他摟著的這名女子。

快樂。

面帶微笑。

戀愛中。

她有什麼權利露出這種笑容？康兒感到憤怒，其次是忌妒，接著愧疚湧現。骨牌接連倒下。阿志呢？她怎麼能就這樣背叛他？但當然了，她可沒有背叛誰。她又沒有眞的住在這裡，不是嗎？雷威．葛瑞爾也不眞是她丈夫。那麼她是誰呢？她是什麼呢？康兒感覺到淚水在眼眶打轉，但強忍了下來。不能在這裡，不能是現在。

還有，雷威．葛瑞爾死到哪去了？她小心地站起來，試探看看雙腿能不能站穩。附近牆上掛著一件裱框的運動衣吸引了她的目光。好奇之餘，她走上前去。是「病原體」隊服，里奇蒙的電競加盟館，背上以粗黑字體橫寫著「葛瑞爾」。框的底部角落有張照片，是隊員們將一座獎盃高舉過頭的合照。她看見葛瑞爾也在其中，只見他咧嘴大笑，一手扶著獎盃，另一手高舉食指做出勝利手勢。她嫁給電競選手？搞什麼鬼啊？她根本不喜歡競賽，也不喜歡打電玩。不過這至少說明了他怎麼買得起這種房子。

這時葛瑞爾出現在門口，端著一杯水，看見她起身似乎很驚訝。「妳沒事了。」

他將杯子遞給她，她則尷尬地遞出結婚照。

「是眞的嗎？」等她喝完水後，葛瑞爾輕聲問：「她眞的死了嗎？」

「我不知道。」

「拜託，」他說：「別這樣。她要是沒死，妳也不會在這裡。程序就是這樣，對吧？所以妳就直說吧。我再也受不了了。」

她的頭又開始抽痛。每次他說她而不是妳的時候，她的太陽穴就像受到重擊。「再生中心是這麼說的。」

「可是妳沒有眞的看到她，對吧？她有可能還活著。」

「有可能。」她坦承。

他並未因爲有了希望而興奮，反而更氣憤。「那妳爲什麼不幫警察找到她？他們說只有妳能取得她的GPS定位座標。」

「事情很複雜。」

「不複雜。」他斷然說道：「我老婆失蹤了，妳是唯一知道她下落的人。這有什麼複雜的？」

「我想先見你一面，希望和你談談。」她說這話時意識到自己聽起來多自私。相較於這男人的悲傷擔憂，她的存在危機忽然變得微不足道。倘若最後發現她的本尊還活著，只是受了傷或是身處險境，她覺得她恐怕無法面對自己。當然了，假如本尊還活著，康兒也無須面對自己很久。在美國關於複製人有一條明訂的鐵律：**無論如何，都不能同一人有兩個並存。**

「跟我見面？做什麼？妳不是有她的記憶嗎？」

「不是全部。」坦白說出來心很痛，尤其是對他說。

他似乎十分詫異，過了一會兒才重新調整好心態。「少了多少？」

「我最後一次更新是在二〇三八年十二月二十六日。那之後的事我完全不知道。」

他聽到日期眼睛一亮。「我就是在那天晚上第一次聽到她唱歌。妳不記得了？」

康兒搖搖頭，同時將他扮演的角色插入時間軸。也就是說她認識葛瑞爾之後，就搬到維吉尼亞並停止更新。甚至從未告訴他有個備份的複製康兒。為什麼？她覺得再也不需要了嗎？問題不斷地冒出，每一個都像參差不齊的碎片扎進皮膚，只有葛瑞爾的答案能將碎片拔出，但他似乎愈來愈不願意回答。

「好啦，我們已經見到面了。」葛瑞爾說，聲音冷酷低沉。「妳想說什麼事情，那麼重要？還有妳為什麼不幫警察找她？」

「因為我需要看到這些，好嗎？」她的手朝他與屋子揮了一下。「我不明白。我們怎麼會結婚？我怎麼會過這種生活？我……」

他打斷她，兩手往她面前一拍。「這不是妳的生活，康兒。我們也沒有結婚。」

葛瑞爾往前一步，她不由自主地後退一步——這是世世代代的男女編出來的殘忍而古老的舞步。她試著從他臉上解讀他真正的意圖。他是那種一和女人吵架，終究免不了訴諸暴力的人嗎？康兒寧可認為自己不會嫁給這種人，可是有些男人總是太晚露出真面目。他要是再上前一步，她就會知道了。她踩穩腳跟。這也是她此刻能做到的最大限度。

不過他沒有，他留在原地，表情從憤怒轉為疲憊絕望。「我只是需要知道她出了什麼事。我承受不了了。妳不了解一無所知的感覺。」

錯了，她了解得很，卻仍然沒讓這個男人好過。或許因為他象徵著她能否存在的威脅，直到此刻她仍十分抗拒，不願把他當成真實的人。她真殘忍。

「拜託，」他哀求道：「告訴警方她在哪裡。不管妳想要什麼，我什麼都願意做。」

「我會的，我保證。」她說：「我們可不可以談一談？談過再說？我有好多問題。我也有需要知道的事。」

他抹去眼淚，點了點頭。「妳想要的只有這樣？」

這比什麼都重要。

第十六章

康兒離開葛瑞爾時，全心全意想遵守承諾，甚至都已經拉出戴留斯．克拉克的電話號碼，就要按下通話鍵。但就在這時候，問題又開始一一堆疊，而欲知的渴望有如皮下搔不到的癢，猛烈反撲。*妳眞的打算打給警察？*它指責她。*妳冒險來到維吉尼亞，眞的只是爲了把全部的掌控權交給戴留斯．克拉克？*等她說出他想知道的情報後，他就會將她排除在外，然後她永遠得不到她要的答案。事情肯定會這麼發展，她毫不懷疑。於是她把GPS座標告知車子，讓它載著她來到這座小農場，地點位在丁威第郡一個名叫巴非姆的非建制社區。

如今是二十一世紀中葉，但她認爲二十世紀初的知名紀實攝影師多蘿西亞．蘭格應該認得這個地方。整片土地彷彿從南北戰爭前就棄置到現在，插進土裡的一根木樁上鬆垮垮地掛著一塊老舊的「出售」告示牌。有一條泥土路通往以木板封釘的農舍，但是被一道用鐵鍊掛鎖鎖上的生鏽柵門擋了起來。康兒指示車子停在六七〇號州際道路的路肩草地。時間接近正午，赤炎炎的太陽理直氣壯地高掛在無雲的天空。在她左手邊，有一座圓筒型穀倉如鶴立雞群般，不畏炎熱昂然聳立，雖然大部分的漆都早已剝落。筒倉旁殘留著另一座穀倉的骨架，無力地向西傾斜。康兒小時候看過上百座類似的農場。維吉尼亞與德州相隔不下千哩，但虧損就是虧損。在年紀還不到足以了解法拍背後的痛苦之前，康兒覺得廢棄建築的破敗浪漫氛圍很美。

當然，在夏日中午十一點四十五分，很容易覺得廢棄農場如詩如畫。當黑夜降臨，農場就會變得陰森，有一大堆失控的陰影與令人不得安歇的夢，在農場周邊圍成一個鬆散半圓形的林木線也會充斥著幽靈鬼怪。真奇怪，怎會有這樣的轉變？建築物不會分辨日夜，改變的不是它們，而是光線，以及她透過光線看建物的視線。最好還是在那個時間以前早早離開爲妙。

想到這裡，康兒關掉引擎下車，打開行李廂，掀開收納空間的隔板，原本應該放置備胎的地方改放了彼得爲她準備的應急包。他什麼話也沒說，但她看得出他並不支持她前來維吉尼亞的決定。包包裡有急救包、食物和水、三百元現金、換洗衣物、一把手電筒、一張維吉尼亞的紙本地圖、另一個LFD、一把野外求生刀和辣椒噴霧劑。**妳會用槍嗎？**他這麼問道。她揚起一只眉毛提醒他，她**可是**德州人。和舅舅們去獵騾鹿是史提克林家一年一度的感恩節傳統。彼得聽了低聲輕笑，但還是替她惡補了一下史密斯威森護盾型九毫米手槍的使用方法。當時她覺得彼得反應過度，但現在望著農場，倒是很慶幸他的杞人憂天。

她拿了水和手電筒，把槍插進牛仔褲，然後鑽過柵門，走上長而彎曲的泥土路。

一個人來這裡是個好主意嗎？恐怕不是。但光是認知到地心引力，並不代表你就能忽視它而飛離。想知道一切的吸引力實在太強烈了。

葛瑞爾問說她的本尊可不可能還活著。康兒四下環顧，拚命想找出一個會讓自己有可能來到這裡的快樂理由，但一個也想不出來。該從哪裡找起呢？四周長滿亂糟糟的雜草、荊棘與高長的牧草，想到要在這片田野中披荊斬棘，實在高興不起來。就算在這裡晃個幾天，能撞見的恐怕也只有野生動物。維吉尼亞州有毒蛇嗎？要是有，下場會很慘。然後就會有個可憐的混蛋發現兩具一模一樣的屍體。所以，最好還是從室內開始。

筒倉是個空蕩蕩的回音室。穀倉門用掛鎖鎖住了，但她在兩塊鬆脫木板間找到縫隙，便擠了進去。乾草已變得硬邦邦，霉味撲鼻而來，老舊穀倉發出呻吟，簡直就像來為不速之客開門的老人嘟噥抱怨個不休。上方的屋瓦破洞在地板投下有如鋼琴黑白鍵的光影。她抹去額頭汗水，樓上樓下四處搜尋有無任何人類活動的跡象。

忽然間頭上的木地板咿呀一聲，她頓時僵住。她才剛從那裡下來——這裡只有她一人，她如此告訴自己，但已足以讓她冷汗直流。她渾身打顫，決定穀倉的搜索到此為止。她眨著眼睛回到陽光下，站在牆邊陰影中，拿起一瓶水來喝，最後終於聽見蟬鳴聲蓋過自己的心跳聲。**妳太魯莽了，回車上去打電話報警。這畢竟是他們的工作。**她對自己說。

她欲知的渴望不屑地一笑，甚至還揶揄道，**這裡不是妳說了算，好了，把水喝完就去查看屋內吧。**

農舍坐落在一個緩坡上，可以俯看整個農場。那是一棟樸實的殖民式建築，嚴守對稱形式到了精神異常的地步：屋子兩端各有一管造型相同的煙囪，四根柱子撐起門廊爲前門遮蔭，五扇間隔分毫不差的窗戶全都用木板釘死了。長春藤纏繞著廊柱，不斷往上攀爬到二樓窗子。想打開前門就不可能不攪亂藤蔓，但康兒還是將手穿過藤蔓去轉動門把。門動也不動。自己是否因此鬆了口氣，她也說不上來。

她涉過高及腰際的草叢繞過屋側，想看看有沒有方法可以進去。一轉過最後一個轉角，她立刻停下腳步，只見封釘後門的木板已被撬開，整齊地疊放在屋邊，看起來應該是最近不久的事。外側的門開著，用一只裝滿舊槌球的金屬桶卡住。她打開手電筒，從髒兮兮的紗門往幽暗的廚房照，一個人也沒看見，但即便像她這種業餘偵探，也一眼就看見踩過地板進入空空的餐廳後消失不見的腳印。

她回頭一瞥，樹林已顯露不祥之兆，似乎趁她轉身時偷偷欺近。她覺得毛骨悚然，好像有人在監視，儘管天氣炎熱，她還是全身寒毛直豎。眞是可笑。人不可能感覺到別人的目光。這她知道，因爲她住在一個擁擠的城市，每天會有數以百計的人在看她，她從來沒有一點感覺。所以現在身處一座荒廢的農場，站在這死寂屋舍的門口，她竟然覺得有人在看她，是她發神經了。

話雖如此。

「有人嗎？」她往暗處喊道，但一出聲立刻後悔。回應的只有腐朽的寧靜。這個時候，若是聰明人就會掉頭離開。然而，她推開紗門，嚴重生鏽的鉸鍊吱嘎大響。此時感覺有如生死關頭，好像她若不繼續往前走，就可能倒在高草叢中死去。好像隱隱然有首歌在腦中成形。要是能安然離開，她會考慮把它寫出來。

她循著腳印穿過廚房來到玄關，接著腳印沿著木梯上二樓。她再次呼喊，然後爬上樓去。她不停摸著臀邊手槍的槍托，彷彿想確認槍還在。每跨一步，微弱的熟爛水果味就愈濃，等她上到樓梯平台，氣味已經讓人難以忍受。樓梯口兩側延伸開的走廊上，滿地都是垃圾，好像是屋主倉皇逃離時掉落的雜物。走廊上有好幾扇門，所有的門都開著，只有一扇例外，當然就是在走廊盡頭那一扇。腳印也當然朝那扇門走去。

康兒熱切地回頭往樓梯底下看，希望說服自己說已經找到答案了。她不是專家，但刺激她泛淚的絕不是腐爛水果，而是死亡的氣味。看來再生中心終於說對了。但她大老遠跑來，怎可能現在掉頭就走？她必須確認。於是她走過走廊，小心地只踩著腳印走。不能在這個地方留下她自己的痕跡，感覺上這點很重要。

來到門口，她吸了口氣憋住才轉開門把。沒有用。逸出的黏膩惡臭凝結成一計重拳揮來，康兒踉蹌後退，彎下腰，就在走廊上吐了起來。她眼冒金星，不得不扶著牆壁以免摔倒。腦子終於清醒後，她往灰塵裡啐了一口，反手抹抹嘴，壯起膽子望向陰濕的房間。

幽微的日光勉勉強強從髒污混濁的窗戶滲透進來，灰塵懸浮在空中猶如某個臭薰薰的沼澤裡的孢子。已變色的黃色壁紙上有一個褪色輪廓，顯示原先有個斗櫃靠牆放置。一張裸露的金屬床架上，一條白色床單底下，躺著一具人體。或者讓她猜的話，那應該是具屍體，但倘若那是康思坦絲．達西本尊，形態就全錯了。不僅外觀浮腫變形；從床單底下露出來的一隻腳，腳踝處布滿斑點，呈現有如頸動脈的可怕紫色。她拉起T恤衣領蒙住口鼻後，跨入房門。

她伸手去拉床單，暗自發誓只要往下拉到能確認就好。可是當認出那雙眼睛，那雙打從她長到可以照鏡子的高度時便會從鏡子裡回看著她的眼睛，她仍然沒有停手。她顫抖著將床單往下拉，滑過與阿志初吻的嘴唇，滑過繚繞覆滿左臂的刺青，如今圖案已因腐爛而徹底扭曲變形。然後是滑過那雙學會彈吉他的手，直到看見受傷膝蓋上交錯的疤痕，她才放開破床單。

她的身體受到駭人暴力的銘刻。刀子一而再、再而三地刺入，傷口又深又狂亂，刀刀都可能致命，但絲毫不足以解殺人兇手的氣。沒錯，有個殺人兇手。如今這已是不爭的事實。

「對不起，對不起。」康兒喃喃地說，卻不知道是在對自己或對屍體說。康思坦絲．艾妲．達西死了。

「是的，我們死了。」屍體應和道。

康兒哆嗦了一下往後踉蹌。她看看四周，發現自己已不在維吉尼亞。這裡是她在連茲柏勒市老家的臥室，從她有記憶以來就爲她遮擋風暴的泰迪熊巴布先生，正襟危坐在她的枕頭上。透過樓地板，可以聽見母親在樓下廚房聽福音廣播節目。

「妳不是眞的，」康兒說：「妳不可能是眞的。」

「妳也一樣，」屍體回答，不過它現在變成小時候的康兒。「妳現在明白了嗎？」

康兒點點頭，感覺到熱淚刺痛臉頰。所有她記得的事情，眞正親身經歷的是這個人，不是她。「發生了什麼事？」

「我們死了。就是這樣。」小女孩解釋道：「怎麼死的不重要。」

「我沒死。」康兒說得並無把握。

「但妳應該要的。妳自己內心深處明白得很。」

老天哪，她確實明白。「我害怕。」

「我知道，但這樣比較好。很平和的，我保證。妳不希望再擁有平和的感覺嗎？」

康兒點點頭。她眞的好累。

「不過妳動作要快。這也許是我們唯一的機會。」小女孩說。

「要怎麼做？」

「那邊，」女孩指向窗邊的地上。「碎玻璃。」

康兒拾起一塊玻璃碎片，隱隱納悶自己臥室地上怎麼會有碎玻璃。

「風暴的關係，」女孩說：「外面那棵樹打破了窗子。一定是媽媽掃地的時候漏掉了幾塊玻璃。」

說得通。連茲柏勒一天到晚都在颳大風。連巴布先生都頻頻點頭，而他最愛她了。

康兒低頭看著手腕。

「妳知道該怎麼做，」女孩說：「我們永不分離。」

這話震醒了發楞的康兒。她丟掉碎玻璃。離開這裡，馬上離開。

「不行，」女孩哀號道，雖然它已經慢慢變回屍體。「妳不是眞的，妳什麼都不是。」

康兒飛奔過走廊，幻覺隨著步伐逐漸消散。到了樓梯口她撞到牆，但及時穩住沒有摔下樓梯。她聽見匡啷一聲，不知什麼東西掉落，卻沒有停下來看。她衝出紗門來到陽光底下，希望新鮮空氣能沖掉那個房間的味道，可惜氣味已烙在腦海中，她永遠也忘不了。

胃又翻騰起來，她跌入高高的草叢不停乾嘔，直到身體終於不情願地接受再無東西可吐的事實，才放過她，任她跪倒在地，翻身側躺。她躺在那裡大口喘氣，一面聽著蟋蟀慵懶地唧唧鳴叫。有隻紅黑色瓢蟲爬上一片葉子，爬到一半就飛走了。看起來非常眞實，但樓上臥室裡的女孩不也一樣？芬頓博士說過康兒的情況會惡化，但並沒有說幻覺會變成殺人行爲。她需要回車上去吃藥。

她聽見遠遠地有人說話的聲音，由於頭腦還很混亂，一開始並未意識到那是眞的。直到有兩個男人轉過屋角出現，她才猛地驚醒過來。他二人都穿靴子、綠色工作褲和戰術背心——她九歲時在爸爸那個老舊的軍用置物箱裡看過一件類似的背心，她穿上後被媽媽逮到，挨了一頓毒打。那兩人的腰間有槍。

這是康兒第一次在大白天裡見到他，但一眼就認出較高大那人——是第一天晚上在她舊公寓住處外那輛ＳＵＶ的駕駛；也是她去找賈士柏商量時，出現在「玻璃屋」的人。無論在哪裡，她都認得出他那張粗糙不平的痘疤臉。他是怎麼追蹤她到這裡來的？她進維吉尼亞也才幾個小時。除非痘疤臉是格迪斯的人，而這一切全是精心策畫的陷阱。

康兒慢慢趴下，暗自祈禱濃密的草叢足夠讓她隱身。那兩人到了後門，停下來輕聲商議。最後，較年輕那人消失在屋內，留下她與痘疤臉。他離開屋子，大致朝著她的方向走了幾步，她全身平貼在地，屏住呼吸。男子打開ＬＦＤ，詢問最新消息，答案似乎不令他滿意。

「繼續找。」他吼道。

較年輕那人回來了。

「怎麼樣？」痘疤臉問道。

「沒人，不過肯定有人來過，而且才剛不久。臥室外面的走廊上有剛吐的東西。」

「她觸動了感應器。我們本來就知道有人來了。」痘疤臉不屑地說。

難道他們一直埋伏在農場上等她現身？等在這裡，也意味著痘疤臉知道某件應該只有她知道的事——她本尊的陳屍處。難道她的屍體是誘餌？引她到這裡來好抓她？

「還有這個。」年輕男子舉起還插在槍套裡的史密斯威森。

康兒的手摸向臀邊，暗暗咒了一聲。至少現在知道她慌慌張張逃出屋子時，聽到掉落地板的東西是什麼了。

「她什麼時候開始有武器了？」痘疤臉說。

「反正現在沒有了。確定是她嗎？」

「必須假設是她。不然還有誰知道要上這裡來？」

「是，大哥。」年輕人承認。「也許她已經離開了。」

「沒開車？不，她還在。」

「有查到車子的資料嗎？」

「登記在里奇蒙一家清潔公司名下。」痘疤臉說。

「清潔公司老闆是誰？」

「阿靈頓郡的一家水電行，還在查所有人是誰。」

「奇怪。」

「是啊，」痘疤臉附和道：「非常奇怪。」

「這是個大農場，大哥。她要是越過林木線……」

「那就會被羅傑斯抓個正著。不，她應該還在附近。找到她。這次不能再失手了。不過只能用非致命手段。無論發生什麼情況她都不能受傷，只要她的頭出事，那個人也會掉腦袋。」

「明白，大……」

他們倆同時抬頭望向天空。

「那是什麼鬼玩意？」痘疤臉問道，同時拉著同伴一起靠向屋牆。

康兒無法看見他們注視的東西，否則便會洩漏行蹤，但痘疤臉似乎真的嚇壞了。

「不知道，大哥。我們有派出什麼飛行物嗎？」年輕人問。

「打電話去問清楚。」

不一會兒年輕人便回報：「不是我們的。」

康兒只顧著留神不被那兩人發現，竟沒聽到第三人從背後接近，結果被他一把抓住脖子拖站起來。她哀叫一聲，試圖掙脫，但對方輕易便壓制住她。

「抓到了，大哥。」

「把她綁起來，」較年輕那人邊說邊拿著束縛工具趕過去。「準備好該走了。」

痘疤臉一手掩著耳朵隔離耳罩式耳機。「再說一遍。她在我們手上。再說一遍。」

不管答案是什麼，都不是痘疤臉想聽的。他試圖爭辯，卻被另一頭通話的聲音制止。

康兒感覺到自己臉朝下被放到草地上。束縛帶緊緊咬進她的手腕，頭還套上一個黑色袋子。

「住手。」痘疤臉喝令道：「放她走。」

「大哥？」另外兩人異口同聲地說。

「沒聽到我說的嗎？退下，開始行動，六十秒後集合點會合。」

壓在她背上的膝蓋鬆開了，她感覺到束帶解開。不過頭罩還套著。她聽見他們撤退了，卻仍久久保持不動。剛才是怎麼回事？痘疤臉與他的黨羽從一開始就緊追著她不放，但他們在天上看見什麼，竟然嚇到丟下她？她翻了個身，扯下頭罩。頭頂上的天空蔚藍如童話，她過了半晌才發現上面有什麼——一個黑點像禿鷹似的在上空盤旋，等候著、監視著。是一架無人機。

那是誰派來的？痘疤臉又是替誰做事？他堅持她的頭不能出事，因此關於格迪斯與芬頓想方設法要知道的那叢集性缺漏，他顯然知情。但是格迪斯明明可以把康兒關在查爾斯島上，卻放走了她。在華盛頓的芬頓則說過，強行帶走康兒行不通。總之，他們當中有人說謊。也許兩個都說謊。但首先她得離開這裡，問題是她覺得自行離開不安全。痘疤臉認得她的長相、她開的車，他很可能就在外面等她。

她又仰頭看天空，無人機不見了。

這下好了。她需要幫助。

她喚醒ＬＦＤ，希望在這荒郊野外會有訊號。一格，不多，但足夠了。她拉出克拉克警探的聯絡資訊，撥了電話讓它響。

主動報警——最後真的走到這步田地？在最初這幾天當中發生的事，這算不上最奇怪的一件，但也差不多了。至少葛瑞爾終於能知道真相了。

第十七章

她不是第一次進警局偵訊室。高中時，她曾因天黑後私闖游泳池被捕，其他孩子被申誡一番後便得以回家，她和一個拉丁裔女孩卻被帶到局裡。接到警方聯絡後，她母親選擇讓她在警局待一整個週末，藉此治一治女兒的野性。這個房間和當時那個差不多，沒有時鐘也沒有窗戶，所以康兒判斷不出自己在這裡待了多久。她心裡半想要用力捶門，叫他們把LFD還給她，可是又不想遂他們的意。何況萬一他們不肯呢？那麼她喊叫的結果無非只是又叫了另一個警察來。

高處有一部古董級的監視器，從房間角落靜靜地監看著。

警方如軍隊般突襲農場。克拉克一看完農舍內的屍體，立刻將康兒送上一輛警車載到這間警局，然後她就被鎖進這間密不通風的偵訊室。有人可憐她，給了她一塊走味的丹麥酥和一瓶水。她滿心感激地喝了水，麵包卻只一點一點吃了幾小口就推開。她每吃一口，便會回想起農舍裡的景象。一團亂七八糟的恐怖影像閃爍不定，關也關不掉。走廊盡頭的臥室房門開了又開，腐敗味充斥她的口鼻。

但她不是哀悼的心情，而是生氣。那些畫面給了她許多思考的點。例如屍體怎麼會安詳地躺在那張床上，雖然她的死和安詳根本沾不上邊。當時康兒沒想到這個，但現在才發覺那個房間有多整齊。積塵上小心留下的腳印。到處都不見血跡。無論發生過什麼事，現場都不在那裡。農舍只是舞台，也就是說她的本尊是在遭殺害後移屍至此。然而根據GPS最後三十六小時儲存的資料，卻不是這樣。資料顯示她一直都待在那裡。所以說這告訴了她什麼？有多少人知道如何愚弄再生中心的晶片？兩個人名立即浮現腦海。

她覺得自己實在太天眞，竟然懷抱希望她的本尊是意外死亡。雖然她不知道是格迪斯或是芬頓，總之是他們其中一人冒著天大風險將她偷渡出再生中心。所以，怎麼可能就這樣收手？既已出手，他們就不會白白等著一個二十四歲的健康人自然死亡。也許是他們擄走她的本尊加以殺害，因爲知道這麼一來便能促使她的複製人重生。她打算去查出是哪一個，讓這傢伙付出代價。但首先，她必須離開這個房間。

電子鎖發出空咚一聲解鎖了。克拉克警探走了進來，與她隔桌對坐。她的救命恩人。他沒有跟她打招呼就開始將筆記與錄音機放到桌上，同時只擺了一杯咖啡，不由讓她想起自己到底爲什麼這麼討厭他。他一臉疲倦，但以疲倦形容未免太輕描淡寫，那模樣就像是個醒著太久、看了太多的男人——鬍子沒刮、眼皮沉重。他的動作慢慢吞吞，徹底精疲力竭時就是這種樣子。儘管如此，他看起來仍出奇地警覺專注。看不出來他是不是服用了什麼。不，她認定他純粹就是熱愛工作。他能從中獲得快感。

「那個妳吃不吃？」他問道，指的是丹麥酥。

她將麵包推過桌面。「沒問題，請用。」

他狼吞虎嚥三口就吃光了。「昨天早餐以後就沒吃過東西。」

她也是，但她不敢說自己以後還會不會再吃東西。克拉克往衣袖抹抹手指，便提示要開始錄音了。他聲明了雙方姓名以及他的警察編號、日期、時間。

「現在真的是凌晨四點嗎？」她問道。她抵達農場時還不到中午，這當中有太多空白時間。她睡了多久？

「已經一天了。」他說。

「我在哪裡？」

「這裡是艾倫谷，維吉尼亞第八區州警局。」

她對維吉尼亞不熟，說出這個地點她也毫無概念。「我可以取回我的ＬＦＤ嗎？」

「我們先解決這個，」他說著掀開杯蓋吹了吹咖啡。「然後再說。」

「解決什麼？你要的我已經給你了，其他還有什麼？」

他無動於衷地瞪著她看，彷彿在等頑劣的孩子鬧完脾氣。

「好吧，你想知道什麼？」她暗中提醒自己，最終目的是離開這裡，不是頂撞克拉克。她不會說太多，但會回答他的問題，以免在不是絕對必要的情況下，讓他找到藉口繼續拘留她。

「我們就從頭開始吧。」

「從頭的定義是？」

他斜睨著她，警告她別耍花樣。「妳到了農場。接下來發生什麼事？」

「我先搜尋穀倉和筒倉。看起來已經好久沒有人去過。」

「妳一個人？」他問道。

「是啊。」

「好，」克拉克記錄下來。「然後呢？房子嗎？妳看到什麼？」

「你知道的。」她說。

「我要聽妳親口說。」

「我看到，」她腦海中又播放起那令人毛骨悚然的幻燈秀，不自覺地結巴起來。「我看到。她。就那樣。」

「死了。」他爲她提詞。「妳有什麼感覺？」

「搞什麼啊？」她緊閉雙眼，試著不去想像卻是徒勞。「覺得很可怕。可怕極了。」

「在走廊上吐的人是妳嗎？」

「她被人殺了。」康兒爲自己辯解。

「是這樣沒錯。」他的語氣好像頭一次考慮到這個可能性。「妳很難接受嗎？看到她那個樣子？」

「你說呢？」

「我哪知道。這樣一來妳的存在不就完全合法了？」

「你去死吧。」這句話衝口而出，來不及踩剎車。她必須更小心些，現在已經不在華盛頓。她可沒本錢和克拉克鬥，這是他的地盤，而他也已經清楚展現他的管理方式。幸好，他似乎暫時不打算計較她的一時衝動。

「那然後呢？」他問道。

「我就跑了。跑到外面。我需要新鮮空氣。」

「然後妳就打給我了。」

「然後我就打給你了。」她附和道。

「就妳一個人？」

「對，我已經說過了。」

他端詳她許久。看得出來他在衡量她是否有所隱瞞。很合理，她是。她也弄不清自己爲何不提痘疤臉和他的手下，還有把他們趕跑的那台不明無人機。或許是因爲連她都覺得講出來根本像是瘋言瘋語，而這樣的意外插曲有可能導致他不想放她走。他向她要屍體，她給了，而他只會得到這麼多。

「終於良心發現，想到要盡公民義務了？」他毫不掩飾譏諷的口氣。

她往前傾身，發現自己沒法不對他的暗諷生氣。「你到底想要我怎樣？你已經得到你需要的了，不是嗎？」

他嘆一口氣，也學著她往前傾身，讓她知道他不相信她到什麼程度。「再跟我說一遍。從最開始。」

她對他的厭惡實在無法言喻。

接下來幾個小時，克拉克反反覆覆地詢問關於她在農場的恐怖發現，每次都稍微轉換技巧，尋找任何一丁點可能喚起她回憶的細節——時間序、聲音、氣味、情緒。過程令人精疲力竭，好像打了一場口頭拳擊賽。克拉克不斷企圖從她的說詞中找漏洞，她則盡全力防守，盡量讓供詞前後一致。更糟的是他非常、非常厲害，到最後連她都對自己說的話產生懷疑——包括明知道是事實的部分。

偵訊了那麼久，她不禁開始疑心他別有用意。「我是嫌犯嗎？」

「妳這麼想嗎？不是，現在還沒確定死亡時間，不過根據屍體的腐爛程度，應該有好一陣子了。至少因爲這點，妳沒了嫌疑。康思坦絲・達西在妳出生以前就死了。」

「算你聰明。」

「好個不在場證明啊。」他說。

「那我到底是爲什麼要待在這裡？如果我不……」

「妳今天早上去雷威・葛瑞爾家做什麼？」他打斷她，問道。這是克拉克第一次提到葛瑞爾，感覺他終於言歸正傳，說出眞正的心裡話。

「跟他談談。」

「妳是說談交易。」

「可以這麼說吧。他說我要是把他老婆所在位置的ＧＰＳ告訴警方，他就幫我……」她話說到一半，不太知道該怎麼說下去。

「成爲一個眞正的人？」

「當然。」她迴避他的挑釁，回答道。

「妳想必大大鬆了口氣。我還記得妳在華盛頓的時候有多堅決、多暴躁。」他揮出反抗的拳頭，好像覺得那段回憶可敬可佩。「所以妳爲什麼不堅持到底？」

「你在說什麼？我打給你了，記得嗎？」

「當然。」克拉克應和道：「但是等到最後才打，不是馬上。妳先開車去了農場。妳在那裡做什麼？」

「我需要親眼看到。」

「看到她死了。」

她點頭。

「她是死了，」他提示道：「然後妳就打給我了。」

她又點頭，厭倦了像這樣不斷地兜圈子說話。

「爲什麼妳好像很害怕？」

「我沒有害怕。」

「不對，比較正確的說法是恐懼。我可以讓妳聽錄音。」他提議道。

「拜託不要。」

「農場上有誰跟妳在一起？」

這一問殺得她措手不及。「什麼？」

「妳聽到了。」克拉克起身離開座椅，由高處俯視她。「我們知道有人在那裡，所以別否認惹我生氣。是葛瑞爾，對不對？你們的交易還包括什麼？妳在那裡替他做了什麼？」

她終於明白了。克拉克兜了老半天圈子的用意。「難道你以爲雷威・葛瑞爾殺了他老婆？」

「我有嗎？」克拉克說道，有趣的反制。「妳爲什麼這麼說？」

「因爲我發現一具屍體，你卻只想跟我談雷威・葛瑞爾怎麼會跟我在農場。我要是猜錯，就直說。」

克拉克往上瞄一眼監視器，似乎想獲得確認。「妳沒有錯。」

她重述了自己與葛瑞爾的對話。聽起來他很有問題，但她不覺得他殺了妻子。有哪個殺人犯會拜託別人帶警察去找屍體？他根本不知道自己妻子有複製人和GPS定位晶片。要是他有罪，除了表現得超級主動與配合來掩飾之外，也別無他法吧。

「你眞覺得是他？」她問道。

「我知道就是他啊。我們談話這時候，他正在里奇蒙接受訊問。事實上，我們從一開始就一直在注意他。他總說他老婆跑掉了，不過碰上女人失蹤案件，就要從她的伴侶查起。尤其如果這個老婆有外遇的話。」

「外遇？」康兒確實大感震驚。她這一生從未不忠過，除非把六年級時的比利・唐林森算進去。

「有那個跡象。康思坦絲・達西車子的GPS定位資料顯示，只要葛瑞爾和隊友出外比賽，她就會到沙洛斯維市去，會過夜但從不住旅館。在那裡的期間也沒有金融卡或信用卡的消費紀錄，連一條口香糖也沒買過。她的車一律停在同一個公共停車場，後來她失蹤的時候也一樣。幾乎就像是不想讓任何人知道她要上哪去或是要去見誰。」

「那不代表她有外遇。」

「不管有沒有都無所謂，重要的是葛瑞爾怎麼想，而他肯定覺得有。他的鄰居作證說他們家經常有吵架聲。我們正在申請搜索令以取得他LFD的資料，不過從他和隊友之間的簡訊看來似乎不太樂觀。他有個隊友的老婆在家暴庇護所工作，她說她一個月前當面問過康兒・達西關於她手臂和臉頰上的瘀青，可是達西說是意外受傷。」

「既然你都知道這麼多了，何必還要我說他人在農場？」

「首先，因爲他在，這點妳知我知。昨天他沒去練習，妳去過以後他就打電話請病假，但整天都不在家。」克拉克斜靠著桌邊翻閱筆記。「葛瑞爾名下有兩輛車，一輛二〇三九年的賓士ＳＵＶ，另一輛二〇一二年的福特野馬Boss 302。妳猜他開哪輛？說起來就怪了——是那輛車齡三十年、沒有自駕導航系統的老爺跑車。所以說他一整天都去了哪裡呢？」

「葛瑞爾怎麼說？」

「說他開車到仙納度公園去想事情。剛好正是維吉尼亞監視器最少的地帶。他把ＬＦＤ也關了，說是想一個人靜靜。數位足跡零。我們正在查證，但應該是不會有人說在那裡看見他的。」

「為什麼？」康兒問。

「因為他跟妳在農場，」克拉克說得斬釘截鐵。「我手上有的全是間接證據，所以如果他撒謊，其實是和妳在農場，那我就逮到他了。我不明白的是妳為什麼要保護他。」克拉克重新坐下，口氣變得和緩理性。「沒錯，我在華盛頓的時候對妳很苛刻，這點我承認。所以假如妳和葛瑞爾談好條件要幫他破壞犯罪現場或銷毀證據……」

康兒坐在座位上身子倏地往前。「我沒有。」

他揮揮手，不把她的抗議當回事。「放輕鬆，我要的人不是妳。我了解妳為什麼覺得除了和葛瑞爾交易之外別無選擇，不過比起雷威·葛瑞爾，和我結盟會好得多，尤其考慮到他即將面臨的下場。」

「你聽我說，我不知道他今天開車去了哪裡，總之他不在農場。我發誓。」

「那誰在那裡？」克拉克質問道：「因爲我有一個不完整的靴印顯示妳在說謊。」

「幾個男人。」康兒脫口而出。

克拉克不敢置信地雙手一攤。「現在又說有男人？什麼男人？」

康兒勉爲其難地描述痘疤臉與其同夥，克拉克則完全一臉淡漠。他往上瞄了一下監視器，露出「你相信這些屁話嗎」的表情。等她說完後，他疲憊地摩娑著後腦杓，清清喉嚨。

「好，我來把情況釐清楚。有一夥像軍人的傢伙突襲妳，後來卻被一架無人機嚇得把妳給放了？」

「對。」她清楚意識到這些話聽起來有多可笑。

「我們已經談了好一陣子。爲什麼我現在才第一次聽說這件事？」

「我覺得你不會相信我。」康兒說。

「那妳覺得現在這麼說能提高妳的可信度？拜託，妳快把我惹火了。」

「這是事實。」

他注視著她許久。「該休息一下上上廁所了。暫停錄音。」克拉克等到紅燈熄滅才又開口。「妳聽好了，在維吉尼亞州複製人是不能出庭作證的，所以那些妳都不需要擔心。不過我們組長認爲妳的證詞對我們申請搜索令會有幫助，我只需要妳提供這個，一份供詞。」

「說葛瑞爾在農場？」

「答對了，」克拉克說得好像跟違規停車罰單一樣小事一樁。「我不知道妳爲什麼要編出有關一群軍人的屁話來掩護他，妳怕他嗎？難道是他在那裡撞見妳、攻擊妳？本來不知道老婆有個複製人，所以打算重演殺人戲碼。來個雙殺。」

「不，不是那樣。」

「那就幫我們拿到搜索令搜查葛瑞爾家。我不是想陷害他，要是沒什麼就是沒什麼，但如果有的話，而且我知道一定會有，那妳等於幫忙我們讓一個殺人犯落網。無論如何我都會感激在心，也因此可以加快開立死亡證明的流程，讓妳回到華盛頓去展開新人生，那不是妳想要的嗎？妳覺得怎麼樣？」

第十八章

事後康兒好奇地想，當時若非有人敲門，她會怎麼回答呢？也許是因爲長時間的疲勞轟炸，她已經累壞了，不過爲了離開那間偵訊室，她也很可能什麼話都說得出來，包括將雷威．葛瑞爾出賣給克拉克警探。他們初見面時，他就像隻失落、傷心的大狗，但她漸漸對他起疑。他那副無辜老公的模樣演得還眞好，既未提到妻子可能外遇，也沒說他和她的本尊時常爭吵。不料敲門聲打斷了她，讓她正打算說出口的話又縮了回去。一名國字臉的警員從偵訊室門探頭進來，克拉克怒目以對，有如拳擊手被不湊巧的鈴聲剝奪了放倒對手的機會。

「警探，」那名警員說：「能耽誤一下嗎？」

「你想幹麼？沒看見我正在忙嗎？」

「你應該會想看看這個。」

他的語氣讓克拉克介意起來，只好不情不願地叫康兒坐著等他，然後隨警員到走廊上。他只離開片刻，就面帶憂慮回來了。

「我們走，得把妳轉到其他地方。」見她動作不夠快，他便抓住她的手臂拉她出門，走向一排電梯。

「怎麼了？」她不滿遭到粗暴對待，忿忿地問道。

「法蘭克林・巴特勒來了。」

康兒緊緊閉上了嘴。克拉克造成的威脅再怎麼大，比起巴特勒和他的「亞當之子」都是小巫見大巫。她不敢想像萬一被他們抓到，他們會做出什麼事來。狩獵季將會就此展開，格迪斯針對維吉尼亞所提出的恐怖警告將全部成眞。

「他想做什麼？」她問道。

他看她的眼神好像她是輔導班裡反應最慢的學生。「職業運動選手的妻子遭人謀殺，屍體被她的複製人發現。兩大媒體已經在外面就定位，其他人也很快會趕到。妳覺得他想做什麼？」

好吧，克拉克這麼說或許有他的道理，至於巴特勒的目的，一直以來他除了想吸引目光還會想要什麼？而最佳地點不正是拘留了一個複製人的維吉尼亞警局外面？全國性媒體的加入，正好爲他量身訂做了提高個人地位與譁眾取寵的機會。但稍稍了解「亞當之子」的話，就會知道情勢即將快速升溫，危險性提高——消息一出，必定吸引方圓百哩每一個反複製人的死硬派分子前來。

「有多少人？」她問道。

「目前外面只有大約二十個那些『亞當之子』的狂熱分子，不過用不了一小時肯定要上演暴動場面。巴特勒帶了手提式擴音機，已經在發表演說了。」

他們進了電梯。克拉克按下「G」鍵，卻忽然有隻手擋住正要關閉的電梯門。一名拉丁裔便衣警探側身擠入。看他的表情彷彿知道傳達壞消息的信使會有何下場。

「怎麼了，莫里諾？」克拉克嘟囔道。

「里奇蒙那邊釋放葛瑞爾了。」

克拉克炫技般罵了一串髒話。「為什麼？得羈押他才行啊。」

「他請了律師。有錢能使鬼推磨啊，老兄，你知道的。」

「葛瑞爾會將我們一軍。搜索票申請得怎麼樣了？」

「在等你的證人。」莫里諾對克拉克說。

「現在沒時間等了。有什麼就先遞上去吧，希望足夠。」

「知道了。」

「派一輛車在他住的地方盯梢。如果他逃跑或是企圖帶什麼東西出門，要讓我知道。」

莫里諾點點頭，退出電梯。克拉克目光如炬盯著電梯門關上。他和康兒默默地搭到停車場，有三名制服警員在等他們。

「我們要幹麼？」康兒問。

「要換班了，我們想趁機偷偷送妳出去。妳的車已經從農場拖到這裡來，媒體還不知道，所以這位貝妮特，」克拉克指向一名身材矮壯、下巴彷彿被焊接密合的藍眼女子。「負責開車出去。」

「我要坐哪裡？」康兒問。

「後車廂。另外兩位員警會先離開，但願能讓媒體厭倦，不要一看到有車進出就起反應。」克拉克轉向貝妮特。「外面情況怎麼樣？」

「地方新聞台加上CNN加上福斯台。其他人應該也快到了。」她說。

「一群禿鷹。」

「他們要帶我去哪裡？」康兒問。

「去一間汽車旅館。都安排好了。關於出現在農場那幾個男人的事要繼續說完。在那之前，妳得保持低調。」

換句話說，只要她還有用處，克拉克就會保護她。之後他就會放飛她，到時她又得靠自己了，也就是說現在就要假設她只能靠自己。

「謝謝你。」她希望自己的語氣夠真誠。

「保護人民，服務人民。」克拉克不帶一絲嘲諷地說出警察的座右銘，旋即又搭著電梯上樓。

∪ ∩ ∪

當他們經過警局外愈聚愈多的記者群，康兒試著從後車廂陰暗狹小的空間裡凝神細聽。車子離開地下停車場時沒有遭到攔截，看來克拉克的計謀奏效了。巴特勒透過擴音器，振振有詞地數落菁英階級的傲慢與複製人技術對於人類存在的威脅。從應和的吶喊聲聽起來，康兒實在難以相信只有二十個人。這麼一大早，「亞當之子」成員便能如此快速地聚集，著實駭人。他們就像等著燈光熄滅的蟑螂。

到了安全距離之外，她本希望貝妮特會停車讓她坐到前面座位——躲後車廂聽起來已經很不舒服，實際上感覺更糟——但貝妮特似乎不想冒一點風險。等到車子終於來到汽車旅館停妥，康兒已經被震得七葷八素。

貝妮特打開後車廂，康兒爬了出來，在早晨陽光下眨巴著眼，抬頭望向兩層樓的汽車旅館：綠色鐵皮屋頂經過整修，加裝了四四方方、過時的太陽能板。隔著六線道馬路，一整排宛如殺手打線般的速食餐廳競相吸引注意。有一個老加油站在歲月洪流中仍昂然屹立。有路標指引車輛前往 I－95 公路北上或南下的交流道，但這裡有可能是上千條州際公路下方，上千座小鎮中的任何一地。

「二一一號房。」貝妮特說著帶她爬上一段水泥階梯，來到毫無遮蔽的二樓。

「妳有我的 LFD 嗎？」康兒問道。

「去找克拉克要。」

康兒往後指向速食店。「能不能至少給我一點錢買吃的？」

「克拉克，」貝妮特說，口氣暗示康兒應該考慮閉嘴，今天就別再發問了。她打開房門，用的是舊式房卡。那可不。這個瀰漫著霉味的房間看起來已經一百年沒有重新裝潢。克拉克還真是捨得花錢。

康兒在門邊等候貝妮特檢查浴室和衣櫥。感到滿意後，女警將房卡丟在桌上，但沒有康兒車子的鑰匙。

「所以再來呢？」康兒問。

「待著別動。妳的臉已經上遍新聞，不過沒有人知道妳在這裡，只要妳別亂跑就沒問題。我們每個小時會派一組人過來看看妳。」貝妮特聽起來好像無論如何都不怎麼擔心。「克拉克會跟妳聯絡。」

「什麼時候？」

「晚一點。」貝妮特說，多少已經把這個不算回答的回答當成最終答案。她轉身離開，沒有再多說一個字便將門關上。

晚一點。康兒翻了個白眼，對著房門比中指。他們打算把她困在這裡。如果她不聽話，克拉克可以無限期地扣留鑰匙和LFD。身為複製人，她還有什麼求助管道？她納悶，克拉克把她送走是為了她的安全，還是為了讓自己能避人耳目地對她予取予求？

她扳開一片百葉窗片，看著貝妮特漫步走向停車場內一輛怠速的警車。貝妮特上車後，警車隨即駛離。警車離開視線後，康兒又等了五分鐘，才下樓去停車場。待著別動不是她的優先選項。她不確定現在該上哪去，但打算在克拉克或任何人來查看之前，早早溜之大吉。她想去找葛瑞爾把事情談開。她不會相信克拉克的一面之詞，認定丈夫是殺人凶手，不過克拉克警探確實問了幾個難以回答的問題。

她來到車旁蹲下，伸手往輪弧內側摸找，祈禱彼得藏在那裡的磁鐵盒沒有被警方發現。她摸到盒子後，抓住扯下，用指紋打開，將備份鑰匙倒進掌心，不論在哪，她都深深感謝這位大總管。彼得迅速攀升成爲這世上她最喜歡的人了。她的背包已不在後座，但應急包仍安然放在備胎隔層中。她取出備用的ＬＦＤ，打開電源。

有一則來自拉蕾．阿斯卡麗的訊息。一個小時前才發送的，問能不能和她碰個面。有點意思。在康兒的待辦清單上，拉蕾幾乎可以說是僅次於葛瑞爾的重要事項。有些問題只有她能回答。在再生中心，拉蕾可演了一齣好戲。說什麼出於內疚和責任感才幫助康兒，一堆假好心的屁話。當時那番話太有說服力了，但現在她敢說拉蕾知道的內情絕不只如此。

康兒回訊問她地點，拉蕾想必正在等回音，馬上就回覆了。她提議在華盛頓的一座市立公園，並問康兒什麼時候能到。康兒的ＬＦＤ顯示車程需要三個小時多一點，因此她說要五個小時。提早先去勘查一下，似乎是好主意。據格迪斯說，自從拉蕾離開中心後就沒有人見過她，因此她挑現在聯繫，時機眞是巧極了，剛好是康兒沒了主意，也沒得選擇的時候。

若是較不樂觀的人可能視之爲陷阱。畢竟，唆使拉蕾這麼做的人可能也是殺害她本尊的凶手。但這並不表示她能避得開。

∪　∩　∪

公園位在佛羅里達路與西北第一街交叉口，是一個樹木環繞的三角地帶。熱浪暫時消停，民眾紛紛外出享受難得的溫和天氣。康兒將車子停在公園往北五條街外，走遍附近一帶直到熟知所有回到停車處的路線。假使無法回車上，方圓十條街的範圍內有三個不同的地鐵站，此外她還記下最近的公共自行車租借站，以防萬一。計畫並不完善，但身爲一個暴露在外的活靶，能有些選擇讓她感覺好一些。

她感到滿意後，便買了杯咖啡坐在咖啡館窗邊觀察有無異常狀況。等候之際，她拉出摘要查看新聞。貝妮特沒有誇張，關於康兒．達西的命案還沒有太多報導，多半是地方新聞，可是每一則報導都附了大大一張康兒本尊的照片。有一篇甚至挖出「喚醒幽靈」的演唱會影片。所有的文章都遵循同樣的基本敘事——里奇蒙「病原體」明星選手雷威．葛瑞爾之妻康思坦絲．達西的複製人，發現了本尊的屍體。警方不願證實葛瑞爾有無嫌疑，但不具名的內部消息人士稱他為關係人。據說複製人正與警方合作調查，但尚未能對媒體談話。

康兒不禁好奇她這樣是否能稱爲合作。她不記得拍過那張照片，但至少在被彼得剪掉以前，頭髮都是長的。不過要是不想被認出來，爲了安全起見，她需要買一副太陽眼鏡和一頂帽子。

公園裡有一些男人在玩丟馬蹄鐵，讓她想起了父親。他去世時她還很小，有時候總會懷疑自己眞的還記得他嗎。或者只是透過二手消息認識他，從照片與他死後她聽說的故事拼湊成對父親的記憶。但她馬上就認得這個回憶是她自己的，而且只屬於她——安托萬．達西熱愛馬蹄鐵遊戲。全家出遊野餐時，他會一手拿著準備好的馬蹄鐵、一手拿著雪茄，就在遊戲坑裡開戰。她要是吵鬧，他會趕她走——這是大人時間，他會這麼說——所以她知道想看的話，就要安安靜靜坐在旁邊。每當他丟出的馬蹄鐵套中桿子（在她記憶中他每次都會套中），就會和她對看向她眨眼，彷彿她是他的祕密幸運符。那是她所見過他最輕鬆的模樣。父親在家從來不笑，甚至也鮮少微笑。和康兒的母親相處，總是一言不合就吵架。可是在德州陽光下，幾罐啤酒下肚後，他會卸下在反覆布署防禦過程中穿上的重重盔甲。他會像其他父親一樣笑著說故事，讓她看到十八歲從軍、深具魅力的那個年輕人的大致輪廓。

這是美好回憶，想到這個讓她覺得安心。或許她不是那天在場的康兒．達西，但她是現在在這裡回想的康兒・達西。當時她穿的吊帶褲；放在她身旁草地上的那盤烤肉；爸爸雪茄的香甜氣味；以及各家父親罵了難聽話後，左右張望唯恐被人聽到的模樣……這些全是她的一部分。無可否認，而且肯定具有一定的分量。她啜著咖啡，又回憶爸爸片刻。她的爸爸。這個字眼有其力量。

拉蕾提早了幾分鐘現身。她下了一輛共乘車，穿越公園走向噴泉。康兒仔細留意有沒有人同來的跡象，但感覺上沒有。也許是因爲拉蕾不停回頭往後瞄，好像她才是應該擔心被跟蹤的人。然而，康兒還是等了十五分鐘才離開咖啡館過街去。她繞到公園背面，從已經找到一張空長椅坐下的拉蕾身後靠近。拉蕾的信心全失，低垂著頭，彷彿做了不該做的事被逮。儘管是陽光普照的午後坐在公園裡，四周環繞著親子家庭，但康兒坐下時，拉蕾仍畏縮了一下，好像康兒是在凌晨兩點從暗巷裡跳出來嚇她。

「怎麼樣，拉蕾？」康兒問。

「康兒，」拉蕾說：「妳好嗎？妳沒事吧？」

「少來，」康兒警告道。她毫無興趣聽拉蕾關心她的健康。「只有我們倆嗎？」

「應該是。應該沒有被跟蹤。」

康兒的意思不是這個，但有趣的是拉蕾卻這麼想。也許根本不是什麼陷阱。拉蕾看起來一點也不像有把握掌控局面的人。

「妳找我幹麼？」康兒問。

「我看到有關妳本尊的新聞了。很遺憾。」

「妳看到凶手對她做了什麼嗎？看到她是怎麼死的嗎？」康兒問道。

拉蕾顯得很不舒服。「我不知道會發生這種事。我發誓。所以我才會來這裡。我不知道。」

「狗屁。是誰？是誰唆使妳的？芬頓還是格迪斯？」

「我不知道是哪個，全部都是匿名加密的。」

「但妳覺得是他們其中一個？」康兒說。

「對。不管是誰，總之是對再生中心瞭如指掌，不但知道裡面的格局、我們的程序，還知道一些只有內部人員才會知道的事。」

「而他們只是要妳在封鎖程序上動手腳？」

「是的，對不起。」拉蕾說。

「夠了，我不在乎。」康兒說道，並對拉蕾自憐的口吻愈來愈不耐。「妳聽懂我的意思嗎？我不在乎妳難不難過，所以妳就告訴我發生了什麼事。他們是什麼時候跟妳接觸？」

拉蕾點點頭，眼眶泛淚。**太好了，她肯說**。

「去年三月，」拉蕾說：「妳已經快到九十天的封鎖期，我試著聯絡妳的本尊好幾次要安排更新，可是她一直沒有回覆。然後他們就向我提出條件。取消妳的封鎖。

我在那裡工作七年了，都還不知道能這麼做。可是他們教了我。」

「妳就做了。」康兒也不知道自己爲什麼想知道，但不由自主就問了。「爲什麼？」

「爲了我弟弟。他病了，是癌症，可惜太晚發現。他們放了一筆錢在國外帳戶要替他做複製人。」

那是不小的金額。康兒覺得自己幾乎應該感到受寵若驚了。「而他的複製人不會得癌症。」

「不太可能，無論如何，這次掃描後，我們就會知道了。總之，那時妳都已經不再更新了，所以封鎖與否也沒什麼差了吧？當時我眞不知道他們要做什麼。」

「但妳也沒有稍微認眞想過，對吧？」

「對，我沒有。」拉蕾恢復了些許舊有的姿態。「多年來我看著那些億萬富翁一面逃脫死亡，一面還抱怨每個月要回來更新有多辛苦。爲什麼他們能活，我弟弟就活該痛苦地緩慢死去？」

知道拉蕾的動機不純粹是貪婪，感覺多少好一點，卻不代表康兒已準備原諒她。他們早在一年多前就接觸她——這是導致康兒．達西遇害的連環事件的第一個環節。康兒在說出這個想法之前又繼續問道。「然後發生了什麼事？」

「什麼也沒發生。就這樣。我以爲我沒事了。直到大約三個禮拜前。」

「三個禮拜前怎麼了？」

「妳的本尊出現了。」拉蕾說。

「她什麼？」康兒渾身開始變冷。

「有一天晚上我回家的時候發現她在等我，她很害怕又焦慮，說她惹上天大的麻煩，有了危險。她擔心自己可能會遭遇不測，需要我幫忙。」

「她知道妳對封鎖程序動了手腳嗎？」

「她好像什麼都知道，包括錢在哪裡，全部的一切。」

「怎麼會？」康兒不敢相信。

「她說有人爲了公司的控制權開戰了。我想多少和維農・格迪斯脫不了關係。」

「她告訴妳的？」

「沒有明說，沒有。可是當我提到格迪斯的名字，她的反應很奇怪，好像被嚇到了一樣。」

「她知道自己會死。」康兒往後重重地靠向椅背。她一直以爲本尊是無辜的受害者。

「應該吧。那是我最後一次見到她，後來她就失蹤了，而她的死亡事件則啓動妳的重生。」

「我得要找雷威・葛瑞爾談談。」康兒說。

「他被捕了。我在這裡下車時，跳出了這則摘要。」

康兒咒了一聲。克拉克或許是個王八蛋，但辦案似乎很有一套。至於葛瑞爾，他也許是殺人犯，但即使如此，他也跟拉蕾一樣是受人操控的傀儡。因爲這裡頭的巧合也實在太多了。

「我得走了。」拉蕾說。

「妳接下來要怎麼辦？」

「我今晚要飛去英國。我有家人在曼徹斯特。」

∪ ∩ ∪

離開華盛頓後，康兒指示車子載她回葛瑞爾家。警方若是已將他逮捕，可能也撤退了，而屋子的辨識系統會將康兒誤認爲她的本尊讓她進去。她好想進屋到處看看，感受一下本尊如何生活。不料到了那裡，她發現有輛警車停在車道上，前門拉起黃色封鎖線。

既然直到天亮前無事可做，她便又回到汽車旅館過夜。經過接待廳時出於好奇，順道進去問了一下克拉克警探有沒有留話。一名神情疲憊的六十多歲白人女子，從一本翻到頁角都翹起來的數獨抬起頭來。

「我們不負責轉達訊息。這裡又不是比佛利山的威爾榭飯店。」

說得也是。雖然旅館的紀錄管理敷衍了事，但她也不太認為克拉克來過。他為什麼要來？葛瑞爾既然已被監禁，她在他的待辦事項清單的順序恐怕已經掉到很後面，說不定排都排不進去了。幸運一點的話，他根本不知道她偷溜出去。

回到房間後，她打開電視新聞便去沖澡。康兒．達西的死如今已是全國性新聞。她裹著浴巾坐在床沿，轉到所有新聞頻道以便確認。有個頻道邊播放警方搜索農場的畫面，邊由記者描述葛瑞爾妻子被發現時的可怕景象。螢幕的一角還放了這對幸福夫妻的結婚照。作為對照吧，康兒心想。他們如果不要以妻子來稱呼她，她也不會介意。另一台，一群名嘴正圍著圓桌激烈討論關於複製人的人道對待。令她驚訝的是，其中竟有幾人對她的處境表達同情。她「財力有限」的事實似乎對她有利——這是窮到口袋空空的委婉說法。能聽到一些正面說法當然好，但她也注意到那群名嘴當中沒有一個是複製人。當話題轉到雷威．葛瑞爾，大家就沒那麼客氣了。

她一時好奇，拿起LFD想多了解一點可能是她丈夫的人。找到的報導多數都是關於他的運動職業生涯。原來里奇蒙「病原體」是新成立的隊伍，上一季才第一次打入季後賽。這項好成績主要歸功於葛瑞爾，他也在MVP最佳運動員票選中獲得第三高票。想當然爾，除了公眾形象之外，他個人生平的細節少之又少，幾乎難以讓她了解他是什麼樣的人。在社群媒體時代初期，人們深深著迷於上網展露自己的生活，但他與大多數同輩人一樣，明白排拒了這種迷戀。不過這些年間，他接受過寥寥幾次訪問，從訪問內容裡，她拼湊得知葛瑞爾是維吉尼亞土生土長的二十六歲青年，蒐集的帽T之多恐怕是全世界數一數二。小時候，他在社會局安排的寄養家庭之間換來換去，這段經歷他從未公開談論過，但從文章的字裡行間看得出來那是他人生中十分艱辛的時期。不過故事有了圓滿結局，葛瑞爾十一歲時被安置到里奇蒙的一戶人家，與他相處融洽，一路照顧到他上大學。他簽了第一份工作合約之後，便開始默默行善，爲寄養兒童提供課業輔導與大學諮詢的服務。

好個感人的勵志故事。她想要喜歡他。熬過艱苦的他爲人謙虛且有自知之明，不難看出他爲何廣受粉絲喜愛。但如今他被控殺人，媒體卻拿同一番說詞把他變成一個有著陰暗面、控制欲強的施暴者角色。

康兒將LFD放到床頭櫃上充電，在黑暗中躺了很長一段時間，思索著本尊究竟惹上什麼麻煩。她知道自己有危險，也知道拉蕾收賄，這就代表她肯定知道是誰在謀畫布署這整件事。但她是怎麼知道的，這才是眞正的問題所在。康兒遺漏了重要的部分。希望葛瑞爾知道的不只有他之前說的那些。明天，得要去趟拘留所和他會面。

第十九章

探監訪客，一次一個，通過全身掃描機後再接受搜身。康兒原本擔心拘留所的人員可能會認出她，不料她的出現似乎並未引起警衛注意，他們連眉毛都沒抬一下。她與其他訪客被帶進一個實用性至上的會客區，粗糙的金屬桌椅草草地焊接在地板上。訪客往各個角落散開，給自己一點隱密的假象。在門口大夥兒的ＬＦＤ就全被收走了，所以無事可做只能坐等。一個小時過去了，接著又是一個小時。

正當康兒開始感到憂心，忽然響起一個狀況外的喇叭噪音。會客室後方的一扇門打開來，穿著橘色囚衣的受刑人緩緩走出，葛瑞爾走在最後面。其他囚犯都只戴著手銬，他卻是雙手和腳踝都用鐵鍊繫在一條粗腰帶上。之前見面，他就顯得精疲力盡，現在更是垂頭喪氣，她從未見過如此的疲態。

一名警衛拉著他的手肘走過來，可是當葛瑞爾發現等他的人是誰，立刻退縮。康兒一度以為他會直接轉身回囚室去。但也不知是好奇心或是警衛將他往前拉的慣性力使然，他還是在她對面坐了下來。

「妳想聽點可悲的事嗎？」葛瑞爾深吸一口氣說：「我不斷告訴自己，是警察在說謊，他們想把我的腦子搞糊塗，像是某種遊戲。一定是這樣，對吧？可是妳看到她了？親眼看到了？眞的是那樣嗎？」

「眞的。」

葛瑞爾重重地靠著桌子，彷彿需要輔助物幫忙才能承載她話語的重量。他的肩膀開始顫抖，康兒端詳他的臉，搜尋有無演戲的蛛絲馬跡，要讓她信服就需要奧斯卡等級的演技。於是她自覺像個爛婊子坐在那裡，任由他哭個痛快。

「妳來做什麼？」他問道，並垂下臉用掌根擦乾眼淚。

「我們說好的。」

「喔，是啊，我們是說好了。」他語氣平平地說，不帶情感也沒有一點鬥志。「妳想知道什麼？」

「你爲什麼沒跟我要 GPS 座標？」

這個問題出乎他意料之外。「什麼意思？」

「意思是，你的妻子失蹤了，而你一次都沒有跟我要過這些資料。」

「我叫妳交給警察了。」

「對，你是。但若換作是我呢？是我心愛的人失蹤了呢？」此時她心裡想的是阿志，想像著如果是他失蹤了一個禮拜或更久，然後有個知道他下落的人出現，她會如何反應？「我絕不可能叫你去找警察。而且，在我拿到 GPS 定位資料前，我不會讓你離開我的視線。要是必要的話，我還會拿槍抵著你的頭。可是你卻讓我離開你家，好像只是跟我訂購了女童軍餅乾似的。而且那個警探說你開車出去兜風之類的鬼話。」

「我是啊。就像我說的，我去了仙納度。以前每當我需要找個地方安靜一下，大衛——就是收養我的人——他都會帶我到那裡去釋放壓力。」

「你應該要知道這些話聽起來是什麼感覺。」她說。

「噢，妳以爲我不知道？」他對她舉起被銬的手腕。「妳高中有沒有讀過《馬克白》？這個蘇格蘭國王派人去殺死他的一個敵人，一個叫班柯的人。然後班柯的鬼魂就開始糾纏國王，他一句話也沒說，班柯呢，他只是站在那裡，盯著他看，評判他。就有點像妳現在看我這個樣子。只不過不是我幹的，我卻還是得面對她該死的鬼魂指控我傷害她。」

「我想相信你。」

「我沒有殺她。」

「那是怎麼回事？」康兒問道。

「我哪知道。妳以爲我昨天爲什麼要開車上山？這些事沒有一件說得通。第一年呢，是我人生中最棒的一年。我們相遇的時候，她的處境很悲慘，可是幾個月之後，她眞的走出了低潮，看起來很快樂。至少我覺得她很快樂，我也不知道。總之一切似乎都在好轉，我和隊友參加比賽眞的都很順利，她則是忙著她的音樂，寫了好多新歌。

然後我們結婚了，沒有大張旗鼓，只是去法院登記。這可以說是我們兩個都完全沒想到的事，但感覺對了，我們甚至還商量要賣掉房子，搬到市區去。這位小姐眞是討厭郊區到了極點，不過我猜妳應該比我更了解她，對吧？」

她現在好像是抓到幾個小節的樂曲，企圖想像出整首歌來。想知道更多細節的渴望讓她難以承受。但探視時間短暫，她現在有太多緊急的問題要問，不能縱容自己的好奇心。

「有什麼改變了？」她問道。

「什麼也沒有。或者是全都變了？反正她突然變得冷淡。我問她，她老是說沒事。我們隊上的事情又很忙，最後我也就不再問了。我知道我應該要多關心一點，但我心想等這一季比賽完我們再出去散心，重新回到軌道上，妳知道我的意思嗎？結果我發現我出門比賽的時候，她總會往沙洛斯維跑。」

「她有外遇嗎？」

「我不知道。」葛瑞爾揚起聲音說道：「聽警察描述，好像在說別人的生活。譬如說她向人隱藏瘀青，還有鄰居說我們一天到晚吵架。」

「沒有嗎？」

「沒有，從來沒有。我心裡倒是有點希望吵吵架。如果我們把話說出來，也許她現在還在這裡。總之是我不夠努力，也或許我一直沒有機會。妳覺得呢？妳是她，應該知道她到底有沒有愛過我？」

康兒沒有答案，所以沒有回答。他們靜靜坐著，被身邊低而模糊的交談聲包圍。真是可怕的諷刺。他們倆各自爲相同的問題苦惱：康兒·達西是誰？她又爲什麼嫁給雷威·葛瑞爾？康兒認識的是認識他之前的她，而葛瑞爾卻只認識之後的她。

「所以我要怎麼叫妳？眞的沒辦法叫妳康兒，妳懂嗎？那會把我搞得糊裡糊塗。」

打從一開始，她就拚命想說服每個人說她是康兒·達西。但事情沒有這麼簡單。她是康兒，但也不是。她是那個人的一部分（她們有太多共通點），但關於那遺失的十八個月，無論她問了多少問題，無論她得知多少，那永遠都不會是**她**的十八個月。就像康兒·達西本尊也不可能知道她這幾天的遭遇。

「叫康思坦絲怎麼樣？」她提議道。

「妳很討厭那個名字。」

「眞奇怪，你竟然知道。」

「這一切有哪件事不奇怪？」他說：「好，就是康思坦絲了。」

這時他露出她認識他以來第一個微笑，一個略帶困惑、扭曲的笑容，像在嘲弄他荒謬至極的處境。她此時看見的想必就是她本尊當初看見的葛瑞爾：一個貼心沉默、幼時歷經千辛萬苦，卻完好無缺地長大成人的男人。現在他又回到那時的他了，而不管她再怎麼嘗試，都無法說服自己相信他有絲毫嫌疑。

「好啦，妳還想知道什麼？」

「如果你沒殺她，那是誰殺的？」

「那不是警察的工作嗎？」

「警察認爲是你，我不覺得。你眞的想賭賭運氣看他們會不會改變想法嗎？」

「有理。」他坦承。

「我不覺得她有外遇。」

「妳怎麼會知道？」

「因爲我不會。」

「要命。」他喃喃地說，像在禱告。「好吧。那是誰殺了她？」

她問他有沒有聽妻子提起過布魯珂．芬頓或是維農．格迪斯，但他只知道維農．格迪斯是「那個複製的傢伙」。他問說他們和事情有何關聯，她雖然覺得不妥，還是將自己所知全盤托出。聽完她的話，他露出一種不敢置信的戒愼表情。

「妳應該要知道這些話聽起來是什麼感覺。」他原話奉還。

「我很清楚。跟我說說沙洛斯維。」

雷威像吸了一口煙似的吐出來：「她失蹤以後，警察在沙洛斯維市的維吉尼亞大學校園附近一個地下停車場追蹤到她的車。根據車子的行車紀錄器，她每次去都把車停在那裡，而且去年她去了很多次。都是趁我出外比賽的時候。她會待在那裡，有時候連續待上兩、三天，卻從來沒跟我說過。」

「她在沙洛斯維有朋友嗎？」

「妳說呢？」

康思坦絲搖搖頭。她從小到大從沒去過沙洛斯維。

「警方在停車場附近詳細調查，但毫無結果。她失蹤後，我也開車去過兩次。」雷威說：「心想要是親眼看到，也許會知道她去了哪裡，但那裡就只有商店餐廳之類的。我不知道我是以爲能找到什麼。我好像不認識她一樣。」

「你眞這麼覺得？」

「我甚至不知道她有複製人，不知道她會去沙洛斯維市。我唯一確實知道的一件事，就是她打算永遠離開了。」

「如果她那麼常去，爲什麼你會覺得最後這次跟之前不一樣？」她問道。

「因爲前兩天妳離開後，我去翻找她拿來當音樂工作室的房間，發現有幾樣東西不見了。我問妳，如果妳要離開某個地方，有哪兩樣東西是妳不會留下的？」

康思坦絲點點頭，明白他的意思。「我的吉他和我的筆記本。」

「沒錯。她甚至帶走了那棵紫色的小聖誕樹。不過，警察對這個推論不怎麼感興趣，」雷威說：「妳有沒有過這種感覺？好像所有事情都發生得莫名其妙。」

「六歲以後才開始有。」

「妳爸死的時候，」雷威說：「她常常說起那件事。我本來想邀請她媽媽——妳媽媽——來參加婚禮，可是康兒不願意。」

「她來的話，就不會是你們的婚禮了，那會變成一場瑪麗．達西的個人秀，相信我。」

「她就是這麼說的，」雷威說：「天哪，眞是奇怪透頂。好像我老婆死了，可是……」

「可是我又在這裡。」

「我到底該怎麼面對這一切？」他用手用力壓住胸口。

「我能不能問問你們認識的經過？」

「妳眞的不知道？」

「不知道，我對你毫無記憶。她遇見你以後就沒再去更新。你要是不想說不用勉強。」

「不，沒關係。我最近也經常想起。那時候我們的隊伍在華盛頓比賽，對上費力巴斯特隊。如果贏了，就能首次打入季後賽。結果眞的贏了。我們一夥人出去慶功。那是聖誕節隔天，我們最後去了肖區的一家夜店。康兒在那裡和『風信雞』一起演唱，我完全被她吸引了。她在台上有種特別的魅力，一種風采。那晚我沒有跟她碰上面，但我找了個藉口沒搭隊車回里奇蒙，以便隔天晚上再去聽她唱歌。本以爲也就是這樣了，沒想到那天的表演場地是個超級小的夜店，演唱完後她來到吧台剛好坐在我旁邊，就聊了起來，說個沒完。有些時候妳可以感覺到有什麼事情正在發生，但因爲太深入其中所以搞不清楚狀況。就好像坐在時速一百六十公里的列車上，而不是看著時速一百六十公里的列車駛過，所以無法綜觀它的全貌。這麼說妳能明白嗎？」

她明白。這正是她會用來形容與阿志相識的感覺。

他接著說：「我在她的住處熬了通宵，我們坐在那棵假的小聖誕樹前面，一直聊到該出發去下一場秀了。」

「我很愛那棵樹。」康兒說。

「可不是，她搬到這裡來的時候也把它帶來了，說那是她的吉祥物，是它把我帶到她身邊之類的。不騙妳，我們還挺肉麻的。她還彈了幾首她正在寫的新歌給我聽，但要我發誓替她保密。」

「眞的？」這件事比聖誕樹更令康兒吃驚，也讓她大爲了解本尊對葛瑞爾想必用情頗深。她從未對任何人彈自己的歌。從來沒有。她不知道他們的婚姻出了什麼問題，但假如本尊信任葛瑞爾到願意與他分享那些歌，那麼她是愛過他的。

「接著就是在『玻璃屋』那場瘋狂的跨年夜秀。她和卡拉大吵一架，那個白癡經理還威脅說她不上台就告她。我差點就要打掉他滿口牙。康兒哭個不停，我眞以爲得送她去醫院。」

「那天晚上出了什麼事？」康兒問。

雷威的臉一沉。「妳眞的不知道，對吧？」

「知道什麼？」

「阿志的爸媽來電，他那天早上死了。」

康兒忽然清清楚楚意識到自己的呼吸，以及充斥耳裡的電子嗡嗡聲。雷威還在說話，但她已經聽不見。

「我得走了，」她說道。這時好像有人要將一團打結的繩索拉出她的喉嚨，她努力地想把它嚥下去。她需要趁著還沒嘔吐之前出去吸口新鮮空氣。

克拉克正站在拘留所階梯上等她，原本斜靠著門邊，但隨即一個挺身離開磚牆，迅速溜到她身旁，有如巡航艦人員準備登上一艘故障的雙桅帆船。她現在只想在哭出來之前趕快上自己的車。她不知自己怎能忍這麼久，只不過每走一步，都能感覺到臨時應急的堤防已漸漸要被恐怖的歇斯底里浪潮沖垮了。她本以爲已經爲阿志傷痛過了，如今看來那只不過是開場而已，重頭戲正迫不及待要登場。但忽然出現意料之外的事。她一看到戴留斯·克拉克，哭泣的衝動頓時消失，彷彿從未有過一般。不管再怎麼樣，她都不會當著這個男人的面哭。

「我明明把妳留在汽車旅館啊。」警探露出略帶困惑的微笑說道。

第二十章

「我有事情要辦。」康兒說。

「是啊，我看到了，」克拉克說：「非常感人。」

康兒下階梯下到一半忽然停住，聽出了他的弦外之音。方才她認定的效率不彰，原來是拘留所方在替克拉克爭取時間，讓他及時趕到。

「你在監視。」

「我當然在監視。妳一在這裡登記，他們就通知我了。否則妳眞以爲複製人進得了維吉尼亞的監獄？這個主意倒也不錯，我要是早點想到就好了，可以餵問題給妳讓他多說一點。要我說啊，可惜浪費了這個機會。讓凶手和被害人對質，這可不是每天都碰得到的機會。不過，不得不佩服他，多精采的演出啊。依我看，他打電玩是浪費人才，應該去好萊塢闖天下才對。他們最喜歡那種滿口謊話、說哭就哭的王八蛋了。」

「他沒殺她。」

「對，是妳在農場碰到的那群神祕人殺的。妳說他們是誰的手下來著？」

「我還不確定。」

「這永遠是好的陰謀論最重要的部分。」克拉克說，他那不可一世的姿態宛如低低的雲層籠罩著他的話語。

「我眞的不覺得是他做的。」她說是這麼說，卻沒有認眞想說服他。如果他竊聽了她和葛瑞爾的談話，卻仍不相信她，那麼再說什麼也說服不了他。

「是他做的。」克拉克說得言之鑿鑿。「想知道我爲什麼不需要妳的證詞也能申請到他家的搜索令嗎？因爲呢，妳發現屍體的農場原來就是葛瑞爾從小長大的寄養家庭。而妳發現他妻子屍體的房間，就是那個老男人以前毒打他的臥室。那對寄養父母簡直禽獸不如。關於那裡出事的消息傳開以後，大概沒有人會想住那個房子吧。」

克拉克將一個檔案傳到她的ＬＦＤ借她閱覽，然後靜靜站著，等她瀏覽葛瑞爾卷宗的頁面。檔案內容清晰描繪了他寄養父母伸出的魔爪，他二人因爲一堆罪名遭到刑事起訴，目前都在牢裡服漫長的徒刑。從照片上看，他童年的臥室與現在相差無幾。有一系列的照片記錄年幼的葛瑞爾瘀青斑斑的上半身，她一時呆愣住。

「拍照那時候他七、八歲，眞不忍心去想那麼小的小孩所受到的長期影響。」

「那些不是加封的檔案嗎？」康兒記得她找到一篇關於他的文章中提過這件事。但是拿童年創傷來對付某人，她不喜歡這個主意。

「的確是。」克拉克說：「所以說，妳告訴我，除了他以外怎麼還會有人知道那棟房子？」

康兒將檔案返還。她看夠了。「錢。」她說。

「夠了吧。殺死康思坦絲・達西的人非常了解雷威・葛瑞爾的人生，他很私密、很個人的事。再加上他最近幾個月的反常行爲。有鄰居舉報，女主人失蹤前的幾個禮拜，葛瑞爾家中傳出激烈的爭吵聲，還有葛瑞爾和幾個朋友間的簡訊內容顯示他擔心老婆在搞外遇。一天到晚往沙洛斯維跑。」

「她沒有搞外遇。」

克拉克聳聳肩。「說到底，我並不在乎有或沒有，只有葛瑞爾的想法才重要。沒有人有權利做他做的事。」

「是他被指控的事。」康思坦絲糾正道：「你們還沒有……」

「凶器找到了。」克拉克打斷她。「還沒向媒體公布，不過在搜索他家的時候找到了。是一把空軍指揮刀，藏在地下室一塊木地板底下。但現場檢測時，在刀柄隙縫中發現和死者血型相同的血跡。現在正在進行比對，但一定是相符的。」

「可是……」

「是他幹的。」克拉克說：「他有動機也有機會。老婆失蹤當天，他提不出可靠的不在場證明。我知道他在裡面演了一齣好戲，不過他們都是這副德性。妳覺得我爲什麼會是這麼憤世嫉俗的王八蛋？」

「你幹麼跟我說這些？」康兒問。

「因為妳這幾天東征西討的，多少成了新聞焦點。有媒體打電話到局裡說要採訪妳。他們決定把妳打造成美國複製人的代表人物。我把事實告訴妳，到時如果妳忽然想跟媒體談了，就不會做錯事，說出葛瑞爾的名字來。我知道我是個爛人，但這並不代表葛瑞爾就是清白的。向來都是丈夫做的。相信我，這個案子陪審團應該只需要五分鐘討論就能定案。但如果妳開始說起大企業和陰謀論這些有的沒的，就會攪混原本清澈的水，清澈到他媽見底的水。我可不能容許那樣。一個女人死了，殺死她的人現在就關在裡面。」

她不忍告訴他，他這番小小演出只是讓她更加感覺到警方是多麼費盡心思想誣陷葛瑞爾殺人。一個女人死了，他卻抓錯了人。葛瑞爾根本只是替罪羔羊。

「放心，我沒興趣當什麼代表人物。」她說。

「一直以來，這種事都是媒體自行決定的。」

「好吧，不過我不會跟任何人談。」

「好消息，因為我要妳今天就離開維吉尼亞。」克拉克說：「妳待在這裡太危險。」

「為什麼？」她問道。

「現在媒體已經把妳當成一個象徵，妳覺得這會讓誰想對付妳？」

「亞當之子。」她領悟到克拉克說得有理。那個團體始終都會是個威脅，只是如今她已成為他們的頭號目標。

「萬一被他們抓到，我保證那絕不是愉快的經驗。妳最好在他們找到妳之前過波多馬克河，這樣對我們兩個都好。聽到了嗎？」

「嗯。」她應道，雖然她不會朝那個方向去。和葛瑞爾談過後，她已經打定主意，需要親自去一趟沙洛斯維。

「聽到了嗎？」克拉克再問一遍，顯然對她的回答並不滿意。

「是，聽到了。」

「很好。那現在就滾出這裡，趁我還沒失去我出了名的魅力和好心情之前。太陽出來以後，要是妳還在這裡，就自己想辦法活命吧。還有，要是再一次干涉我辦案，我會親手把妳交給『亞當之子』。」

第二十一章

沙洛斯維位於里奇蒙以西僅僅一百一十公里左右，但車子剩下的電力仍然不夠。康兒發現附近有一家充電站，便先繞過去。到達後，車子駛進四個充電格之一，她隨即下車去自動繳費機付錢，同一時間液壓升降機也將她的車升起。與她小時候相比，電池壽命已大有進步，但充電仍然得等到天荒地老。最後車廠終於變聰明，改成可替換式電池。因此不需要在充電樁插著充電數小時，駕駛人可以開進充電站換新電池，只消幾分鐘時間就完成。

康兒在遮棚底下等候，任由自己沉浸在對阿志的思念中。很難想像他已經走了一年半，她清清楚楚記得幾天前才坐在他的病榻邊。也不知爲什麼，總之最初聽到消息時的驚愕已經退去，哭泣的衝動也隨之消失了。她倒不是不傷心，只是發生了太多事情，讓她與自己那段人生有種奇怪的距離感。有一個她已經哀悼過他的逝去，這一個她還有必要再重來一遍嗎？當然，她也因此再一次感到愧疚，因爲沒有表現出自己覺得該有的傷心欲絕。

康兒回過神，一抬頭看見了彼得。他不再西裝筆挺，取而代之的是 T 恤和實用耐穿的工作褲和靴子。不知怎的，在查爾斯島上她竟沒發現這個男人這麼壯碩。而且不是電影明星那種精雕細琢的健美體格，而是一身健壯實用的肌肉，看起來好像爲了某種特定任務練就而成。插在臀邊槍套裡的手槍，暗示了那可能是什麼樣的任務。她後退一步。她是眞心喜歡彼得，之所以不想相信格迪斯是陷害葛瑞爾爲殺人犯的幕後黑手，彼得是主要原因之一。但像這樣突如其來出現在這裡，讓她不禁懷疑自己是否完全看錯了他。

他舉起雙手。「我們可以談談嗎？」

「這是個自由的國家。」她說道，雖然現在的她感覺前所未有的不自由。「你跟蹤我？」

「車子的 GPS。」他解釋道。

他們當然會追她的行蹤了。車子不是她的。她竟然沒有一開始就想通，眞是太天眞了。「我有 LFD，你知道吧？」

「格迪斯先生覺得這件事至關重要，不適合打電話。妳還好吧？」

「這兩、三天很奇怪，你懂嗎？」她說道，但不願被彼得那「一切都會沒事」的安撫口氣轉移重點，又不是在上什麼瑜伽課。「槍是怎麼回事，彼得？說眞的，你到底是做什麼工作？」

彼得低頭去看，彷彿已忘記它的存在。「我是格迪斯先生的大總管。我會替格迪斯先生發言，照看並保護他的利益。不管是什麼樣的利益。」

「也包括向人開槍嗎？」康兒問。

「到目前還沒有，不過這裡是維吉尼亞，爭鬥還沒結束，我們不太受歡迎，不是嗎？」

康兒瞇起眼睛。「我們？」

「第一代。西點軍校，二一年畢業。」

她不知道彼得也是複製人，得知後感到很安心。「你怎麼會替格迪斯工作？特種部隊變成大總管，這跑道轉換得有點奇怪吧。」

「唉，說來話長。」他說道，隨後花了很長時間斟酌接下來該怎麼說。她不禁懷疑他或許從未談起過此事。「三〇年，我的本尊在入侵哈瓦那行動中中彈，我就被啟動了，或者是……不知道現在是怎麼說的。一切運作毫無瑕疵，人生繼續。後來到了三二年，《時報》和《郵報》把這該死的消息曝光了。只能說我的家人不太能接受我是複製人的消息。」

「兩年來他們都不知道？」

「不能告訴他們。整件事被列爲機密中的機密。但我申請參與計畫的時候就知道了，怪不得別人。」他聳聳肩。「我女兒剛滿十六歲，要是能和她一起慶生就好了。」

在他輕描淡寫的三言兩語背後，康兒看見徹骨的傷痛，要想活下去就只得將傷痛鎖在內心角落，能淡忘多久是多久。

「我不會怪他們，」彼得說：「他們應該被告知的。是我選擇把國家放在家庭之前，自然沒有權利期望不同的結果。」

「所以，格迪斯就雇用你了？」她想起格迪斯說到第一代複製人的命運時，口氣中的愧疚。彼得算是某種懺悔嗎？

「這麼說未免太簡單了。他先是救了我的命。他發現我的時候，我用假名住在土佩洛。我在那裡的幾年過得很糟，吸毒。」彼得全然不帶感情地說：「格迪斯先生付錢替我戒毒，三六年雇用了我，從那時起我就一直替他工作。在馬里蘭就應該告訴妳這些了，只是這件事我能不談就盡量不談。」

「可以問你一件事嗎？」見他沒有反對，她便接著說：「如果要你再重來一遍，你願意嗎？」

「妳是說我會不會接受複製人？還是我寧可死在古巴，一了百了？大概會反反覆覆吧。有些日子，死聽起來也沒那麼糟。」

「那現在呢？你還有另一個複製人嗎？」

彼得輕笑一聲。「大總管的薪水沒有妳想的那麼高。」

「合理，但如果是老闆送你的呢？」

他過了片刻才回答。「不了。我不想再經歷那一切。我希望下一次就是我最後一次死去。妳呢？」

「我還在適應這個複製人，不知道會不會想再重來一遍。」

「我懂。」彼得說：「妳有沒有聽說紐約那個男的？殺了老婆以後飲彈自盡。警察以殺人罪逮捕了他的複製人。複製人當然對罪行沒有記憶，他說他根本從沒想過要殺她，可是沒辦法確定。受審時，他的律師主張本尊的行爲不該由複製人負責，檢方則主張那樣等於開了一扇方便門，讓人犯罪後不必受罰。」

「陪審團怎麼說？」

「不到一小時就判他有罪。現在正在上訴中。不過，這讓我有了一些想法。或許不記得之前的事也好。有一段時間事情變得很黑暗。而且軍方八成還保留著我最後的上傳資料。嚴格說來，那是我的資產。有時候會覺得還是不要記得我曾用這個身體做過的事情比較好。所以也許我會回去，從頭來過。全部一筆勾銷。」

「但不管怎樣，你不還是要冒險經歷之前所有的那些事？」

「我也不知道。妳都經歷過妳的本尊做的那些事嗎？」

她想起自己聽到阿志的死訊時，出乎意外的平淡反應，尤其是相較於本尊。還有她對雷威·葛瑞爾完全沒感覺。起初她感到困擾，心想也許這證明了她其實不是她自己。但也或許那段關係仰賴的是她所沒有的、從聖誕節到跨年夜之間的那幾天，是那之間產生的精密化學反應。愛情不是必然，需要靠對的時機與不小的機運。

「不是全部。」她說。

「這就對了。不過，我還是知道我不會。我花了很長時間才終於能不去理會那些說我不是我的人。但我是彼得・李。是這個彼得・李。我費了很大工夫才想清這一點，我不太想讓另一個我吃同樣的苦，那將會是一種粗暴的轉世，妳明白我的意思嗎？」

她明白，也再次覺得能信任他了。不過她提醒自己這份信任不該擴及格迪斯。彼得是替他工作，不是他的合夥人。假如格迪斯在幕後主使這一切，瞞著彼得或許有助於贏得某人的信任，譬如像她這樣容易上當的二十四歲音樂人。

「那麼你來這裡是有要說什麼重要到不能用電話講的事？」她問道。

「格迪斯先生想跟妳說幾句話。」彼得說著往街道指去。

「他在這裡？維吉尼亞？」

「他通常都是這麼做事的。」彼得說，口氣乾得有如一把沙子。

她驚愕不已。格迪斯說得很明白，只有上帝現身才能讓他越過波多馬克河。最近新聞又完全沒提到耶穌再臨的消息，因此她對於他來到這裡的原因大感好奇。然而，在農場發現她自己的屍體，以及葛瑞爾為了一樁她確信他沒犯下的罪行被關進拘留所，這些事都還記憶猶新，不由得令她躊躇起來。謀畫這一切的人什麼事都做得出來。

「如果我不想跟他談呢？」她問道。

「我認為妳會想親耳聽聽他說什麼，」彼得說：「但妳不想做的事我絕不強迫，如果妳問的是這個。」

總有一天，她的好奇心會讓她惹上大麻煩，到時候可就沒有複製人來幫她脫困了。她尾隨彼得前往時，暗自希望今天不會是那一天。不過反正她的車換好電池後會自動停妥。

他帶她經過幾道門，來到一間舊速食漢堡店後面的停車場。格迪斯或許是下定破釜沉舟的決心來到維吉尼亞，但倘若有誰企圖招惹他，隨他同來的那支私人軍隊也不會讓對方好過。一輛怠速中的加長禮車，兩邊各有一輛巨大的黑色SUV車護衛著，還有穿黑西裝、身材異常魁梧的壯漢在外圍成一圈，其中至少兩人揹著步槍，就像她父親與隊上同袍合照時揹的那種。

「格迪斯先生個人是冒了天大的風險來這裡見妳的。」彼得邊說邊替康兒開著車門，讓她爬上車去。在她對面坐著維農．格迪斯和一名中年白人女子，女子穿著樣式樸實的大墊肩套裝，身高頂多一米五左右，但氣勢看起來不容任何人怠慢。她腿上擺著一台筆電，不斷在打字，既沒有抬頭也沒有向康兒打招呼。

「她是我的律師之一，凱倫．哈珀，我請她一起旁聽。」

「她會說話嗎？」

「適當的時機會。」格迪斯說著敲敲窗戶，仰視餐廳旁高大柱子上的招牌。「妳喜歡漢堡嗎？」

「我是德州人。」她雖這麼說，事實上卻已是多年未吃。食物列印機生出來的漢堡味道就是不對，而大多數漢堡連鎖店要不是關店就是改玩其他花招。有人譴責起司堡的式微是一場悲劇，其實民眾多半只是吃不起道地的牛絞肉。

「我小時候，這國家有超過五萬家漢堡店，」格迪斯說：「每個街角、每座機場、每個球場，都是漢堡、漢堡、漢堡，就像蘋果派一樣都是美國常見食物。現在卻難得看到一間漢堡店，我眞是生氣又傷心，有夠愚蠢。我都說不出上次吃漢堡是什麼時候了。可是，還在乎這些做什麼？又爲什麼我改變愈多，就愈需要周遭的事物保持不變？這是我們這種人身上，謬誤的設計瑕疵。即使連起司堡這麼無關緊要的東西，對我的生活沒有一丁點影響的東西，卻還是威脅到我對世界的認知。很諷刺吧？」

「複製人就是你發明的呀。」

「應該說是妳姨媽發明的，不過販售的人當然是我。我之於複製人技術界大概就像雷·克洛克之於麥當勞吧。我把人類史上最深刻的改變賣給了美國，卻對於國人無力適應感到沮喪又失望。但是民眾吃的起司堡不夠多又讓我覺得難過，這眞是一種特別的虛僞，妳不覺得嗎？不過我們現在就坐在這裡，維吉尼亞的漢堡店。」

「我還以爲你再也不會踏進維吉尼亞一步。」康兒說。

「事情有一些進展。」

「什麼進展？」

「我要妳和我回島上去。這裡不安全。」格迪斯頓了一下，改口說：「當然，這裡向來就不安全，但現在遠遠不只如此了。」

「我還有事情要做。我這邊還沒完。」

「我們說好的。妳想知道妳的本尊出了什麼事，如今妳知道了。警方也羈押了嫌犯。還有什麼事？」

「不是雷威做的。」

「雷威？」聽到她如此親密地稱呼葛瑞威，格迪斯似乎很訝異。「那個丈夫有充分的動機和機會，犯罪細節也和他個人大有關聯。那座農場和他的童年有關，這是他百口莫辯的事實。另外還有對他不利的罪證，比方說凶器。」

「你怎麼會知道這麼多？」康兒問道。照克拉克所說，這些都尚未對外公開。

「我有三十億的身價。」格迪斯認為這個解釋夠充分了。康兒也這麼想——那麼多錢幾乎可以買通所有管道，或所有人。出錢幫拉蕾的弟弟購買複製人，對格迪斯而言只是九牛一毛。他會知道這一切，也可能是因為他陷害了葛瑞爾，並且需要康兒相信這番謊話。

「你了不起。」康兒說。

「但我不需要大筆財富也知道妳在維吉尼亞不安全。所以給我一個好理由，為什麼妳不肯跟我回馬里蘭？」

「因爲我的本尊被殺以後啓動了我。而雷威・葛瑞爾是遭人陷害，以便能有個怪罪的對象。做這些的人要不是芬頓就是你。你們兩個都想要我腦子裡的東西。這部分很明顯，就算你們倆各耍花樣，不肯跟我實話實說也一樣。」

出乎她意外地，格迪斯低聲笑了笑，似乎明白自己的困境。「所以就因爲我需要妳的同意才能上傳妳的意識，導致我愈是積極幫忙……」

「我就愈不信任你。對，差不多是這個意思。」

格迪斯沉吟片刻，斟酌衡量。他瞅了律師一眼，見她點頭，便說：「妳離開前做的掃描，有結果了。」

「所以呢？」康兒不太喜歡他變得低沉的語氣。

「當芬頓跟妳說在妳的下載紀錄中看見叢集性缺漏，讓我想起一件事。艾比蓋兒死的時候正在進行的計畫之一，就是將可取得的資料植入上傳紀錄的技術，她稱之爲『添加意識』。速成的專長。」

「很抱歉，在我聽來像是科幻小說內容。」康兒說，但也意識到此話出自複製人有些諷刺。

「現今有一半的科學終於逐漸追上一九五〇年代作家的天馬行空與夢想。」格迪斯說：「理論上，應該行得通。大腦有許多未使用的空間，可惜艾比蓋兒始終無法確實完成有效的附加，每次總會損壞下載，導致宿主的大腦產生致命的併發症。有很多複雜的原因使得記錄下載資料的感應器無法解析艾比蓋兒添加的部分，而讀取成空白。也可以說是叢集性缺漏。」

康兒用力吸了口氣，接著說道：「意思就是你說對了，我姨媽沒有刪除她的研究資料。」

「這下又回到芬頓身上了。」他口氣中的鄙夷，只出現在一般人提及罕見癌症上。「是她說艾比蓋兒抹去一切，而這點只有她能證實。依我猜測，當她察覺到艾比蓋兒的研究規模，便決定加以隱藏，然後聲稱艾比蓋兒在所謂自殺前把資料都毀了。其實這段時間以來資料一直都在，芬頓只是在等待時機要偷渡出去。」

「可是她爲什麼要偷自己公司的東西？」康兒問。

「因爲沒有人會替這個世界的提姆．庫克拍電影。」

「誰是提姆．庫克？」

「史蒂夫．賈伯斯死後接替他的蘋果執行長，做得也不是普通的好。但那從來都不是**他**的公司。芬頓向來渴望能成爲像賈伯斯那樣的偉人，但現在她知道自己永遠無法如願。我想她是打算賣給出價最高的人。要我猜的話，應該是中國人。他們已經拚命追趕十年，應該會用香港島的土地跟芬頓換取艾比蓋兒的研究，因爲那肯定能讓他們一下子超越我們目前所有的成果。」

「所以布魯珂．芬頓殺死了康兒．達西，好讓我把艾比蓋兒遺失的研究結果裝在腦子裡帶出再生中心。就像你說的，她安排我當個不知情的遞送員。而內容就是我腦子裡的這團缺漏。我說得對嗎？」

格迪斯遞給她一部平板電腦。「對，而且它正在要妳的命。」

好極了。她慢慢滑著平板，細看醫生對她掃描結果的分析。大多都是專業術語，不過重點康兒看懂了。她滑到一張掃描影像，並列著一張下載的神經範本掃描以作爲比較。她的那張暗了許多，還有一條條空白痕跡。叢集性缺漏。

格迪斯說：「芬頓插植入的訊息損壞了妳的下載資料。妳的大腦在攻擊它，就像身體器官移植後的排斥現象。」

「我還有多久時間？」康兒交還平板，往後癱坐，調整心態適應她新的現實的重量。她心想晚一點可能會冒出各種情緒反應，但現在她只有慢慢擴散的麻木感。這段時間以來，她一直在努力求生，殊不知根本無生可求。感覺像是個惡作劇，是一個懶惰又不公平的宇宙在作弄她。不過，至少現在不需要那麼擔心自己會被時間差搞瘋。

「我們實在不知道。妳還剩下一點時間。六個月嗎？給予適當治療也許會久一點。但話說回來，這還是未知的領域，所以完全無法確定。好消息是用藥的話可以掩蓋大多數症狀直到最後一刻，壞消息則是最後一刻會來得很快，而且幾乎毫無預警。」格迪斯幾乎像是後知後覺地加上一句：「很遺憾。」

康兒點點頭。「謝謝。」

「考慮到這些，倒是有一個可行的解決之道。」格迪斯說。

「什麼樣的解決之道？」

「我們幫妳培養一個新的複製人，年齡和妳最後一次上傳時相符，那麼就能消除妳所經歷的延遲狀態。另外有個好消息是不管芬頓植入了什麼資訊，都不在妳最後一次的上傳中。意思就是再生中心的量子伺服器內還存有一份妳沒有損壞的意識拷貝。」

這是第二次有人提議送她複製人。她很想要求外加一千萬元，不知為何她覺得這種數字格迪斯眼睛眨都不會眨一下。關於她姨媽的研究本質究竟為何，他始終避重就輕，但他非常清楚那個研究的內容，並希望納為己有。康兒聽得出他聲音中的貪欲。不過，這不是她要拒絕他的理由。

「我猜這表示你不能把現在這個意識移入新的複製人。」她明知故問。

「恐怕不能。損害已經造成，要是把妳受損的下載資料移到另一副軀體，結果還是一樣。」

她知道不管向誰解釋，對方都會覺得荒謬。或許只有彼得能理解。儘管才短短幾天，便已經有太多改變。她發覺現在的自己不同以往，想到這趟旅程要重走一遭就覺得可怕。但無論如何，重走的人也不會是她，而會是另一個醒來時以為剛過完聖誕的康兒，而且要煩惱的不是一個，而是兩個前身。

不，她不願意放棄現在在她腦中的東西，也不願意接受新的複製人。她會獨力完成這趟旅程。她還有一些問題需要解答，首先是康兒・達西本尊爲何去找拉蕾求援？她怎會知道自己有危險？而這意味著什麼？

「我要去沙洛斯維市。」康兒說。

格迪斯點頭但深深不以爲然。「妳打算怎麼去？」

「走也要走去。」

格迪斯用掌根按著額頭，彷彿擔心頭裂開。「妳眞是頑固到極點。我說妳讓我想起妳姨媽，並不是要妳把話放在心上。」

「但如果你讓我留下車，別阻擋我，等我辦完事情就會把你想要的東西給你。」

格迪斯思考一番。「我要白紙黑字。」

「好啊，你會帶律師來應該不是沒有原因。」

第二十二章

她本尊偷偷造訪沙洛斯維使用的地下停車場位在瓦特街，與維吉尼亞大學校園只相隔幾條街。學生們要到八月底才會回來，這座大學城在六月的燦陽下滿足地打著瞌睡。康兒停好車沿著人行道走，一面往街上前後張望。原本覺得來這裡有很重要的意義，可以回溯本尊的足跡，看到她想必看過的，聽到她想必聽過的。然而她站在路邊，覺得一切都是徒勞無功。她毫無頭緒，連要從哪裡開始都不知道，有的只是一份不理性的把握，認定若有人能在這裡找到些什麼，那個人就是她。

那畢竟只是理論。所以呢，現在怎麼辦？

警方仔細查問了五條街範圍內的每一間商家，但也就此打住。可以理解。當時，康兒．達西只是失蹤人口，尚未成爲命案受害者，不會是優先處理的對象。如今克拉克羈押了嫌犯，他們又何必繼續找？但他們的搜索顯然是假設她的本尊把車停在這裡是爲了靠近目的地。康兒從 L F D 拉出地圖，另一處最近的公共停車場遠在十五條街外，而且要在街邊過夜停車都需要貼有居民停車證。會不會她的本尊把車停在這裡不是爲了方便，而是爲了避免車子被拖，別無他法？若是如此，警方眞的太快放棄了。

康兒讓ＬＦＤ的地圖顯示出方格，將搜索範圍再往外推五條街，涵蓋的面積之廣令人氣餒，但還是很高興有了計畫。她先朝校園方向出發，原因無他，純粹因爲那邊看起來很漂亮。她耗了幾個小時，走遍滿是古老低矮的紅磚建築的社區，向每間商家詢問是否看過一個長得，怎麼說呢，就是跟她一模一樣的人。這個問題引起一些人側目，因此她捏造出一個雙胞胎姊妹作爲掩護。奏效了。效果太好了。失蹤的雙胞胎姊妹有一種悲劇性魔力，能激起人的好奇，她不得不爲這個虛構的姊妹即興發想一個完整的背景故事，以滿足沒完沒了的問題。

到了傍晚，她的樂觀已然消沉，恍然領悟警察的工作枯燥乏味到了極點。要詳查這一整個地區需要一星期的時間，即使如此，她還需要天外飛來的運氣才能碰上一個記得她本尊的人。她若想有所發現，就得開始學警探的思考模式。問題是她是音樂人，這兩項專業的交集實在不多。受過訓練的專業人士都沒發現的東西，她自以爲能找到什麼？這時她想起克拉克在華盛頓與她第一次見面時說的話——能詢問仍下落不明的失蹤者本人，這種機會並不多。這會有助於他了解康思坦絲．達西的想法。

她完全想錯了。

她不需要面談受害者，她就是受害者。雖說少了過去十八個月的記憶，但她依然是康兒．達西。所以，她知道哪些警察不知道的事？舉個例子，她的本尊沒有外遇。絕不可能。她當然不是完美無缺，但那眞的不是她的作風。那麼是誰或者是什麼讓她一再地回到沙洛斯維？這個地方有什麼吸引力？康兒搜尋列出停車場方圓十五條街內的所有店家，希望能一眼便有所發現。絕大多數都是餐廳和酒吧，大約有上百萬家的乾洗店。雜貨店、銀行、烤肉店、美甲沙龍、健身房、咖啡館、腳踏車店、酒類專賣店、大麻煙具店，就是大學城的尋常景象，也沒有什麼是本尊居住的里奇蒙找不到的。她總不會特地開一小時的車來送乾洗吧。

忽然有個店名吸引了她的目光：「美國新生代音樂」（Young Americans）。離停車場只有十一條街。線上評論說那裡賣吉他與其他樂器，還開設適合各個年齡層的課程，另外有一間小錄音室提供租借。康兒搔搔後腦杓，咧嘴暗笑。一間以大衛．鮑伊的歌曲取名的錄音室？在這大千世界裡還有比這個更康兒．達西的嗎？葛瑞爾提到她從家裡帶走了吉他和音樂筆記，對他而言，那意味著妻子離開了，但如果她到沙洛斯維的目的其實就是音樂呢？

∪ ∩ ∪

「美國新生代音樂」坐落在一個寧靜林蔭道十字路口的一角，車輛禁止通行。街道有一種平靜的波希米亞氛圍，此時夕陽西斜，民眾在街道中央溜達散步，有些早鳥則已經坐在露天座餐桌看菜單了。康兒停下來讓一個三代同堂的家庭先過去，自己才過街到音樂行。前門上，用一個精美的鑄鐵托架掛著一塊小招牌，《Aladdin Sane》專輯封面的閃電標誌從「Young Americans」大寫的 Y 字射出。康兒很欣賞這個圖紋設計，儘管〈美國新生代〉根本不是《Aladdin Sane》那張專輯裡的歌。

當她推開門，響起一陣清脆悅耳的歡迎鈴聲。店內涼爽陰暗，康兒立刻有回家的感覺，心想她的本尊當時應該也有同感。背景裡輕聲播放著蘿貝塔．弗萊克的專輯。櫥窗被一台美不可言的法吉歐利小型平台鋼琴所占據。一隻琥珀色眼珠的灰貓趴在頂蓋上，神色淡漠地看著康兒。各式各樣的吉他從地板到天花板掛滿一整面牆，底下整齊排放著音箱。康兒停下腳步，欣賞一把一九六五年的吉普森經典款十二弦吉他。總的來說，這些樂器全都經過細心挑選，令人佩服。店主是行家。

店內深處，有一位拉丁裔女子站在櫃台後面替一位青少年結帳，少年有一頭濃密的霓虹藍髮，背上揹了一個吉他盒。女子年紀約莫二十好幾或是三十出頭，面容親切和善，臉上的微笑簡直可以供應店內所有吉他的電力。從他們聊天的模樣，康兒看得出男孩是常客。

「下個禮拜見了，東尼。」女子說著交給他一包樂譜。「繼續練習，現在聽起來眞的很不錯。」

「謝謝，伊蓮娜。」少年說完，帶著燦爛的笑容走出店門。

他怎能不開心呢？這女子是新裝瓶的喜樂，誰不想擠到她身邊吸取些許那份正能量？康兒逛到一個烏克麗麗的展示櫃附近，隨之回憶起學彈一把淡紫色烏克麗麗的往事，那把琴是喬珥阿嬤送她的，大小剛好適合五歲的她的小手。她有多麼想要一個像這名女子一樣的老師啊，或者其實只要有老師就好。

招呼完學生後，櫃台的女子轉身想問康兒需不需要幫忙，結果她沒有出聲，臉上卻掠過相識的神情。

「我本來不確定我們還會見到妳。」她說道，笑容變得憂鬱。

「妳認識我？」康兒問道，對方的親密言詞讓她感到悸動。

「認識，」伊蓮娜說：「我們是朋友。」

「我們？」

「總之我是這麼認爲。」伊蓮娜走到前面鎖門，將招牌從「營業中」翻面成「休息中」。「我們走，她在後面的錄音間。她會迫不及待想見妳。」

「誰？」康兒問道，卻仍跟隨伊蓮娜穿過一扇門，沿著走廊經過兩間音樂教室和一間凌亂的辦公室。接著走出建築，進到一個小小的私人庭院。破舊的鵝卵石鋪地，周圍高高磚牆上的嵌入式花盆裡植物雜生。兩棵樹之間掛著破爛吊床，另有一批大雜燴般的家具圍繞在一個石砌火坑旁。有一個身穿碎花無袖洋裝的小女孩，頂多十二歲，坐在那裡一個音一個音地彈著吉他。聽到她們的聲音，她便停下來，從一頭黑色爆炸鬈髮底下抬起眼睛，害羞地看著她們。

「嗨，康兒。」她說。

「嗨？」康兒回答道，心想是這個女孩想見她嗎？這裡好像每個人都認識她。

「大麗，」伊蓮娜說：「去擺餐具，順便燒一壺水。我馬上上樓。」

「好的，媽媽。」女孩說著放下吉他。「擺幾個人份？」

伊蓮娜用好奇的眼神瞥向康兒。「四人份吧，希望是。」

「好的，媽媽。」女孩露出和母親一樣抑制不住的微笑，說完便蹦蹦跳跳進屋了。

「好美的孩子。」康兒說。

「謝謝。」伊蓮娜說：「可見得再糟的決定也可能有好結果。」

庭院後側有一棟馬車庫房改造的兩層樓老屋。伊蓮娜握住門把後停了下來。

「她一整天都待在裡面。我是說自從聽到消息以後。對她溫柔一點好嗎？」

「當然。」康兒說得好像知道伊蓮娜在說誰。

他們進到一間小錄音室的控制室。幾塊波斯地毯交疊著鋪蓋在地上，混音台另一頭有兩張絨布長沙發堆滿抱枕。不是什麼高端設備，看起來像是二手貨，但很專業也維護得宜。透過分隔控制室與錄音間的方窗，康兒看見一名女子背對著她們在彈鋼琴，並從監聽喇叭裡傳來熟悉的旋律，是「喚醒幽靈」的一首老歌叫〈偶然的殞滅〉。那是康兒寫的第一首歌，不過樂團很少現場演唱。她不禁脊背發冷。

伊蓮娜走到混音台前，按下通話鍵。「嘿，被妳說中了。她來了。」

鋼琴聲停了下來，但女子沒有動。康兒發現自己屏住了呼吸。最後，女子鼓起勇氣從鋼琴前面起身。康兒看不到她的臉。連接兩個房間的隔音門打開了，女子跨出門來。

「史黛菲？」康兒愕然驚呼，不敢置信。史黛菲·瑪茨大概是最讓她意想不到的人，但現在一切都有點說得通了。這裡當然是她本尊會來的地方。三年當中，彌補史黛菲一直是康兒很想做，卻又老是找藉口推遲的事情之一。本尊確實做到了，讓她感到異常驕傲，也爲她高興。康兒眞希望是她自己做到的。

「沒想到妳會這麼快來。」史黛菲說：「正在彈妳的一首老歌，結果妳就來了，好神奇。」

「我好多年沒聽到那首歌了。」

「我也是。」史黛菲說：「今天早上忽然想到，就搞了一整天。」

「妳頭髮留得好長。」康兒說著忽然忍不住想哭。

「我故意留長的。妳剪得好短。」

康兒摸摸自己的頭。「本來太亂了。史黛菲，我……」

史黛菲搖搖頭，縮短兩人之間的距離。她張開雙臂抱向康兒，將她拉近。康兒的身體一下子反應不及，兩手無力地垂在身側。這是第一次有人碰觸她，眞正的碰觸她。在此之前，她竟未發現自己有多需要擁抱。哪怕只是來自於糟糕的誤會，感覺還是難以言喻的好。但這是誤會，一切都奠基於一個謊言。康兒試圖拉開距離，史黛菲卻將她抱得更緊。

「我不是她。」康兒喃喃地說。

「我知道。」

康兒一聽哭了起來，起初是輕輕哭泣，隨後開始痛哭，驚天動地宛如走山，同時牢牢抓住朋友。

史黛菲只是抱著她，未發一語。

第二十三章

康兒置身一旁，讓史黛菲和伊蓮娜好好地準備晚餐。大麗負責擺餐具（用餐處是一張橢圓形木桌和幾張不成套的椅子），然後告訴康兒坐在哪裡。她們現在在音樂行樓上的公寓。康兒有上千個問題想問，不過晚一點還有時間。此時此刻，坐在這裡窩進這一家人的溫暖光環，她感到很滿足，也讓她有時間分析一個事實：這段日子以來，史黛菲一直住在離華盛頓僅數小時車程的地方。她來自聖安東尼奧，康兒一直以爲她跟隨休的遺體回德州老家了。結果沒有，史黛菲人在這裡，幸福地沉浸在愛河裡。

餐點上桌後，大家各自就座，伊蓮娜伸出手作飯前祈禱。桌邊眾人都垂下眼睛，史黛菲也不例外，讓康兒十分詫異。上大學時，她們有志一同想逃離家中超級虔誠的父母那令人喘不過氣的期望。康兒萬萬想不到史黛菲會重回上帝懷抱。她暗忖，也許史黛菲只是順著伊蓮娜的意，不料當伊蓮娜用西班牙語禱告完畢後，史黛菲繼續閉著眼睛，私下多說了幾句禱告詞。史黛菲抬起頭時，發現康兒在看她，便微微一笑，彷彿在翻康兒的皮包被逮個正著。

禱告完後，餐桌驟然熱鬧起來，沙拉和大蒜麵包遞過來遞過去。史黛菲去挑音樂，播放出來的是《The Bends》專輯的第一首歌。康兒望向這位老團友。先是飯前禱告，現在又是電台司令——這原是史黛菲厭惡到眾所周知的樂團。大一時，康兒幾乎努力了大半年想說服她說她錯得太離譜。後來一旦看清史黛菲不可能改變心意，康兒於是改變策略，隨時隨地只要一有機會就把她連上電台司令的歌。最妙的一次是在達拉斯的一場表演，安可時樂團開始演奏起預先彩排過的〈Just〉。康兒調皮地衝著史黛菲眨眼，史黛菲大笑起來，不甘示弱地向康兒比中指，然後沒辦法也只好跟著唱。

現在換成史黛菲向康兒眨眼，並舉起酒杯敬酒。康兒說不上來，為什麼一個只有她們倆才懂的玩笑會讓她想哭，一時間竟雙眼發熱。史黛菲只是微笑搖頭，彷彿在說一切都會沒事。康兒相信她。她們隔著餐桌碰杯，她擔憂自己不受歡迎的念頭似乎也隨之消融殆盡。

「怎麼了？」大麗想知道，她憑著小孩的第六感察覺自己被排除在外。

「老玩笑，只有我們才懂。」康兒說道，但發現這樣打發不了小女孩，便將來龍去脈全說出來。

「這個是電台司令？」康兒說完後，大麗針對此時的音樂問道。「我覺得還好，只是有點悲傷。」

「看吧！」史黛菲發出勝利的回擊。

「大麗，」康兒笑著說：「我們才第一次見面，妳怎麼可以這樣對我？」

「我們第一次見面？」大麗沉下臉說道：「這麼說，妳是真的不記得我了？」

「對不起，我不記得。我不是她，不完全是。」

「因爲妳是，複製人嗎？是這樣嗎？」大麗畢竟是個孩子，問話全然不拐彎抹角。

「大麗．娥瑪．狄亞茲！」伊蓮娜喊道。

「怎樣？網路上都這麼說，」大麗說：「不是這樣嗎？」

「我道歉，」伊蓮娜說：「大麗非常喜歡……她。康兒不再來這裡以後，她很難接受。」

「眞的沒關係，」康兒說著轉向大麗。「妳還有什麼想問的嗎？」

大麗瞥了母親一眼，伊蓮娜嚴肅地點點頭，示意女兒可以提問但要非常注意分寸。

「妳爲什麼不再來了？」女孩問。

「老實說我不知道，這也是我自己想找的答案。」康兒說。

「她很酷，」大麗顯然對此說法感到不安。「眞希望妳記得我。」

「我也是。」康兒這是眞心話，不僅因爲她會覺得比較完整，也因爲她希望能像本尊一樣認識她們。去認識妳看得出來自己會喜歡的人，別有一種樂趣，但伊蓮娜和大麗已經和她經歷過這個階段。第二次不會一樣，這讓康兒心生忌妒。

「可是妳怎麼會忘記呢？」大麗問。

「我知道很難讓妳理解，但不是我忘了妳，而是……剛好有個人跟我長得很像。」

「但是不一樣，」大麗說：「所以妳才一直說妳不是她嗎？妳分得出來嗎？」

「只是因爲她有些很最近的事我沒法知道，不然，我們也算是同一個人。」

大麗似乎對這個解釋不滿意。「所以啦，我是說，爲什麼非要分這個那個？爲什麼不能兩個都是？是她但又不是她。是她但也是妳？」

「事情很複雜。」康兒說。不過女孩毫不猶疑地接受她特殊的雙重身分，讓她十分安慰。有時孩子們自會知道什麼時候不必太小題大作。

「所以呢？那又怎麼樣？只有那些需要讓事情簡單的人，才會覺得複雜不好。」

「也許妳說得對。」

大麗聳聳肩，卸除了沉重的哲學洞見，開始狼吞虎嚥地吃起義大利麵，活像個飢餓的維京人。

伊蓮娜和史黛菲交換了一個以她爲傲的眼神，接著史黛菲便說起自己來到沙洛斯維定居、開音樂行的經過。原來，她姑媽在維大當教授。車禍發生後，姑媽接她一起同住，並給她時間與空間療癒。史黛菲告訴康兒，夾在失去休的悲傷與大難不死的愧疚感之間，她頭一個月幾乎下不了床。她說到休時，不是沒有痛苦，但語氣流暢，那是只有時間才能造就的。

伊蓮娜伸手替史黛菲撥撥頭髮，但沒有打岔。

史黛菲說：「我姑媽有個兒子，他就是不肯放過他們家客廳的那台鋼琴。我之所以開始教他彈琴，只是爲了讓他對鋼琴多一點尊重。當一個八歲小孩乒乒砰砰彈著史坦威，妳想躺在床上自怨自憐也躺不久。沒想到我彈得還不錯，就這樣生出了開店的念頭。」

大夥兒都吃完後，大麗自動自發清理餐桌還去洗碗。康兒可不記得自己十二歲時會這樣。

「她眞乖。」康兒說。

伊蓮娜聽到讚美露出大大的微笑，嘴裡卻說：「唉，她只是在賣弄。她有時候也很難管。」

「我才沒有。」大麗從廚房高喊，大家都笑了。

「妳們倆是怎麼認識的？」康兒問。

史黛菲將手覆蓋在伊蓮娜手上，二人互望一眼，似乎在取得由誰開口的默契。顯然是決定由史黛菲代表，因爲她說道：「我登廣告找吉他老師。」

「妳會彈吉他？」康兒問伊蓮娜。

「會八種樂器，」史黛菲說：「她很誇張。」

伊蓮娜對她的讚美發出噓聲。「是我父親教我的，我又念音樂。不過早知道這個雇主別有用心，我會繼續找其他工作。」

史黛菲假裝勃然大怒。「哈，我別有用心？」

伊蓮娜聳聳肩——就跟她女兒一個樣——卻忍不住面露微笑。「總之，我記得是這樣。」

「已經三年了，」史黛菲說：「我的邪惡計畫成功了。」

伊蓮娜親親史黛菲道晚安，然後道歉離席，說她累了要早點睡。「明天早上還會見到妳嗎？」她問康兒。

「如果妳不介意的話。」康兒說。

「妳一定要留下，」伊蓮娜說：「我會叫大麗替妳準備客房。」

「謝謝。」

伊蓮娜緊緊擁抱她。「能見到妳眞好。我很高興妳又找到我們了。」

史黛菲拿起酒瓶，帶著康兒來到外面院子。雖然天氣仍十分溫熱，史黛菲還是生起她所謂「驅趕蚊蟲的小火」。康兒舒舒服服地坐在其中一張沙發上，史黛菲點燃營火後，一屁股坐到她旁邊。她們踢掉鞋子，把腳翹到火坑邊緣。

「很棒的生活哦？」史黛菲說。

「她們人好好。做得好啊，妳。」

「謝了。是啊，要是沒有她們，我都不知道自己會怎麼樣。」

康兒還來不及打住，道歉的話便脫口而出。悶在心裡三年了，一旦開口，就算想停也停不下來，何況她並不想。坦承一切是一時衝動，也讓她鬆了口氣。車禍、沒盡到朋友道義、與史黛菲斷絕往來……她淚如雨下，害怕得全身發抖。如今這世上已沒有太多人讓她感到脆弱，而史黛菲排第一。

其實沒必要。康兒在史黛菲身上看到的只有理解，她現在也在哭。她們倆曾經那麼要好。切斷與摯友的聯繫是另一個懲罰自己的方式。

史黛菲拉起康兒的手。「我聽到妳對大麗說的話，說妳不是康兒的那堆廢話。眞有意思，因爲妳說的這些，她一年前出現在店裡的時候，全部都跟我說過。幾乎一模一樣。老實說，很不可思議。」

「眞的嗎？」

「一字不差。」史黛菲說。

「妳原諒她了嗎？」

「康兒，沒什麼好原諒的。妳想想，第一，車禍又不是妳害的。」

「當然是。要不是我逼著阿志繼續上路去羅里，要是我們聽湯米的話在華盛頓過夜，這一切都不會發生。」

「要是妳沒逼他？拜託，康兒。我們團裡唯一算數的就是阿志的意見。就這麼簡單。我當他是兄弟一樣的愛他，但他眞的是一等一的自大狂。妳知道要是不照他的意思會怎樣，而且那天晚上是他想去羅里，也是他堅持要手動駕駛那輛爛車載著我們全國到處跑。也許妳錯就錯在老是幫忙讓他爲所欲爲。好，但我和休爲了息事寧人也總是順著他。那是懶惰又懦弱的做法，但我實在受夠了一天到晚和阿志吵架，所以我會看情況。結果看錯情況了，那要怪我。那天晚上我看得出阿志有多累。我不必上車，我們每個人都不必。很沒用，但我們的集體失能是全部的人一起助長出來的。我們終究會繼續出發前往羅里，妳別想以殉道者自居。」

「妳對這一切怎能這麼淡定？」

「因爲這段對話我已經經歷過一次。第一次我可沒這麼淡定，相信我。」史黛菲說：「妳聽著，如果妳需要被原諒——我會這麼說純粹是因爲她需要——那好吧，我原諒妳。但我希望妳也能原諒我。我跟妳一樣切斷了和妳的聯繫，我很後悔，但或許我們倆都需要一點時間復原吧？我不知道。不過去年再見到妳，我很開心，現在能見到妳也很開心。」

「即使這意味著她死了？」

「就像妳在樓上說的，事情很複雜。但那都不是妳的錯，所以，是的，我很開心。」史黛菲站起身來。「來，我想讓妳看一樣東西。」

她們回到錄音室，肩並肩坐在控制室的混音機前面。史黛菲打開電源，放一首歌給康兒聽。是首好歌，簡簡單單但曲調動聽，還緊扣著強有力的吉他旋律。史黛菲將貝斯的聲音略爲調高，康兒開始跟著點頭，頗爲讚賞。

「很好聽。」她說。

史黛菲覺得有趣。「是她寫的，難怪妳會喜歡。」

「眞的嗎？」康兒更加仔細聆聽。「天啊，我都不知道我滿腦子只有自己。」

「不，不是那樣。她在這裡的時候靈感源源不絕。我從來沒看過像她那麼投入的人。」

她們坐在那裡，聽著史黛菲一首接著一首地播放，每首歌的完成度各自不同。有些歌康兒沒聽過，但有一些她聽出來是她車禍後寫的，但始終下不了決心錄的歌。聽到這些歌從筆記本裡的零散塗鴉變得完整，她內心感動萬分。有一首聽起來和她想像得如出一轍，其他首則發展出新的方向。明顯是受到史黛菲影響，錯不了。史黛菲從未寫過歌，卻有種天分，總能讓作品變得更好。

康兒捏捏好友的手臂。她同時感到又悸動又心慌不已。最難受的是聽見自己的聲音唱著自己寫過的歌詞，卻毫無唱過的記憶。

史黛菲按下暫停。「抱歉。」

「不是妳的錯。只是很混亂。」康兒做出頭快爆炸的手勢。「我心裡甚至有點忌妒不是我和妳一起合作的。是有多不正常啊？」

「我心裡有點生氣這些歌始終沒完成。這又有多不正常啊？我最好的朋友死了，我卻爲了一點白癡音樂在生氣。」

「我想我們都一樣，都在想辦法合理化」——康兒往空中大手一揮——「這一切。

像我們這種怪胎，就靠音樂了。」

史黛菲笑起來，心有戚戚地靠向康兒。

康兒問道：「問個不算離題的問題，妳知道我的筆記和吉他到哪去了嗎？不在她丈夫家。」

「當然知道。」史黛菲說，並指向窗戶另一邊。「在那裡面。」

「真的？」

康兒走進錄音間，看見她的東西整整齊齊收放在一張桌子下面。她盤腿坐到地上，恭恭敬敬打開樂器盒，取出吉他。她調完音試著撥彈個 C 和弦，但彈出來的感覺不對。她心裡知道怎麼彈，但手指跟不上。到最後，她將手指放到定位，卻得看著手，告訴每根指頭該如何移動，像個初學和弦的孩子。也像個回憶如何重新走路的複製人。

史黛菲跟著她進到錄音間，坐到一架連接著萊斯利音箱、看起來已厭倦人世的哈蒙 B3 電子琴的琴椅上。她靜靜聽著康兒一個和弦一個和弦慢慢地彈奏萊爾．拉維特的老歌〈North Dakota〉。德州鄉村音樂是她母親唯一能容忍的音樂類型，康兒自學了數百首老歌，以免練彈時挨罵，例如：蒂雪．西諾荷莎、南希．格里菲斯、湯尼．馮．查德、泰莉．漢綴克斯等人的歌。現在重新從這些人身上回想彈琴技巧，既令人驚訝卻也一點都不意外。凡事都要從頭做起，阿嬤曾經說過，否則身體很容易迷失。

彈完三次後，康兒的手指移動起來比較不那麼僵硬了。史黛菲開啓電子琴電源，先按著總開關十秒後再打開啓動鍵。她在康兒彈奏時一頓一頓的空檔塡入輕柔的和弦，讓康兒有了勇氣將視線移開琴弦，繼續憑著觸感與記憶彈下去。她們開始齊聲合唱，史黛菲扮演瑞奇．李．瓊斯的角色，以令人屏息、清新空靈的高音混入康兒較沙啞的低音。感覺彷彿回到從前，康兒願意付出任何代價，只求永遠停留在這首歌當中。但接近尾聲時，她讓歌聲逐漸消失，在琴身拍打出最後的切分節奏——彷彿一個社會邊緣人的心跳聲。

錄音間裡陷入寂靜，她二人誰也不想先打破沉默。

康兒低頭看著吉他，她的吉他，對於它所代表的意義心中雪亮。她的本尊前來沙洛斯維不是因爲外遇，她將吉他與音樂筆記帶離葛瑞爾家，也不是因爲要離開他。她來沙洛斯維是爲了和史黛菲錄音樂。

「所以說，她就在某一天忽然走進店門？」康兒問道。

史黛菲笑著說：「可以這麼說。當時我正在櫃台忙，她晃了進來，就好像多年來每天都來的樣子。還跟我說她嫁到里奇蒙，想要彌補一下我們之間的關係。」

聽起來確實像她——直截了當。她很懷念那個康兒．達西。「那是什麼時候的事？」

史黛菲想了想。「一年前左右吧。」

「她眞的放下阿志了？」康兒起身將吉他放回盒中，一面問道。

「沒有。」史黛菲直說道：「但我想她知道自己永遠無法眞正放下他，也開始和這個事實妥協了。阿志在那年的跨年夜過世，而她在那幾天前才剛認識雷威．葛瑞爾。她跟我說，那時候傷痛的心情告訴她她無權快樂，說她只差一點就故意找碴吵架，以此當作藉口把根本還沒開始的關係搞砸。我們聊了很多，關於我們是不是可以往前走。我知道我從不想忘記休，他是我的一部分，是我人生中精采時刻的一部分。但他是我的過去，伊蓮娜是我的未來。我想休應該會喜歡她。」

「妳知不知道我的本尊爲什麼不告訴丈夫說她來這裡？」

「她需要完成這個音樂，但我認爲她也覺得內疚。我是她過去人生的一部分，是和阿志有關聯的人。我知道她愛她丈夫，可是一切都是他的，妳懂嗎？他的房子、他的東西、他的朋友。與其說他們共同開啓一段人生，倒不如說是她加入了丈夫已經開展的人生。我想這應該是她來找我的原因之一，想重新連接上一個只屬於她的東西。」

「謝謝妳幫她。」康兒說：「妳覺得她到最後怎麼樣？」

「根本沒法告訴妳。六個月前她不再來以後，就沒再見過她了，不過最後一天，她眞的是奇怪到家。」

「六個月？」可是她本尊失蹤後，警方在沙洛斯維找到她的車，根據GPS紀錄顯示，過去幾個月她仍然經常來此。假如她不再來找史黛菲，那爲什麼還繼續來？「警方認爲她丈夫殺害她，因爲她在沙洛斯維搞外遇。」

「在這裡？不可能。她來的時候，我們都在工作。」史黛菲回憶道：「不過那最後一天，她不知為了什麼事很焦慮。那陣子她和丈夫出去旅行，所以我很期待她來，一起重新回到工作。但我馬上就知道情況不對。」

「怎麼不對？」康兒問。

「就是不對。我感覺她怪怪的，失魂落魄，還說她捲進一些事，以後不能再來了。我試著問她，但她說這樣不安全，請我尊重她的希望，不要聯絡她。我很心痛，我不想騙妳。我們才剛剛和解，結果她又走了。她害怕得要命。」

「妳怎麼知道？」

史黛菲指向吉他與樂譜。「因為她留下了那些，請我代為保管。以防萬一，她說。那時我就知道不管是什麼事，總之情況很糟。」

康兒認同。她根本無法想像是什麼情況讓她願意與吉他分開。本尊在死前幾個星期去找拉蕾求助，但如果六個月前她就已經為性命擔憂，等於大大改變了時間軸。

「然後她就走了，再也沒有回來。」史黛菲說。

「有，她有。」大麗輕聲地說。

史黛菲和康兒一同轉頭，發現這個十二歲女孩穿著睡衣靠在門邊，也不知道已經聽了多久。

「妳看到她了？」史黛菲說：「什麼時候？」

「兩個禮拜前。真的很奇怪。」

「怎麼說？」

「她假裝沒看見我。」

「怎麼個假裝法？」史黛菲問。

「我沒能跟她說再見，所以覺得能再見面挺好的，妳知道吧？沒想到她直接從我身邊走過去，好像根本不認識我。」

「在哪裡？」康兒問。

「瓦特街。」大麗說。

就是本尊每次停車的地方。康兒問女孩有沒有看見她本尊往哪個方向走。

「我不只知道方向，我還知道她去了哪裡。我跟蹤她了。」大麗不服氣地說。

「跟蹤她到哪裡？」康兒蹲跪到女孩面前問道。

「我不知道地址。」大麗說。

「好，不過妳明天能帶我去嗎？」

大麗看著史黛菲。「我可以嗎？」

「那要問妳媽媽。」

大麗有如射出的砲彈，一溜煙就不見人影。

「本來希望妳多待一陣子，」史黛菲說：「那很自私，我知道。」

「我也希望可以，妳無法想像我有多想。」

「噢，多少可以想像一點，不過我明白。千萬記住我們的門永遠爲妳開著。」史黛菲說著擁抱起身的她。「別忘記我們。」

第二十四章

到了早上，大麗帶著康兒來到貝蒙特區一條寧靜的住宅街道，這是位於沙洛斯維西南角的社區。第一個映入眼簾的是許許多多空著的停車位，而且每間連棟住宅都有自己的車道與車庫。雙腿健全的話，從瓦特街走過來需要二十分鐘。如果本尊把車停在那裡去找史黛菲還說得過去，但她壞了一個膝蓋，會走那麼遠只有一個原因——不希望自己的去處留下任何紀錄。

她們悠哉地沿著人行道走，經過大麗看見她本尊進入的房屋時，她用手肘撞撞康兒。那是一棟灰褐色屋子，立在成排的建築當中毫不起眼，灰褐色的門窗邊框、灰褐色的前門、灰褐色的窗簾，與街區其他住家一模一樣。康兒問大麗怎能確定就是這間，女孩指著前門兩側花壇裡的紅花。

「那是大麗花，墨西哥的國花。」

屋裡沒有點燈，百葉窗全都拉上，車道上沒有車，完全沒有人跡。儘管本尊已經死了超過一個星期，屋前花園卻維護得完美無瑕，人行道與路緣石之間的細長草地也剛修剪過。不過街上每棟房子都一樣，也許是請了園藝公司負責定期維護？或者這裡一直有人住？

「妳有沒有看到她按門鈴？」康兒問。

「沒有，房子自動讓她進去的。」

「妳確定是房子，不是有人開門？」

大麗點點頭。「我聽到開門鈴聲了。」

這就有意思了。假如有人特地將她本尊加入屋子的例外名單，就表示她不是只來一次。但如果房子是本尊租的，警方會知道，那麼這到底是誰的房子呢？為什麼過去六個月她一再前來？

「妳有看到其他人來或離開嗎？」康兒問。

「沒有，我只待一下子，後來朋友傳訊息來，我就去跟她們碰面了。」

「妳怎麼沒告訴媽媽？」

「不知道。因為康兒假裝不認識我的樣子吧，好像我對她一點都不重要。我也不知道。反正我就是不想告訴任何人。」大麗幾乎難掩內心的受傷。「她為什麼那樣？」

「我不知道，也許她是想保護妳。」康兒希望這是事實，大麗聽了心情似乎也好一些。

到了街道盡頭，她們繞過轉角後停下來。康兒向大麗道謝後叫她回家。女孩懇求康兒讓她幫忙，但康兒提醒她，如果她不直接回家，伊蓮娜會把她們倆都殺了。大麗不情願地答應了，她張開兩手用力地抱住康兒，然後頭也不回快步走開。康兒一直目送到女孩脫離視線。無論她本尊的死因爲何，她已接近核心，這時可不能冒險，大麗有可能又折回來。康兒要是十二歲就會這麼做，不過大麗在生活中與大人的關係截然不同。安全感對一個人觀點的影響眞是不可思議。

複製人與本尊並非完全相同，但康兒不太相信一般家用保全系統會在設計時考慮到這點。對街有個上了年紀的白人男子在整理院子，見她走進那棟房子的步道，便停下來對她招手。她也揮手回禮。或許是陽光的誤導，讓她覺得安全。要是有人在家，她就尖叫到鄰居報警。這也堪稱是計畫，對吧？

她循著步道走到屋前。經辨識後，前門輕輕叮噹一聲開啓。大麗說得沒錯，屋子存有她本尊的生物辨識資料。康兒推了一下，門靜靜地開向一個陰暗玄關。**好極了**。

「有人嗎？」她喊道，無人回應，她有些畏縮。

她何時才能學到教訓不再做這種事？應該乾脆在脖子上掛個鈴鐺，省時省事。她站在門口，對她以前罵過的恐怖電影裡的人道歉，因爲她現在就要跟他們做一樣的事。而且不管有多喜歡陽光，她想找的答案是在屋裡。

她跨入門內，經過一番天人交戰後才反手將門關上。上方的感應燈自動亮起。屋裡冷得很不舒服，她問屋子室內幾度。**十四度四**。以前阿志老是喊熱，但即使他進到這裡也會凍成冰棒。至於她的本尊恐怕撐不了五分鐘。

她一面摩搓裸露的臂膀禦寒，一面走過走廊進入客廳。裡面空蕩蕩，地毯是新的，空氣裡瀰漫著濃濃的消毒水與新鮮油漆味。正常情況下，她會猜想是屋主準備賣房子，但這個感覺不像。這棟房子被徹徹底底刷洗過，無論康兒想找到本尊留下的任何痕跡都早已不在了。難道重點就在這裡？

在廚房裡，她發現一箱瓶裝水。塑膠包裝已經撕開，少了十二瓶水。冰箱裡有一盒吃了一半的四川牛肉，聞起來還相當新鮮。流理台上堆著一疊郵件，康兒翻了一下，全是「住戶」收的垃圾信件，毫無幫助。樓上有三間臥室，前兩間和樓下一樣乾乾淨淨空無一物。到了第三間，她發現地上有一張單人床墊靠牆而放。有好幾本書堆高了充當書桌（一本祖克柏新出版的傳記、一本比她小腿還厚的鍍金時代歷史和一本翻到書頁都捲起邊來的小說《源泉》），上面擺著一盞細長型閱讀燈。由於除了瓶裝水與冷掉的中式餐點之外，這是有人來過的唯一跡象，她便如同考古學家考證古老遺跡般查看房間。首先脫去床單，以防有東西夾在床單與地毯之間。接著翻起床墊，摸索踢腳板，一無所獲。她又用拇指快速翻了翻書，希望找到……什麼呢？用手寫在空白處的自白？對啊，有何不可？但沒有，書頁和房子一樣沒有一點記號。

喪氣之餘，她坐到床墊邊緣，試著想通這一切。她就是難以相信六個月來，本尊和人同居在一間空屋裡趕她的閱讀進度。比較可能是房子在清洗與油漆之前，家具全都搬走了。她提醒自己本尊並不是死在農舍。莫非她就坐在自己的命案現場？

她一時膽怯，便重新下樓到廚房打電話給克拉克，只響一聲就進入語音信箱。無所謂。她於是留言建議他到美國新生代音樂行找史黛菲．瑪茨談談，另外還給了這棟房子的地址並詳述她在屋裡發現什麼，又沒發現什麼。最後再補上一句，說他要是沒回電，她會去找媒體。希望這麼說能讓他相信她是認真的。

不過這裡是怎麼回事？她沮喪地又把所有抽屜櫥櫃全部翻找一遍。接下來就要無計可施了。或許可以查查屋主身分——從這點著手應該不錯。對街那個在整理庭院的人，可以去問他有沒有看到什麼，要是行不通，她大可以去敲每個鄰居的門，直到問出個結果。要是再不行，她就留下來等，直到有人回來拿他們的艾茵．蘭德的小說。

她倚靠著流理台，順著走廊往前門看去。

側邊上有一扇門，剛才竟然沒發現。

她到底在搞什麼？由於腎上腺素暴衝，她似乎太專注於防備有人忽然跳出來，以至於忽略了重要的事，比方說多出來的一整扇門。還真是夠放心呢。

那扇門的另一邊是一間只能放一輛車的車庫，水泥地上幾乎空空如也，只有一個小垃圾袋和四個深藍色長形袋子靠在最內側牆邊排排放。每個長袋子約一百八十幾公分，以耐熱塑膠製成。就算從未見過但卻知道那樣東西是什麼，還是會令人感到不安。而且靠著這輩子看過的電影和電視，她一眼就認出那四個怪異的團塊是屍袋，而且沒有一個是空的。剩下的問題就只有裡面裝的是誰，以及她有沒有膽子去看。嗯，第二個問題她已經有答案了。

她蹲跪下來，拉開第一個袋子的拉鍊，慢慢拉到能夠看見面貌為止。她不認識的人，但面容出奇安詳。忍不住好奇的她繼續將拉鍊拉到底，此人全身赤裸，並用漂白水刷洗過。除了是個死人之外，看不出有其他異常之處，腐敗的味道也不像在農舍那樣令人作嘔。他才剛死不久，所以溫度才調那麼低。這房子簡直就是肉品冷藏室。

她轉而打開垃圾袋，裡面正是廚房裡不見了的水瓶。裡面的水全都一滴不剩。她聞聞其中一瓶，沒什麼味道。原本水裡面有加什麼嗎？她微顫著拉開另外兩個屍袋的拉鍊——又是兩具刷洗漂白過的男屍。暴力是一回事，但眼前這些不知為何感覺更糟，太冷靜超然了。這些人處理得像是超市裡的包裝肉品。

最後一個屍袋，可就不是這麼回事了，它讓康兒忽然感覺到前所未有的害怕。這張臉她立刻就認出來了，從她離開再生中心那一晚起，它便不停地追逐她、縈繞在她腦中。痘疤臉死了。他和他的手下被殺了。以後不必再擔心他，她本該鬆一口氣，但卻沒有。本來她至少能指認他，如今卻不知道打她主意的人是誰了。

她得離開這裡。之前本尊是自願前來的，而且頻繁到屋子的保全系統認得她的臉，這件事讓她惴惴不安。這些死人證明了，本尊在不知為何原因遇害之前涉入有多深。不過她得先傳照片給克拉克。除非他能神奇地將這些命案與目前關在牢裡的葛瑞爾連在一起，否則警方對他的控訴已開始瓦解。至少當她跨站在第一具屍體上方拍照時是這麼希望的。

這時她身後的門猛然打開。

康兒緩緩轉頭往後瞥，看見一個魁梧的白人男子，身上的坦克背心更凸顯出他粗壯、如生鐵般的肩膀與二頭肌。他整個人塡滿門框，好像門的尺寸是爲他量身訂製似的。康兒轉身面向他，跨步離開屍體。

「妳誰啊？」他嘴裡問道卻沒有等待回答，旋即伸手拍一下車庫門按鈕，動作靈敏得驚人。康兒一時失心瘋，竟以爲他是開門要讓她出去。可是當鐵捲門隆隆升起，她看見一輛正等著倒車入庫的皮卡貨車的輪胎。

他不是要讓她出去，而是要讓朋友進來。

門還在開啓之際，另一個白人男子鑽了進來。他也很壯碩，只是不太分得清啤酒肚與肌肉的界線。他的目光從同伴轉移到康兒又回到同伴身上。「那是誰？」

門內那人聳聳肩。「我們還沒自我介紹。」

「妳是誰？」第二人問她，然後越過她的肩膀喊道：「約翰，你可能要來瞧一瞧。」

懶洋洋往上升的車庫門終於停止。第三人從皮卡車上下來，也是白人，年紀較大，黑髮摻雜著灰髮。他移動時十分小心，特別留意其中一條腿。另外兩人對他很恭敬，看著他等待答案。他遲遲沒有回答，站著注視康兒好一會兒，一面搔手背。這動作吸引康兒注意到他前臂上的刺青——一把黑傘。

這些人是「亞當之子」。

周遭一切放慢成爲驚慌、切分的鼓點。她想喊暫停，仔細想想「亞當之子」怎麼會知道這棟房子，怎麼會和她的本尊扯上關係。對街整理院子的人啓動了掃葉機，這時一切又咻地回復原來速度。她要是不離開這裡就會死。

「天啊，兄弟們，你們不知道這是誰嗎？」約翰略顯失望地說。

「是誰？」兩人齊聲問道。

「就是所有新聞都在報的那個複製人。」

那兩人看著康兒，重新有了興致。

「我們都先別激動。」康兒說著慢慢走向年紀較大那人。跛腳使他成爲她不利情況中的最佳選擇。

「她在這裡幹麼？」第二人問道。

「那不正是問題所在嗎？」約翰回答。他打了個手勢，門邊壯漢又再次按下車庫門按鈕。頭頂上，馬達轟隆起動，門開始往下降。

康兒往街道上衝，尖叫著求救。但沒有成功。

第二十五章

康兒醒來時躺在一張橘色皮沙發上，皮面龜裂起泡宛如老人的腳。她小心地慢慢坐起來，雙眼緊閉直到嘔吐感過去。她不記得自己企圖逃跑失敗的結局，只記得整理院子那人始終盯著掃葉機，根本沒抬眼。也不知道是哪個「亞當之子」的瘋子把她打昏的，不過她後腦的腫塊感覺濕濕軟軟又疼痛。她深吸一口氣想讓腦子清醒些，結果卻只讓肺充滿了上萬根菸蔫萎的陳年惡臭。她跌跌撞撞走到廁所，用手捧起水龍頭的水喝到頭痛開始緩解為止。應該吃點背包裡的藥，但就她所知，背包還在車庫裡。而LFD當然也被他們拿走了。

他們將她帶離那間連棟住宅，藏在一個沒有窗子、地板是黑白格紋圖樣的狹小房間，低低的天花板上交錯著裸露管線。房間裡一堆亂七八糟、眼看就要肢解的家具，她懷疑這裡是儲藏室。廁所裂開的鏡子旁的牆上寫了字，她伸手拂掠過字跡也明白了自己身在何處。

破壞者——三四年二月二十二，小迪、路易、琴

基努李維經驗——三九年八月三日
迷幻節奏戰士——三七年十一月十五日

濃密紛亂的原始塗鴉就這樣布滿整片牆，以上千種不同墨跡與筆跡留下了樂團名稱、署名、祕密訊息。顯然是樂手們等候上台前，爲了打發無聊隨手胡亂塗寫的。康兒對於樂團堪稱知識廣博，牆上的名稱卻也只認得一二。然而，即使不認識他們也能體會他們的心理——厭倦、疲乏，受夠了日復一日的單調乏味，受夠了彼此。坐十個小時的車，把樂器搬上電力未達標準的擁擠舞台，然後關在這裡，時間到了才上台爲三十個喝醉酒、半帶敵意的陌生觀眾表演。這片牆就是個紀念碑，紀念數以千計始終沒能闖出一片天而遭遺忘的樂團。她大概猜得到自己身在什麼樣的夜店——小小的、大概有個樣子的簡陋酒館，違反的消防法規比啤酒種類還多。

她並未忽略其中的反諷意味，她被關在一個髒兮兮的地下休息室，但抓她的人卻不是等著看演出的粉絲。

她把耳朵貼在上鎖的門上，聽見模糊的說話聲和音樂聲。她使勁捶門捶到拳頭都痛了，還是沒有人來。這扇門似乎是整個房間唯一結實的東西。她再次跌坐到沙發上等待，於是有機會重新思考在車庫時，沒選對時機迸出腦海的問題：「亞當之子」在那間房子做什麼？他們並不是尾隨她去的。他們見到她的驚訝之情絲毫不遜於她。而那個壯漢是從屋裡來到車庫開門的，也就表示若非屋子認得他，就是他手上有鑰匙。康兒沮喪地搓搓臉。儘管不樂意，但房子就是把她的本尊和「亞當之子」以及痘疤臉那夥人綁在一起了。她不知道是怎麼回事，卻知道答案應該不會是她喜歡的那種。

門外的騷動聲愈來愈響，康兒連忙跑到門邊。沉重的腳步聲正往這邊來，有人在爭吵。不是真的大吵，但從激烈口氣感覺得到暴力緊張氣氛。忽然，一個響亮的中低男聲壓過所有人的聲音。

「她人在哪裡？」

其他人全都默不作聲。

「哪裡？」那聲音問道。

若是有人回答，康兒也沒聽見，但鑰匙在鎖孔轉動的聲音讓她退離門邊。開門的是車庫那個年紀較大的人，名叫約翰那個。他看起來不太高興，好像去找牙醫洗牙卻得留下來做根管治療。他身後有幾個人排成一排站在走廊牆邊，走廊上狹窄陰暗，盡頭處是一道狹窄陰暗的樓梯。她看不清那些人的臉，但他們的怒氣赤裸而熾烈，彷彿望著一個開放式熔爐。

一名身穿三件式西裝的白人男子從門縫跨了進來，與約翰面對面而站，雖不是平視（他矮了約莫三十公分），但不知怎的，仍有一種氣勢逼人的感覺，約翰反而顯得畏縮。

「去樓上等。」西裝男子說。

「拜託，是我們找到她的。」

「沒錯，約翰，是你們。但現在問題不在這裡，不是嗎？我有沒有明確告知過你們幾個別再自作主張做事？」

「有。」約翰不情願地回答。

「我有沒有親自告訴你，在風聲過去之前盡量保持低調？」

約翰點點頭，怒瞪著康兒，好像他的麻煩都是她害的。

「可是你們還是我行我素。這下我還得收拾善後。帶著你的人上樓去吧。」

約翰與手下不甘心地踩著重步爬上樓梯，有如父母提早回家使得派對辦不成而在鬧脾氣的青少年。他們走後，西裝男子將門關上，隨後繞著房間緩慢而慎重地轉一圈，像個樂團主唱趁團員演奏前奏時在舞台上巡行。他沒有看向她，甚至似乎沒注意到房裡還有人。他是名人的事實只是徒增這場表演的不真實性罷了。他拉過一張椅子到她附近坐下，從口袋取出一個與她小指差不多大小的裝置，開啓電源，放到隔在他們之間的矮茶几上。當指示燈從紅轉綠，他才終於表現出注意到她的存在。

「好啦，」他說：「這樣好些了。」

「反監視器？」她問道，雖然她從未聽說過有這麼小的設備。執法單位不斷主張禁止個人使用防錄音錄影的設備已經有五、六年以上，但每次都遭到企業說客與美國公民自由聯盟反擊。

「以免有哪位朋友想錄下我們的對話當紀念，」男子隨手往牆壁與天花板一揮。

「妳知道我是誰嗎？」

她衝著他翻了個白眼。他是法蘭克林．巴特勒：「亞當之子」的創辦人、領袖、發言人兼自封的彌賽亞救世主。看他的影片，還以爲他更高大，也老一點。不料他本人一點都不像四十二歲，她也明白了他爲何留鬍子。頂著一張有如男童軍的天使臉孔，要領導一個仇恨團體肯定是一大挑戰。

「很好，」巴特勒說：「我們沒時間詳細自我介紹了。順便告知一聲，我也知道妳是誰。媒體對妳如此青睞，很難不認識妳。破解了本尊命案的複製人。令人難以抗拒的故事。」

在成爲反複製人運動的名人之前，巴特勒曾是芝加哥大學哲學系的明日之星。這是爲何他說起話來很像黑白老電影中的大家長嗎？

「我怎麼會在這裡？」她問道，其實她的意思是*我怎麼還沒死*？巴特勒對於複製人的立場鑿鑿有據。只要在波多馬克河以南抓到複製人，長期都有賞金可拿，而過去五年內，至少有八個誤入此州而遭殺害的複製人——依「亞當之子」的說法是被*收拾*——當然，這八個案子沒有一個以殺人罪起訴。雖然的確有一個凶手被判刑，罪名卻只是毀損。他得到了沒事的證明，巴特勒更是公然歡慶那項判決。因此儘管他擁有優雅、文明的外在，康兒卻心知肚明，他現身在此大大影響了她活著走出這個地方的機會。

「眞是諷刺，我也想問一樣的問題。」巴特勒說：「我怎麼會在這裡？」

「欸，是你綁架了我耶。」

「這個嘛，事實會說話，我並沒有。」

「那些王八蛋有『亞當之子』的刺青，那就代表他們聽命於你。」

巴特勒嘲弄地笑道：「事情要是有這麼涇渭分明就好了。妳有受到任何傷害或虐待嗎？」

這個問題問得出人意表。不過在那恫嚇的表象底下，她覺得他似乎有點焦燥、緊張。她不禁心生好奇，但也提高警覺。「除了綁架之外？」

「除了那個之外。」他附和道。

「沒有，」她說：「但我可以吃點東西。」

「經妳這麼一提，我也是啊。」巴特勒從口袋掏出一條手帕，鋪在桌上。倒了些杏仁。他挑起一顆丟進嘴裡。「請用，別客氣。」

她沒去碰。

「我要是想傷害妳，妳已經受傷了。」他說道，故意裝出如此大器卻遭到拒絕而生氣的樣子。

她拿起一顆假裝要吃。「喏，高興了吧？」

「欣喜若狂。」

「我怎麼會在這裡？」她再問一遍。

「妳之所以在這裡，而不是照大約翰的意思吊在樹上，原因是一個小時前，我收到『亞當之子』最大金主來訊息，要求我親自介入，以防妳遭遇任何不測。不客氣，順便說一聲。這位捐助者向來堅持絕對低調並保持匿名。我從來沒見過他也不知道他的身分。由於他捐贈的金額龐大，我一直對這樣的安排感到滿意，因爲在今天以前，他從來沒要求過報酬。不過，我已經不再滿意了。」

「你想從我身上得到什麼？我不知道你的金主是誰。」康兒雖這麼說，卻懷疑是否眞是如此。

「維農．格迪斯對妳相當有興趣。」

「你認爲那個匿名的金主是維農．格迪斯？我從來沒聽過這種蠢話。他恨『亞當之子』恨得牙癢癢的。」

「我們對他也一樣。」巴特勒強調。「不過就姑且聽一下。格迪斯已經對妳伸出一次援手了，對不對？在妳最需要的時候，像個中世紀的騎士一樣旋風般趕到。說實話，這整件事應該還是有它的經典脈絡可循。所以，他爲什麼不會再做一次？又或是妳還有另一個我不知道的有錢的貴人？」

「他不是我的貴人。」康兒小心地不去提到芬頓，否則只會激發巴特勒最可怕的衝動。最近這幾年，巴特勒編造出一個又一個陰謀論，詳述複製人存在背後的邪惡動機。他的追隨者照單全收——愈稀奇古怪愈好。萬一被一個天生的陰謀論散布者得知她腦子裡裝著艾比蓋兒・史提克林遺失的研究內容，會有什麼後果呢？爲了不讓格迪斯或芬頓得手，他有什麼事做不出來的嗎？

「我很好奇，爲什麼格迪斯要贊助妳這趟維吉尼亞之旅呢？」

「艾比蓋兒・史提克林是我姨媽。」她說道，希望吐露此事便能滿足他。至於她想問的是，他怎麼會知道這麼多？

「這我知道。」巴特勒回答：「但問題是他根本就很討厭艾比蓋兒・史提克林，反之亦然。」

「什麼？」康兒難掩詫異。

「沒錯，聽說他們鬧得水火不容，尤其是最近這幾年。他倆對於再生中心的未來有歧見。妳姨媽逼迫董事會選邊站，他們很聰明地站到妳姨媽那邊。因爲找錢容易，但天才呢……總之，妳就是沒法籌募天才。所以，董事會決定支持帶領他們走到這一步的人，將研究部門交給她全權管理。據說格迪斯非常忿忿不平，被一個對政治和人都沒興趣的白袍人以智取勝，像他那種自戀的人恐怕難以釋懷，我猜。」

格迪斯給她的印象完全不是這樣。他將自己描繪成她姨媽在再生中心唯一的眞正盟友，並將芬頓塑造成敵人。康兒又再一次不知不覺地質疑起自己現有的假設，同時也明白了這位年輕的巴特勒教授何以如此吸引人。她察覺到，他玩弄的手法就是不開門見山把話說出來，而是揶揄某個答案，又隱隱嘲弄較直接了當的解釋，暗示說只有傻子才會這麼輕易上當。但那是巴特勒的天賦——讓人質疑自身，並說服他們將他的觀點當成自己的。他憑著這項天賦建立了兩項事業。

「我不知道這件事。」她說。

「妳怎麼可能知道？」巴特勒問：「那又不是再生中心想反映的形象。但別告訴我維農·格迪斯冒險進到維吉尼亞，是出於對故人艾比蓋兒·史提克林的忠誠。」

「你聽著，我只是想查出我的本尊發生了什麼事，如此而已。」

「啊，對了，妳的本尊。又一個棘手的問題。妳覺得康思坦絲·達西爲什麼會被殺？」巴特勒問道：「現在盛行的說法是丈夫下的手，因爲忌妒她紅杏出牆。至少有此可能。在我們國家，丈夫殺害妻子是普遍的家庭手工業，但在沙洛斯維的四具屍體顯示事情沒這麼單純。」

「爲什麼？不是『亞當之子』放在那裡的？」康兒立刻反擊道。

「不是，大約翰只是受雇去清理。」

「誰雇他的？」康兒說。

「他不知道。又一個匿名人士，多疑一點的人會開始看出一個模式。不過那些人是誰啊？」

「我不知道。」康兒說，這話至少有個好處：是眞話。

「那妳怎麼會跑到那棟屋子去？」

「那『亞當之子』又怎麼會跑去呢？」

「一針見血！」巴特勒嘆了口氣，伸手去拿杏仁。「妳念書的時候數學好嗎？」

「英語和美術比較強。」

「沒錯，妳是那個小樂團的團員，對吧？」他說：「數學對我來說很簡單，高中的時候全部輕易過關，代數、幾何、三角。總之我的大腦就是能理解。老師們會因爲我沒有寫出過程扣我分數，因爲我能直接在腦子裡看見答案。」

「該說恭喜嗎？」康兒說，卻猜不透他想說什麼。

聽到她的譏諷，他喉嚨咕嚕一聲作爲回應。「接著來了微積分。我的天敵。課本的內容變得不知所云，我也從優等生變成討人厭的傢伙，每個概念都要解釋十幾遍。我碰到『瓶頸』了，這是卜雷克老師好心幫我做的說明。那是我第一次被難倒，就學業來說。我全憑著一股意志力，咬緊牙根在那堂課拼出一個C，但從此以後數學對我來說再也不是本能了。我討厭那種感覺，就是知道自己不管再怎麼努力也永遠看不到全貌。我會說這些是因爲我現在也有同樣的感覺。」

「你想從我這裡得到什麼？」

「我想知道是誰在操控我。」

「那種感覺不好受，對吧？」她閃過一絲與他同仇敵愾之感。他們有全然相同的問題，答案可能也一樣。

「是誰？」

「我不知道。」

「告訴我。」巴特勒怒吼道，同時將杏仁揮灑一地。「我走出那扇門，妳和那三十個等著結束妳悲慘人生的人之間的事就跟我沒關係了。」

「我不知道！」康兒吼了回去。她終於想通不管巴特勒信不信，她都可以哭著聲稱自己不知情。巴特勒以製造恐懼爲樂，而一個關在地下室裡哭哭啼啼的女人，肯定能帶給他莫大的快感。但問題就在她好像擠不出一滴淚水來。眞諷刺，因爲過去幾年眼淚從不匱乏，但現在的她只有煩躁，只有深深滲透全身的怒氣。一定可以應付過去的。「也許是格迪斯，我不知道，你怎麼不直接去問他？我只是高級假肉，不是嗎？跟所有的複製人一樣。有誰會跟個高級假肉說些什麼呢？」

巴特勒嚇了一跳，她回答的凶暴口氣讓他猝不及防。讓他驚慌失措的感覺實在太好了，好到她想進一步掐住他的喉嚨。

「我實在受夠了。你和格迪斯和警察，你們都一樣。我有個主意，你們要不要乾脆自己解決，別把我牽扯進去，你們這群神經病！」

巴特勒滿臉通紅，舉起食指示警。「妳最好別忘記妳現在在哪裡。」

「你以爲我忘得了。告訴你，我不知道格迪斯爲什麼要幫我。如果他是你的匿名金主，他鐵定不會告訴我。所以這件事就到此爲止了，好嗎？我累了。」

巴特勒沉默了大半晌，才點頭說道：「我想我應該會喜歡康思坦絲・達西，只可惜她死了。」他起身走向門口。

「你要去哪裡？」她確信是自己把他逼過了頭，不禁對可能產生的後果感到害怕。

「去找妳的主人談談。」他說得隱晦。

「談什麼？」

「我打算接受妳的建議。」

「這話是什麼意思？」她問道，但門已經關上。

第二十六章

康兒在休息室裡東翻西找，想找個可以防身的東西。她不知道巴特勒覺得她給了什麼建議，那話聽起來太像隱含著威脅，令人不安。她協商談判的經驗夠豐富，知道什麼情況是玩過火了。不過他們不是爲了錄音合約的條款在討價還價，此事攸關她的性命，而巴特勒這個人並不認爲她配擁有性命。虛張聲勢導致全盤皆輸，這不在她的選項之內。當門打開、巴特勒回來時，她正試著抽出椅子扶手充當棍棒。她往後跳離開他，不料他只是用手帕把剩下的杏仁包起來，放回口袋。幾乎有如事後才忽然想到似的，同時還請她跟他走。

「我們要上哪去？」她問道，身子沒動。

「這要緊嗎？除非妳比較想待在這裡？」

她眞的不想。

「不管發生什麼事，」他說：「妳都要低著頭閉緊嘴巴。聽到了嗎？有衝動想展現妳那舌燦蓮花的本領？給我忍住。」

「爲什麼？會發生什麼事？」

「帶妳離開這裡不會是他們樂見的決定。」

「你到底管事還是不管事？」康兒問道。

「我說過，事情沒那麼簡單。我的領導權並不像媒體描繪得那麼鞏固。『亞當之子』與其說是以一條鞭方式管理的組織，其實更像是小團體各自運作的鬆散聯盟。即便如此，總是會有一些偏激分子指責我太溫和、太軟弱。我可是費了很大工夫討價還價，大約翰才答應放妳走。」

他們走過走廊，爬上狹窄的樓梯，出現在一個毫無陳設、小不拉嘰的舞台上。四面全是年久發黑的磚牆，樂團貼紙與轉印貼紙胡亂重疊貼在牆上。望向台下群眾時，康兒不得不用手遮在眼睛上緣，因爲頭頂上的菲涅爾聚光燈往台上噴出一塊一塊胭脂紅色燈光。夜店形狀狹長，宛如一具廉價棺材。沿著無窗的牆壁有成排的雅座，零星的塑合板桌成半圓形圍著舞台前方的舞池。牆上布滿亂七八糟的車牌、招牌和小飾物，彷彿經過龍捲風吹襲，店主卻沒清理，只是把所有東西都釘掛起來。大概有多達二十人站在吧台邊喝酒爭吵，他們散發出一種不耐的、赤手空拳的精力，讓康兒不由得咬緊牙根。那些人一看見巴特勒和康兒，立刻停止爭吵，一齊轉頭面向舞台。康兒在夠多夜店演唱過，一眼就能看出不懷善意的群眾。她登台的次數也多到能明白怯場是什麼狀況，巴特勒在冒汗。他願意撐到什麼程度，才會爲了自救放棄她？

「也許妳應該爲他們唱首歌。」巴特勒勉強擠出一聲空洞的輕笑，努力想展現自信卻沒成功。

「這裡沒有後台門嗎？不能從後門走嗎？」

「不走前門的話，我就完了，妳也死定了。明白嗎？」

她明白巴特勒自認爲必須和整個吧台邊怒氣衝天、醉醺醺的頑固分子比試膽量。狗老大不太可能夾著尾巴溜出狗群，如果以後還想發號施令的話。她也明白眼下她保命的關鍵就是閉上嘴巴，讓這個白人男子出面。套句俗話說，事情該得怎麼做就得怎麼做，縱使交涉可以稱得上是她的拿手好戲。

「不會有事的。」他說道，但她分不清他想說服的人是誰。

「眞的嗎？」

巴特勒狠狠瞪著她，顯然對她缺乏團隊精神十分失望，接著大步往夜店門口走去，彷彿期望那群人會被他所威懾。來到吧台邊時，等在那裡的人絲毫沒有退讓。巴特勒可以試著擠過去，但就連康兒都知道從那群人不言可喻的不穩定狀態看來，這麼做會出事。那些人怒瞪著他，一雙雙冷卻塔般的眼睛與一個個緊繃的下巴形成一堵牆。就近一看，康兒發現現場可能眞有三十個人，族群與年齡層各異。她暗想，仇恨能如此拉近人的距離還眞不錯。

「約翰？」巴特勒喊道：「我們不是說好了嗎？眞的要這樣嗎？」

「別鬼扯了，法蘭克林。」約翰的聲音從人牆後面傳來。其他人紛紛低聲附和。

他們談好的條件似乎並未被其他成員所接受。也許地位岌岌可危的人不只有巴特勒一個。

「非得這麼做，約翰。」

「那是你說的。」

「沒錯，這是我說的。」巴特勒抬高音量好讓所有人都聽見，語氣中充滿強烈的不以爲然。「我以爲在這個時間點，我說的話會比較有點分量。」

「可是我們抓到她了，」約翰強調。「想想她能吸引多少媒體關注，我們應該好好利用。你是不請自來，但我們可以拿她來殺雞儆猴。」

「把她綁起來！」一個聲音喊道，激發一陣如雷的應和聲。

康兒不由自主地開始發抖，忍都忍不住。不完全是因爲恐懼，雖然她肯定是害怕的。只不過當打或逃都不在選項當中，腎上腺素便無處可去，她感覺到它有如溢出的毒液不斷累積。她只希望在昏暗的燈光下，他們看不出來。她才不要讓他們稱心如意。

巴特勒的聲音略略壓過爭相出頭的噪音。「你的積極進取將會是全國委員會的一項資產，約翰。我知道他們也會跟我一樣興奮地歡迎你加入。但可惜的是，我們要以大局爲重。」

「去他媽的大局。」後方有個聲音咆哮道。

「去他媽的大局？」巴特勒終於鬆了口氣，因爲有論點可申辯了。「朋友們，除了大局之外沒有其他局了。我們在維吉尼亞警局內的友人給予『亞當之子』會員極大的行動自由，對於你們的，怎麼說呢，法外活動吧，他們都是睜隻眼閉隻眼。然而，忠誠是互相的，事實上我們在警局內的盟友認為這個東西」——巴特勒隨意朝康兒比劃了一下——「是他們調查工作中不可或缺的。若換作其他情況，我會親手套上繩圈，這你們都知道。但如果我們提早自行處理，我們得到的支持會多快就枯竭？」

巴特勒暫停下來讓大夥兒沉澱一下。這回，沒有人出聲打岔。他感覺到眾人開始動搖，往他這邊靠，便繼續加把勁。「說實話，你們這整個分會值得表揚，你們是『亞當之子』的突擊隊，而你們的隊長約翰．海史密斯更足以為眾人的表率。」

此話一出揚起一陣歡呼，巴特勒露出有風度的微笑。眾人於是轉身，微微分開來，康兒這才瞥見大約翰．海史密斯站在吧台後面，臉上的表情彷彿無法斷定自己是贏是輸。巴特勒指向他，讓每個人都知道那個人是誰，並開始鼓掌。所有人都衷心地跟著一起拍手。康兒覺得她如果加入可能會失去點什麼，便繼續讓手垂在身側。

「約翰？」掌聲漸歇後，巴特勒喊道：「怎麼樣？這是你的地方，由你作主。是要把它交還給警方，還是去拿繩子？」

約翰斟酌之際，店裡一時鴉雀無聲，彷彿唱片換歌的空檔，大家都在猜下一首會是什麼。

「好吧，讓他們過去。」約翰讓步了。

他頗有影響力，因爲眾人開始往兩旁退開，湧動有如怒海狂濤。巴特勒毫不猶豫地帶著她穿過空隙，以免大約翰改變心意。這些人或許是同意讓她走了，但康兒可以感覺到落在她身上的目光怒火炯然，活像要吃人一樣。他們低聲喃喃咒罵一些熟悉的侮辱言詞，同時也有些新字眼。

「我們會來找妳的，假貨。」有個聲音在她耳邊噓她。她抖縮了一下，但仍雙眼死盯前門移動著腳步。

他們通過了夾道的鞭笞隊伍，出了店門，來到一個老舊不堪的帶狀商場的停車場。有大半店面的櫥窗都掛著停業的牌子。昔日畫的停車格線早已褪色成幽靈輪廓，一堆胡亂停放的老爺車有如滿口爛牙。淡淡的半弦月高掛在夜空中，康兒回頭望著剛剛離開的酒吧。店名叫「護欄柱」，康兒覺得它配不上這個名字。

「唉，眞是一場災難。」巴特勒顯得驚魂未定、臉色蒼白。他向一輛流線型的白色賓士發送信號，車子即刻發動，來到他們身旁停下。「爲了讓妳毫髮無傷離開那裡，我不得不答應給那頭蠢驢一個指導委員會的席次。」

「爲什麼？」康兒問道。再次呼吸到新鮮空氣讓她身心鬆解，也有點驚訝。

「每個人都有各自的價碼，」巴特勒說：「約翰．海史米斯想要得到尊重，但只憑他一個人是不可能成功的。我那番沒本錢和維吉尼亞警方失和的說詞，不知道他相不相信，但他知道他必須配合演出。他要是讓分會失去這項利益龐大的交易，他會陳屍在水溝裡。」

彷彿收到暗號似的，那群人笑鬧著湧出酒吧，浮浮躁躁地就是想鬧事傷人，只要一點火花就足以引爆他們。雖然剛才放她走了，但她也見過有人像這樣互相煽動，藉此驅使自己展現無法獨自展現的暴力。一只啤酒罐以拋物線丟向車子，砸在水泥地上。那些人哄堂大笑蜂擁向前，彷彿被大膽行徑打了一劑強心針。巴特勒求她上車。

康兒不肯。

「妳在開什麼玩笑？上車！」巴特勒上車前回頭央求她：「我對約翰．海史密斯自縛手腳可不是爲了看著妳在人行道上被分屍。」

「我們要去哪？」她問道。如今出了酒吧，她盲目跟隨巴特勒的意願大大降低了。

「去找答案。這是妳來維吉尼亞的目的，不是嗎？」

是，但康兒仍然沒動。「我怎麼知道你的答案就是我的答案？」

「因爲我的金主比我更早知道約翰抓到妳，他付給我一筆可觀的金額要我救妳出來。妳難道不好奇他是怎麼辦到的？爲的又是什麼？」

她好奇。而且假如巴特勒沒撒謊，那麼他那位匿名金主和雇用約翰．海史密斯去那棟房子處理屍體的人，很可能是同一人，也是康兒需要見的人。看來她得再黏著巴特勒一段時間。於是她匆匆上了後座，坐到他的另一側。

「緊急狀況。」巴特勒對車子說。

車門上鎖後，車子立刻加足馬力駛出停車場，速度快到康兒不得不抓牢以免整個人貼到巴特勒身上。千萬不要，多謝了，這世上沒那麼多肥皀劇。前座空著，巴特勒是獨自前來，顯然將隱密置於安全之上。他比她想的更勇敢，再不然就是更不顧一切。

坐在一旁的巴特勒已經在用ＬＦＤ通話。

「成功了，她在我手上。對、對、對。」他每說一個對字，口氣就愈氣憤。終於來到否定句時，他愉悅地有如切著一塊烹煮得恰到好處的牛排。「不，計畫改變了。我的佣金要加倍。對，加倍。而且我要碰面。」

康兒傾聽著自己被當成講價的條件。

「我不管當初說好什麼。你知道我今天當你的跑腿小弟，浪費了多少政治資本嗎？我在我自己的人面前活像個傻瓜。我不在乎你匿不匿名有多重要，這件事沒得商量。你要她的話，就把錢帶來。今天晚上。要不然我就把她丟回我找到她的地方，那些小弟們會直接在停車場烤肉。」

巴特勒聆聽片刻後掛斷，再次好奇地看著康兒。

「妳到底有什麼重要的？」他口氣誇張地問。

「沒有。」

「肯定不會沒有，絕不可能沒有。電話上那個就是我的『大鯨魚』。幾個小時前，這個人給了我五百萬美金要我救妳安全脫險。我剛剛把價格加倍了，他眨都沒眨一下眼睛。我堅持要見面，他也毫不猶豫。」

車子來到紅綠燈前停下，他們默默坐著。燈號轉綠後，巴特勒狡黠地瞇起眼睛看她。

「眞有意思。」

「什麼？」康兒問道。

「我們已經離那群暴徒遠遠的，可是妳知道嗎？」

「什麼？」

「妳並沒有企圖下車。妳沒有被綁住，也沒有人拿槍抵著妳，但妳甚至沒有試著要開門。」巴特勒思考著這其中的含意。

「而你是獨自走進那間酒吧。冒險的人不只有我一個。」

巴特勒疲憊地搖搖頭。「棋子在棋盤上移來移去，我卻完全不知道我們在下什麼棋。」

歡迎加入我的行列。「如果你不知道在下什麼棋，憑什麼覺得自己是下棋的人？難道你不覺得自己是棋子嗎？」

巴特勒一點也不喜歡這個想法。「妳在暗示什麼？我們兩個都是卒子？」

康兒對他聳聳肩，彷彿覺得他這個問題很煩人。「往好的方面想，至少你現在知道有這盤棋了。」

第二十七章

他們先往南駛向北卡羅萊納邊界，隨後往西轉，循克爾湖水庫繞行水道邊緣。轎車行駛中幾乎悄無聲息，如滑雪般順暢地在黑暗的鄉村道路上左彎右拐。車內光線幽暗，巴特勒直盯著前方，八成是在沉思該如何花那千萬美元——將她運送過這道難以跨越的分水嶺的代價。她不覺得自己還能回來，但既不傷心也不害怕。她是自願來的，這給了她原先沒有的、一定程度的平靜。這時車子放慢速度，轉進一條碎石路。已經到了。

不完整的月亮破雲而出，照亮水面，同時在聳立於水壩邊的巨大黑塔群投下帶著靈異氛圍的光線。那群巨塔底部較窄，往上逐漸加寬，猶如倒置的巨大擴音器，喇叭口朝著陰晴不定的夜空。康兒從車內地板都能感受到大型渦輪機的劇烈轉動。她從未實際看過碳再捕集工廠，但和其他所有人一樣十分了解。身爲二十一世紀的小孩，她不斷搖擺於希望與憤世嫉俗之間，希望在於所謂的氣候療法能恢復前人造成的傷害，而憤世嫉俗在於到目前爲止一切只起了ＯＫ繃的作用。

「好壯觀。」她心生敬畏地說。

「東岸第四大。」巴特勒說道：「猜猜看主人是誰。」

「格迪斯。」康兒回答道，同時感覺喉嚨緊縮。

「沒錯。」巴特勒說著打開中央扶手置物箱，拿出一個上鎖的木盒，從裡頭取出一把看似從未使用過的小手槍。他裝彈匣時還把方向弄反了，但也許是因爲車內太暗。也許。

「你有槍？去酒吧的時候怎麼不帶著？」康兒問。

「要是我對那些傢伙開槍，妳能想像後果嗎？」

他說得對，不過**那些傢伙**？用這種字眼形容他的忠誠支持者倒是有趣。

車子停在兩座塔之間的低凹處，車燈自動熄滅了，但巴特勒又重新打開，嘟噥著說太暗了他不喜歡。他又開始緊張起來，靜坐等候之際，一手拿著槍，另一手拿起隨身酒壺啜飲著。看來上次分享杏仁卻出師不利之後，他已無心分享，便沒有請她喝。這樣也好，不管接下來要面對什麼，她都希望保持頭腦清醒。

外頭開始下起濛濛細雨。

「妳知道嗎？妳是我頭一個碰見的複製人。」巴特勒說。

「哦？有糟到符合你的期待嗎？」

「妳好像還好。有點賤，但我不覺得那和妳是複製人有關係。」

「那是因爲你沒挑好日子來抓我。」

「說得好。」他說著舉起酒壺向她致意。

「所以說你眞的從沒見過複製人？」

「這讓妳覺得不可思議嗎？一個人竟會恨自己從未見過的人？我就替妳省點時間吧。我並不恨複製人。我恨的是複製人這個想法。」

「你的演說內容給我的感覺不是這樣。」

「這個嘛，在美國，模稜兩可的主張什麼時候奏效過？」巴特勒問道：「我是以我所知道民眾會有反應的方式提出論據。」

「這樣很不負責任。」

「不，人類複製技術才是不負責任。艾比蓋兒・史提克林和維農・格迪斯才不負責任。一個揮霍的二十來歲研究生不能只因爲忽然頓悟，就片面改寫基本人性。科學屬於眾人，尤其是有可能改變他們人生的科學。」

「民眾可以自己決定要不要採納新科技。」

巴特勒嗤之以鼻。「不，他們絕對辦不到。民眾一看到能在短期內讓生活變得輕鬆的東西，總是太快就接受。人類非常善於發明解決之道，卻非常、非常不善於預期後果。」他抬眼凝視高塔。「就看看那個吧，它替我們解決了什麼。」

「那麼複製人技術有什麼負面後果？」

「難道有什麼正面的？」巴特勒反問道：「千百萬年來，地球上的生命都遵循一個簡單的模式——所有生命終將死亡。結果二十年前，來了個艾比蓋兒．史提克林改變了這一切。我只是覺得將它公諸於世之前，應該經過多一點討論。」

「複製人還是會死啊。她只是找到一個能稍微延長生命的方法，她始終沒有解決永生的問題。」

「對，幸好她在找到之前就先跳樓了，眞是謝天謝地，否則我們……」巴特勒說到一半便即打住，因爲有輛車從最近的高塔駛來，繞過他們之後才在大約六米外停下。什麼事也沒發生。兩輛車都怠速停著，有如學校舞會上彆扭的青少年。巴特勒最後喝上一大口酒之後，將酒壺放進座椅收納袋中，接著緊張地用手指梳一下頭髮，好像準備接受錄影採訪似的。

「所以呢……」康兒說：「我們要不要去跟他們談？」

「等一下，等一下。」巴特勒說。他似乎和許多學者一樣，偏好理論勝過實作，因此不怎麼急著下車。

「我是說，我們都大老遠跑來了。」康兒按捺不住。

「拜託，別說了。」巴特勒懇求道，但還是領會了暗示終於下車。康兒跟在他後面。他打開雨傘，走到兩輛車之間，頭燈交會最亮的地方。康兒則冒雨站在稍遠處，與「亞當之子」創辦人擠在同一把黑傘底下似乎是自找麻煩。

「揭曉眞相的時刻到了。」巴特勒喃喃自語。

康兒希望他說得對。這種情況下，獲得眞相是她所能期望的最好結果。

另一輛車的副駕駛座車門打開來，巴特勒論述的蠱惑力在此得到證明，因爲當康兒發現開門的人不是格迪斯確實大吃一驚。只見布魯珂．芬頓，再生中心的總裁，下車後拉緊雨衣擋雨。巴特勒發現自己錯得離譜，瞄了康兒一眼，也流露出訝異之情。

「妳好，博士。」巴特勒將注意力轉向芬頓，語氣滿是尖酸。「妳好像姍姍來遲啊。」

「你把那女孩帶來了，很好。」芬頓博士說。

「我信守承諾，一如既往。我必須承認，我猜測妳的身分多年，但萬萬想不到竟會是再生中心的總裁。」

「你在說什麼？」芬頓博士問。

巴特勒只顧著自己的華麗演出，一時沒意會到她的困惑。「我們就別再互相裝糊塗了，好嗎？都這麼長時間了。直接告訴我爲什麼吧，妳有什麼詭計？」

「我只是來接那個女孩。」她說。

康兒或許只與她交過幾次手，但並不覺得芬頓博士在裝傻。她一臉迷惑，眉頭深鎖，好像努力地想聽懂一個陌生語言的對話。要麼芬頓博士的確在裝傻，但事到如今並無必要，要麼就是她眞的不知道巴特勒在說什麼。

「她不是你的匿名金主。」康兒對巴特勒說。

「我當然不是。」芬頓光想就感到憤怒。

巴特勒對她二人露出不解的眼神，並問芬頓怎麼會在這裡。

「因爲你打電話給我。」

「我什麼？」巴特勒說。

「你說女孩在你手上，你說給你一千萬就放了她。所以我才來的。」

他住口不語，這個想法在他腦中悠悠地滲透開來，像一顆彈珠滾落彈珠台。康兒卻笑了起來。

「什麼事這麼好笑？」芬頓博士問道。

「你們兩個都被耍了。」康兒說。

他二人懷疑地瞪著她。

「妳在說什麼？」巴特勒問。

「你那個匿名金主和你談好條件，然後讓芬頓代替他來。」

「不，我是直接和他視訊的。」芬頓說。

「妳被深僞影像技術騙慘了。」康兒說。

芬頓頻頻搖頭，像是有什麼討厭的東西落在她頭髮上築巢。「什麼？不，不可能。我裝了防深僞影像的軟體，如果是模擬影像通話它會知道。」

「那妳的軟體可能需要升級了，博士。」巴特勒開始對康兒的論點感興趣了。「因爲我們從未交談過。」

「那麼到底是誰？」芬頓問道。

巴特勒瞪視著康兒，這回輪到他沾沾自喜。「我猜是格迪斯。」

「你瘋啦，當初就是格迪斯把她帶出再生中心的，之後還一直阻礙我帶她回來。現在他又爲什麼要告訴我她的下落？」

「我完全沒概念。」巴特勒坦承。「所以我才要求碰面，沒想到那個老混蛋又技高一籌。他肯定躲在暗處，讓我們替他幹骯髒活，他自己還省下了一千萬。說到這個，妳有帶我的錢來吧。」

「錢我帶了，你願意把她交給我嗎？」

「我不是他的俘虜。」康兒說。雖然他們把她當成談判籌碼，她還是覺得需要把話說清楚。

「是，我看得出來。」芬頓博士說：「那我到底爲什麼要付你錢？我爲什麼不能直接帶她走？」

「回華盛頓的車程漫長啊，博士。」巴特勒說著對她露出友善的笑容，同時讓威脅的暗示如細灰落定。「妳有沒有帶我的錢來？」

「當然有。」芬頓博士說：「現在你是打算成交，還是純粹來賞雨的？」

「好，那個先等一等，既然妳人都來了，有另一件事應該討論一下。」

「什麼事？」芬頓博士疲乏地嘆了口氣。

「格迪斯和他上訴到最高法院的案子。他會輸。」

「嗯，我很清楚他的官司陷入困境。」

「我覺得那會關係到妳。如果法院判他敗訴，而且一定是敗訴，就代表這個國家的複製人技術將邁向終點，妳也會失業。」

「你也一樣。」

「一點都沒錯，所以爲了我們倆好，他必須在走到那一步之前撤回上訴。」

康兒和芬頓博士雙雙以困惑又好奇的神情看著巴特勒。向來自戀的他此時站在那裡，享受著他製造的混亂。

「拜託，廢除複製人技術是你畢生的志業。」芬頓博士說。

「沒錯，博士，不過」——巴特勒略一停頓以製造效果——「要是被廢除了，就不能說是我畢生志業了。」

「我不懂。」芬頓博士說。康兒也有同感。

「在這個國家，權力不是來自打倒威脅，眞正的權力是來自對威脅的恐懼。而要想維繫權力，就需要有持續的威脅。已成定論的主張不會有人關心，最後一次有人捐款支持推翻禁令是什麼時候的事了？」

「你其實根本不在乎複製人技術，」康兒恍然大悟後驚詫地說：「你在車上說的那些全是屁話。」

「我才剛開始對妳有點敬意，妳可別變得太天真。」巴特勒說：「我當然在乎。然而此時此刻，我發現複製人技術是可以利用之惡。」

「你到底想說什麼？」芬頓博士說。

「格迪斯和他那自殺式的官司威脅到現狀。比方說我吧，我實在不想再花十年在另一個運動中爬到領導地位，我已經投資太多時間和精力。妳呢，博士？再生中心如果倒閉，妳準備好重新開始了嗎？」

「我在聽。」

「我提議我們聯手。當然絕對是檯面下運作。對外，我會繼續詆毀妳是人類禍源，妳也要繼續中傷我。但私底下，我們整合資源設法讓這場官司喊停。對我們倆而言是雙贏。」

「格迪斯絕不會放棄他的家人。」康兒說。

「我比較同意這女孩說的。」芬頓說。

「我也是，」巴特勒說：「事實上我們可能需要非常高昂的士氣。不過沒有別的路可走了，除非妳想眼看著再生中心貶到一文不值。」

芬頓沉默許久未作答。她無疑是蔑視巴特勒，接受他提議的想法很明顯讓她胃液翻騰。可是當她開口，務實的心態似乎勝過了原則。康兒暗自納悶，會不會向來她都是如此思考的。

「我應該可以想出辦法來。」芬頓博士說。

「很好。那我再跟妳聯絡。」他說完便將銀行帳戶資料透過ＬＦＤ傳給她。「等妳把錢用妳選擇的加密貨幣轉給我，我就走。」

芬頓照做後，康兒問巴特勒她能不能提個建議。巴特勒似乎覺得有趣，便示意她接著說。

「如果你反過來，去說動格迪斯的姻親放棄，讓格迪斯打贏呢？」康兒說。

「我幹麼要這麼做？」

「是你說的，權力來自於威脅本身。想想看，假如聯邦政府認可了複製人技術的合法性，你會擁有多大力量。」

巴特勒佇立良久，最後一個表情凝結在臉上，由於太專注於思考竟未能回復自然。

「格迪斯的大舅子絕對不會答應。要做到的話，我得買通一個最高法院法官，也或許要兩個。我……」

「但願你口袋裡有一千萬美元急著要花。」康兒打岔道。

一抹笑意掠過他的臉。「那妳有什麼好處？」

「存在。」她簡單地說道：「對我們倆而言是雙贏。」

他看著她笑了起來。「看來妳很喜歡套用我的話，對吧？眞的很高興能認識妳，康思坦絲·達西。」

康兒無法回以同樣的話，便一言不發。

「跟這位好博士在一起小心點。」巴特勒說：「別背對她。」

「這我知道。」

巴特勒將手槍遞給她，但她沒有伸手去接。她打算搭著這班列車直到終點站，萬一忽然害怕起來，她不希望手邊有任何東西會讓她提早下車。

巴特勒鬱鬱地看著她，所有的詭詐與演技暫時消失無蹤。「可是妳還是自願要去，眞不知道該敬佩妳還是同情妳。希望妳能找到妳在找的答案。」

「你眞的很奇怪，你知道嗎？」

「噓，這是我們的小祕密。」他淘氣地眨眨眼，確認錢進了戶頭之後打開後車門，沒再多說一句便離開了。

康兒目送他的轎車離去，直到看不見爲止，接著她望向在雨中等得不耐煩的芬頓博士，此時湖畔的雨勢開始變大。

「所以呢，現在怎麼辦？」康兒問。

「回華盛頓。」

「華盛頓有什麼？」

「我的實驗室。這樣我們就能徹底查清楚是怎麼回事。」芬頓博士說。

「妳帶著一千萬十萬火急地趕來，就爲了把我從『亞當之子』手中贖回來？這還眞是頂級的客戶服務呢，芬頓。」

「是啊，很顯然其中的利害關係不只如此。但一切都是從妳的頭開始。格迪斯把妳的頭當成硬碟，理論上我們知道可行，但他似乎化假設爲行動了。」

康兒讓芬頓繼續說，沒告訴她格迪斯已經都向她解釋過。她好奇的是兩人的版本會不會有出入。結果沒有。

「那妳覺得裡面有什麼？」芬頓說完後，康兒問道。

「無法確定。妳姨媽當時在研究多種新的複製技術應用。她的確是聰明過人。從強化意識到失智症的治療到許多遺傳性腦病變的療法，包羅萬象。尤其是她對抗威爾森氏症所做的努力，更成爲她個人的一場聖戰。隨便一項成果放到市場上都價值連城。不過妳知道我覺得會是什麼嗎？」她露出一種康兒從未在她臉上見過的純眞與興奮表情。

「什麼？」

「永生。」芬頓說：「那是妳姨媽的夢想。她的憧憬，她的畢生志業，可以說就是解決死亡。但她始終受限於身心的兩難。無論她嘗試什麼方法，一個六十歲老者的意識就只能下載到基因與歲數跟本尊完全一樣的複製人身上，毫無二致。每次試圖將較年長的意識下載到較年輕的複製人身上，都會一敗塗地。我想到後來她被挫敗逼得有點瘋狂。她知道一旦切開行銷宣傳和漂亮的話術細看，就會發現再生中心提供的其實只有半套，只是在無可避免的死亡之餘給予暫時的緩刑。不管我們的客戶備有多少複製人，到頭來老化照常會奪走他們的性命。她自覺是個失敗者。有很長一段時間，我都以為這是她輕生的原因。」

「妳覺得她解開難題了。」康兒說。此話的弦外之音令人驚愕。她很好奇巴特勒若是知道了，還會對那一千萬感到滿足嗎。如果芬頓說得沒錯，那麼他做的交易等於是路易斯安那購地案以來最不划算的一筆。

「我想不出還有其他原因會讓格迪斯這麼大費周章。」

「除非大費周章的人是妳。」康兒反擊道。

「我知道妳不信任我，但不管怎樣，我相信我們還是可以彼此幫助。」

黑暗中忽然有人緩緩拍起手來。

一名女子的聲音——一個出奇熟悉的女性聲音，讓康兒全身寒毛直豎——說道：

「做得好，芬頓博士。」

她二人同時望向聲音來處。只見一個人影從幽暗中現身，宛如在令人忐忑的降靈會上受召喚前來的亡魂。

「我真沒想到妳竟聰明到猜得出來。」那聲音說：「低估了妳，算我活該。」

接著最最離譜的事發生了。人影跨入光線底下。女子手上有一把小槍，大致對著芬頓的方向，但康兒不覺得那把槍針對的只有她。

「哈囉，各位。」康思坦絲・達西帶著落日般的笑容說道：「我就是你們苦等的人。」

第三部

山

生命很頑強，愈是受到憎恨就巴得愈緊。

——瑪麗・雪萊《科學怪人》

第二十八章

自從在再生中心重生後，康兒看過自己的屍體、見過曾經是她丈夫的男人、聽過既是她的又不是她的聲音唱歌。她一而再、再而三地被告知她是誰，她又不是誰。她是什麼，她又不是什麼。不禁讓她懷疑自己會不會成了醫美中心玩弄的手法，根本只是拿來愚弄人的天衣無縫的幻像。她錯就錯在想要答案簡單：她要麼就是那個康兒・達西，要麼就不是。二元對立的是與否。甚至要一個小孩來提醒她複雜不一定是可怕的事。一個自我的定義，一個能讓她同時接受過去的她與現在的她的定義，這才開始成形。

不料此時又有一個康思坦絲・達西拿著槍，從黑暗中溜達出來。彷彿一個冗長又恐怖的笑話哏，從一個面無笑容的喜劇演員口中說出。芬頓也沒有比較好過，她站在那裡張著嘴，好像史蒂芬・史匹柏電影中頭一次看到恐龍的人。只要碰上自以爲不可能的事，任誰都會這種反應。

「嗨，布魯珂。」另一個康思坦絲・達西說。

聽到自己的名字，芬頓才從呆若木雞的困惑中清醒過來。「這怎麼可能？」

另一個康思坦絲．達西只是聳聳肩，繞著博士走一圈。

「回答我！」芬頓問道：「是不是那個王八蛋打造了一個複製人子宮？妳是在哪裡製造的？妳知道你們倆違背了多少法律嗎？」

另一個康思坦絲．達西以同情的眼神瞄她一眼。「現在恐怕沒時間玩猜謎問答。何況，那不重要，到了明天妳就什麼都不記得了。」

康兒瞪著另一個康思坦絲．達西（對方倒是不怎麼看她），強忍住上升的怒氣。她以爲自己確知的寥寥幾件事之一，就是本尊已死，她是唯一的康思坦絲．艾妲．達西。那麼這另一個康兒左手臂上布滿完整的刺青，又代表什麼？康兒很懊悔（而且不會是最後一次）自己沒有接受史黛菲的邀請留在沙洛斯維。無論如何待在那邊都比現在這樣好。

「妳想做什麼？」芬頓問道。

「我是來接她的，跟妳一樣。」另一個康思坦絲說。

「所以我猜得沒錯，艾比蓋兒沒有毀掉她的研究。」

「當然沒有，而且這段時間以來就放在再生中心。如果妳是道地的科學家，而不是個無能怠惰的官僚，只想著把別人的天分拿來充當成自己的，妳可能已經察覺妳眼皮子底下有些什麼了。」

「複製人的腦子裡有什麼？艾比蓋兒發現了什麼？」

「一切的關鍵之鑰。」另一個康思坦絲說。

「不管那傢伙付給妳多少錢，」芬頓說：「我可以加一倍、兩倍，只要妳出個價。」

另一個康思坦絲笑了。「這是非賣品。我們只是想讓妳知道妳讓什麼東西從指縫間溜走。」她舉槍瞄準博士。

「妳要做什麼？殺了我？那有什麼好處？我有複製人，妳這笨蛋。我還是可以……」

「提醒我一下，」另一個康思坦絲打斷她。「妳都什麼時候更新上傳資料？每個月第一天，不是嗎？妳的人生眞是太好預料了，佩服。現在呢，已經快六月底，妳累積的時間差有一個月了。」

芬頓臉色發白。

「請問妳的複製人要怎麼猜出發生了什麼事？四星期前，這一切根本都還沒開始。而且像妳這種爲錢賣命野心勃勃的人，不可能冒險留下書面的把柄。甚至恐怕誰也不知道妳來見法蘭克林．巴特勒吧？沒錯，妳不可能冒那個險，對吧？否則妳就得分一杯羹給別人了。」另一個康思坦絲撇嘴一笑，十分享受給新抓到的蒼蠅拔翅膀的快感。「時間差可能是兩面刃，布魯珂。我猜到時妳的複製人爲了查明妳爲何今晚死在這裡，可能會查到發瘋。」

「別這樣。」芬頓伸出雙手求情。

「說得好像換成是妳就不會這麼做似的。」另一個康思坦絲說完扣下扳機。子彈大大偏離了目標。芬頓踉蹌倒退，驚慌的雙眼瞪大呈橢圓形。她的鞋跟被碎石絆了一跤，她姿勢難看地往後摔倒。

「該死。」另一個康思坦絲說著狠瞪手槍，彷彿都是它的錯。她大步走向嘴裡嘟嘟噥噥在求饒的博士，第二槍立刻讓芬頓不再作聲，但另一個康思坦絲仍繼續開槍，直到博士倒地不動。

當康兒想到也許應該逃跑時，另一個康思坦絲已將槍口轉向她。倒也沒什麼關係，康兒知道自己哪都不會去，爲了尋找答案她已經走得太遠，終於感覺謎底即將揭曉。她低頭看著芬頓屍體的血流入砂石中，接著抬頭看另一個康思坦絲．達西，依然持槍對著她。她察覺到自己的肩膀抖個不停，也壓制不住，不禁抽象地揣想這是否便是震驚的感覺。

「冷靜點。」另一個康思坦絲斥責道，一面查看自己的衣服有沒有沾上一滴血漬。

「妳殺了她。」看見自己殺人已經夠叫她心慌意亂，但另一個康思坦絲說話時那種充滿算計、毫無感情的態度，簡直更糟。

「此時此刻在華盛頓，芬頓的複製人已經在爲下載做準備。將來還有漫長的一生讓她去猜想到底發生什麼事，對這個賤人來說，這樣的報應算輕的了。」另一個康思坦絲把槍往湖的方向丟，但根本沒碰到水——警方大概五分鐘就會發現。當她脫下乳膠手套，康兒才領悟重點所在。

「妳要陷害巴特勒。」

另一個康思坦絲點點頭，好像這答案根本是顯而易見。「這能散播一點有用的混亂狀態。再加上當民眾看到我稍早拍到的畫面，將會產生無數疑問，爲什麼再生中心的總裁要和『亞當之子』的代言人祕密會面？在我看來，這是一箭雙雕之計。」

「那通電話，是妳假扮成格迪斯，是妳安排這場會面。」

「是啊，我又不能親自出面付妳的贖金。妳能想像巴特勒的臉嗎？他那顆小腦袋瓜會爆炸。」另一個康思坦絲似乎覺得這個畫面很迷人。

「妳是怎麼回事？」康兒問。

「我們該走了。」

「農舍裡面那個人是誰？」在一些基本問題得到解答之前，康兒哪都不會去。

「現在沒時間說這個，」另一個康思坦絲說著，拔出另一把槍對著康兒。

康兒只覺得好笑。「妳眞的應該在一個星期以前拿槍對著我，那時候我還擔心自己死活。」

「相信我，我們試過。」

「妳再也威脅不了我，我已經過了那個階段。」

「妳說得對。」另一個康思坦絲把槍收起。「其實我也不需要，不是嗎？懵然無知就像手裡緊握著火熱的煤炭，不是嗎？最後只有眞相揭曉才能幫妳把火熄滅。」

「妳是我的本尊還是我們的另一個複製人？」

「我不是妳的本尊。」

幸好。康兒不太喜歡這個版本的自己。「那妳是誰做出來的？」

「來看看吧。」

「回答我的問題。」康兒說。

「妳自己來看看。」另一個康思坦絲重複相同的回答後走向馬路，消失在黑暗中，就像莎士比亞劇中說完自己想說的話之後便消失無蹤的鬼魂。

康兒隨後跟上，她們倆都知道她會這麼做。

一輛車駛過來停下，安靜得有如冥河渡船。兩個康兒一同上了車。

第二十九章

她們在黑暗中行駛於偏僻無名的鄉村道路，先往北到林奇堡，隨後轉西沿著詹姆斯河走。爬上藍嶺山脈時，第一道天光從雲層光圈中破繭而出，遠方低掛在樹梢上的雲層有如破爛披肩。車子下了高速公路後，開始迂迴於一連串的山路。樹木從道路兩側緊緊靠攏，幾乎遮蔽了天空，這條路就像是森林急於填補的土地裂縫。從路上看不見住家，只有一些未鋪設的岔路口豎著信箱和「私人土地」的告示牌。如果這樣還不足以清楚說明主人對不速之客的態度，有許多岔路口還用沉重鐵鍊掛在樹樁間擋路。早在數哩路前康兒便已迷失方向，但她並不擔心。「有去無回」的感覺已經壓在她心頭好一陣子了，但她感覺很平靜，雖疲累但不傷心——一開始搞不清楚目的地的漫長旅程結束了，現在終於有個目的地，也算讓人鬆了口氣。

當另一個康思坦絲坐直身子，帶著期盼望向窗外，康兒猜想應該是快到了。車子放慢速度，轉進一條毫無特殊之處的泥土路。沒有信箱或任何形式的牌子，只是森林中一個雜草叢生的缺口，就算每天經過走上一年也很可能不會發現。樹枝刮擦著兩側車身，力促她們趁早回頭。她們仍繼續前行，在留有車轍的泥土路上，慢慢地、一顛一顚地往上爬，好像古早的雲霄飛車拖著受害者爬上頂端的俯衝點。

爬了大約四百公尺，車子在一道高高的、上方裝有蛇籠的防護圍籬前停下。圍籬漆成森林綠色，若不到快要撞上的程度幾乎看不見。有一塊牌子警告說圍籬通了電，康兒還看到十來個監視器與感應器——顯然是有人深切在意自己的隱私。見柵門沒有自動打開，另一個康思坦絲氣惱地嘆了口氣後下車，走到門邊面對其中一部監視器。

「我知道妳在聽。妳沒有權利把我排除在外。」她隨即得意洋洋地轉身比了一下車子。「她在我手上，所以妳終究還是得跟我談。別再固執了。」

柵門解了鎖，往內開啓，可以聽見微微震動的聲音。

「有人有興致了。」另一個康思坦絲說著回到車上。然而，在她不屑的口氣背後，康兒聽出了憂懼。不過現在反正也沒什麼差別了。她本該害怕，但是感覺卻更像是帶著暈眩、幼稚的興奮。興奮且迫不及待。答案就等在另一邊，她只需要每個人都加快腳步。

又往上走了四百公尺後，她們進到一處陽光照耀的空地，上方是一片古老的綠岩壁。瀑布流瀉進一個小水塘，再流入一脈溪水順著山勢蜿蜒而下。有一棟桃色小屋貼壁而建，是棟平房，簡樸的門廊上有個倒扣的木箱充當桌子，兩邊各有一張飽受風吹雨打的阿第倫達克庭園木椅誘人入座。小屋富有詩意、古色古香，康兒做夢也想不到在那些精心設計的防護背後竟會見到這副景象。就像是打開金庫只找到一分錢。若非房子另一端架設了太陽能裝置，她眞要徹底失望了。但那些裝置提醒了她，這棟小屋絕不只是個風景優美、能讓人舒舒服服看書的地方。那規模看起來都足以供應一個城市街區的用電，更遑論一間偏遠山屋。那道圍籬到底通了幾伏特的電？

當車子自動停在一個獨立車庫外面，四隻無頭的感應式機器狗奔入視線，它們的機器外皮塗成森林迷彩色。除了有四條腿之外，看起來其實一點都不像有血肉之軀的狗，不過它們的巡邏與狩獵演算法是仿照北美灰狼的群體行爲。康兒看過機器狗成群制伏入侵者的示範影片。即使在網路上，它們的殘忍效能也總是令她驚駭。她記得有分軍事與一般的類型，但看不出這些屬於哪一類，也希望不必知道。

機器狗將車子圍住，兩邊各有兩隻。另一個康思坦絲將車窗打開一條縫，命令它們坐下。四條機器狗立刻趴到地上採警覺的蹲姿。另一個康思坦絲見它們乖乖聽話似乎很驚訝，但不打算馬上下車。

「走不走？」康兒打開車門說。

「等一下。」另一個康思坦絲仔細打量不動的機器狗。

「等什麼？它們照妳的話做了，不是嗎？沒事的。」康兒都已經走到這一步，況且綜觀這一切，四條殺人機器狗又算什麼？

「妳就等一下，讓我想想。」另一個康思坦絲用槍指著康兒說。

康兒還是下了車。「我是怎麼跟妳說的？夠了吧妳。」

另一個康思坦絲咒罵一聲，但也只能跟著下車。她們與機器狗保持一定距離，繞過車子來到小屋門前。經過水塘時，康兒看見橙紅相間的錦鯉一閃而逝。這讓她想起再生中心中庭的魚池，心理上她是幾天前才坐在那個池畔，但事實上人生已過了十八個月。

當她們來到門廊階梯底端，前門開了，一個五十五、六歲的白人女子跨步來到陽光底下。

「歡迎回家。」艾比蓋兒．史提克林說道，以一個才剛在十八個月前的聖誕夜跳樓身亡的人而言，她看起來健全得不得了。

所有的想法都建立在假設之上，但康兒打從一開始就假設錯誤——以爲姨媽死了，是她的前合夥人在爭取控制她的遺產。結果，艾比蓋兒還能發揮影響力。康兒略感安慰的是她也不算全錯，搞出這些事來的的確是再生中心的創辦人，她只是猜錯人了。

「噢，這個樣子看起來像歡迎嗎？」另一個康思坦絲說，幾乎難掩受傷的口吻。

「好了，冷靜點，別反應過度。」艾比蓋兒說。

「妳沒有權利把我排除在外，一點權利都沒有。這不只是妳的也是我的。」

在早晨陽光下，康兒終於能好好看看自己的雙胞胎。她向來連自己的錄影都不愛看，眼前有這麼個活生生的康思坦絲更是難以承受。她的一切都既熟悉又陌生得令人不快。怎麼會有兩個人如此相像又如此不同呢？

艾比蓋兒遭受這連串指責，似乎眞的動氣了。「我只是在危機時刻採取行動保護這個地方。這絕對是最重要的。」

「別裝蒜了。妳會開門純粹是因爲我先找到她了。」

「妳殺了普雷伊特和他所有手下。」艾比蓋兒申斥道：「四個人，完全沒跟我商量。妳就好像忘記了一切重要的事。」

原來痘疤臉叫普雷伊特。這番怪異的爭執讓康兒得到一個名字，可以對應到那張恐怖的面容。她暗想，說不定他根本不知道自己在替誰工作。

「這件事已經說了又說，」另一個康思坦絲說：「他們在農場上被維農的無人機看見了，接下來追蹤到他們又會花多久時間？然後呢？當時沒時間開會討論了，我必須行動。」

「我們不殺人的。」艾比蓋兒說。

「這才不是眞話呢。」

「我們不會故意殺人。」艾比蓋兒皺眉改口道，顯示這一點無關緊要，她們老早已經講好。「那是個令人遺憾的錯誤。妳跟我一樣清楚，辛西雅不應該上那班飛機。」

辛西雅。康兒聽到這個名字立刻豎起耳朵。姨媽剛剛那話是聲稱維農．格迪斯的飛機在北大西洋墜落，她有責任。但那是將近五年前的事，還產生一連串骨牌效應，可能讓格迪斯失去孩子並奪走他再生中心總裁的職務。也因此使得他和芬頓反目成仇。

她姨媽爲了今天到底計畫多久了？

「妳可以繼續站在那裡挑剔東挑剔西，直到妳高興爲止，不過我把任務完成了。」另一個康思坦絲說道：「同時在過程中料理了布魯珂．芬頓這個問題，還抓到法蘭克林．巴特勒的把柄。」

「那是妳的妄想，妳眞以爲事情這麼簡單？」

「看吧，問題就在這裡。」另一個康思坦絲說：「妳坐在這座山裡，一切都是理論和抽象。而我卻要在外面幹髒活，**我們的髒活**。」

「理論和抽象？」艾比蓋兒第一次提高聲量，超越她訓練有素的疏離淡漠。「妳竟敢這麼說？妳以爲被困在這裡是理論？一個人，年復一年？」

「對，我很清楚妳做的諸多犧牲。」另一個康思坦絲說道，語氣帶著嘲諷。

「我想我們沒什麼好說的了。」艾比蓋兒說完將注意力轉到康兒身上，情緒明顯起了轉變，好像切換頻道一樣。「哈囉，親愛的，妳好嗎？」

「我有幾個問題。」這麼說實在太輕描淡寫了。

「我可以想像。她跟妳說了多少？」

「只說我會得到答案。」

「我們竟要冒這麼多風險才能得到答案，很驚人吧？」艾比蓋兒驚嘆道：「進屋裡來好嗎？我們有太多事要討論。」

另一個康思坦絲從外套口袋掏出槍來。「妳別想拿我當空氣。我說的話妳到底有沒有聽進去？」

「問題是，我說的妳有聽進去嗎？」艾比蓋兒口氣中的無力與失望，就像老師面對不專心的學童。

康兒跟隨著艾比蓋兒的目光看去，嚇了一大跳。她們倆爭執之際，機器狗已經靜悄悄移到她們身後。另一個康思坦絲大驚失色，再次喝令它們坐下，但這回它們沒有服從，而是展開扇形陣式圍住她。剛才那幾分鐘是個陷阱，給另一個康思坦絲幾分鐘稍微控制住機器狗，好讓她自以爲安全了。

「妳這個下賤的叛徒。」另一個康思坦絲說。

「彼此彼此。」艾比蓋兒不帶怨恨地回答。「只要動一下，它們就會以致命的力道反應。很遺憾要這樣收尾，是妳讓我別無選擇。」

另一個康思坦絲發出苦澀笑聲，把槍對著艾比蓋兒。「叫它們退下。」

「拜託，我們倆都知道妳的槍法有多差。就算妳運氣好殺了我，它們還是會在我倒地以前把妳撕個四分五裂。所以槍放下吧，讓我們至少像文明人一樣結束這件事。」

「那就是我的回報？安樂死？」

「絕對毫無痛苦，妳知道的。」

「這不公平。」另一個康思坦絲說。

艾比蓋兒態度放軟了。「我知道很難接受，可是從一開始就注定要這樣，所以我們才製造了妳。這點妳也清楚啊。」

另一個康思坦絲環視周圍的機器狗，想找逃生之路。

艾比蓋兒對康兒說：「親愛的，妳可以過來站在我旁邊。妳絕對安全無虞，我的護衛不會對妳有所反應。」

康兒對姨媽並無親密感，可是對另一個康思坦絲．達西更加沒有。她們或許容貌相似，但她們之間的共通點也僅此而已。另一個康思坦絲在凌遲殺害芬頓時，那種樂在其中的樣子把康兒嚇壞了。她很樂意離她遠一點，便往小屋踏出一步。

另一個康思坦絲卻像走投無路的蛇一樣撲向她，一手勾住她的脖子，將她往後拉。機器狗放低身子但未攻擊。康兒感覺到槍抵著自己的頭。

「叫它們退下。」另一個康思坦絲警告道：「我也許打不中妳，但這距離這麼近，連我都不可能射偏的。」

艾比蓋兒跨下一層階梯，伸出一隻手來。「別。她是我們所努力的一切的關鍵。妳瘋了嗎？」

康兒看見她臉上真實無偽的恐懼。

機器狗又靠近了些。

「叫它們退下！」另一個康思坦絲大喊，更用力地把槍口壓進康兒的太陽穴。「記得我說的髒活嗎？看吧，這就是了。」

「妳明知我們倆誰出手都是一樣的。」艾比蓋兒哀求道，幾乎就要掉淚。

「那就證明給我看。叫它們退下，不然我保證我會殺了她，讓我們的心血永遠消失。」

門廊上的艾比蓋兒搖擺得有如微風中的小樹。康兒看得出來她在斟酌選項，卻沒有一個中意的。

「坐下。」艾比蓋兒對機器狗喊道，狗群隨即恢復等待的蹲坐姿勢。「妳贏了。好了，把槍對著其他地方吧，拜託。」

「妳得先把完整的控制權轉給我。」另一個康思坦絲說。

艾比蓋兒點點頭，便在空中對著ＬＦＤ敲打指令，另一個康思坦絲則在康兒的肩膀上，來來回回地對應她敲打的鍵。

完成後，另一個康思坦絲喊道：「打獵。」

機器狗立刻起身，安靜而快速地奔入樹林。

「滿意了吧？」艾比蓋兒問。

「把妳的ＬＦＤ丟到草地上。」

艾比蓋兒照做了，卻對她的棋高一著怒火中燒。另一個康思坦絲放開康兒，她踉蹌退到一旁，很高興能跟她們倆都保持一點距離。另一個康思坦絲爬上階梯，拉近與艾比蓋兒的距離，槍口始終瞄準著。

艾比蓋兒說：「這就是我爲什麼別無選擇，只能把妳排除在外。之前有趨異現象，但並不是好的轉變。我知道如果妳能深呼吸仔細想想，就會承認妳最近的行爲證實了我說的沒錯。」

「恰恰相反，我最近的行爲完全說明了爲什麼應該是我。」接著她轉向康兒。「我們進去好嗎？」

「我待在這裡很好。」康兒說。

「妳不是想知道答案？」

「妳們給我的只是更多問題和頭痛，不是答案。」

「答案在裡面。」

「能不能別像幸運籤餅一樣打啞謎？妳答應要給我答案，那就回答這一題。怎麼會有另一個我？」

「她是這麼告訴妳的？」艾比蓋兒好奇地揚起一只眉毛說道：「說她是康思坦絲・達西？」

「不必她來告訴我，妳看看她。」康兒說。

「外貌不是一切。」艾比蓋兒說。

「不然她是誰？」伴隨著這個問題，康兒感覺到頸背刺刺扎扎，心下忐忑。

「她是艾比蓋兒．史提克林。」艾比蓋兒說。

康兒再度看著另一個康思坦絲，心思瘋狂運轉，宛如昔日吃角子老虎的捲軸。「那妳又是誰？」

「我們倆都是艾比蓋兒．史提克林。」

第三十章

康兒覺得噁心欲嘔，她這輩子從未這麼憤怒過，那種瞬間的劇烈反應就像高中化學老師上課第一週，爲了贏得學生讚嘆而賣弄的實驗。只不過這次發生在她的胸腔內，而且在知道她體內裝的其實是誰後，她愈看另一個康思坦絲，就愈加憤怒。眼前景象變得模糊，她重重跌坐在地上。眞沒想到竟然是自己家人對她做出這種事。

門廊上，那兩個艾比蓋兒正吵得不可開交——一對站在森林深處這間薑餅屋門口的女巫。

「我求妳再考慮一下，」艾比蓋兒說道：「接下來這個階段非常棘手，妳又改變了那麼多。」

另一個根本不是康思坦絲的康思坦絲說道：「我當然改變了，妳不知道那是什麼感覺。對妳來說，那個男人只是個人名。我卻和他生活過，還知道會發生什麼事。不過我完成任務了。」

「那個男人？」康兒重複她的話，聲音細薄、冰冷如剃刀。男人，只有一個可能。她重新爬站起來。不管之前有多憤怒，都比不上現在。「和葛瑞爾同住的人是妳？」

那兩個女人吵得太專注，既沒有聽到她的問題也沒有做出反應。

「是妳嗎？」康兒尖叫道，這回引起她們注意了。兩個艾比蓋兒暫停爭吵注視著她。她們並肩而立，儘管是兩個外貌迥然不同的軀體，神情姿態卻相似得詭異。

「看吧，」艾比蓋兒冷靜淡然地說：「妳惹惱她了。」

「是我嗎？」另一個康思坦絲問道，不過繼續把她想成是康思坦絲讓康兒腦中一片混亂。於是她自然而然替她另外取名為凱比蓋兒，一個可怕的混種，就像名人結婚後不再是獨立個體，媒體會把他們的姓名合而為一。這就是現在康兒眼中的凱比蓋兒，不但是小偷，天曉得她究竟是什麼。康兒雙腳起步移動了，帶著她爬上階梯朝凱比蓋兒走去，雙手緊緊握拳。

「妳這樣太近囉。」凱比蓋兒說著舉起槍來。

康兒視若無物，一手拂開了槍，將凱比蓋兒逼退到牆邊。「是妳跟雷威・葛瑞爾一起生活的？」

「把妳的手放開。」凱比蓋兒說，但是聽起不像命令，倒更像是提問。

「拜託別這樣了，妳們兩個。」艾比蓋兒懇求道。

「是妳嗎？」康兒又問一次。

「對，是我。」

「多久？一直都是妳嗎？」

「六個月。」凱比蓋兒說：「我在六個月前取代她。」

「六個月。正好是史黛菲說康兒告訴她不能再去找她的時間，只不過那個人是凱比蓋兒。康兒如今明白了。胡扯什麼家裡出了問題其實只是托詞，家裡沒有問題，從來都沒有。後來她仍繼續頻繁前往沙洛斯維，製造外遇的假象。所以那天在瓦特街，康兒才沒有認出大麗，因爲那個人根本不是康兒。

「爲什麼？」她問道。

「從內部陷害人比較簡單。」凱比蓋兒說得一副那是世上最自然的決定。

「不，我是說爲什麼要陷害他？」

「不能有任何鬆散的線頭。」艾比蓋兒直說：「康兒．達西不能無緣無故失蹤，一定要有人可以歸咎。」

「妳們兩個眞是禽獸不如，」康兒說：「那這段時間眞正的康兒在哪裡？」

「就在這裡，她跟我一起待在這裡。」聽艾比蓋兒的語氣，好像康兒的本尊是自己開車上來，愉快而舒適地住下來。睽違數年，外甥女與姨媽一起坐在小屋門廊，敘舊談心、交換生活故事。可是康兒滿腦子想到的都是在那棟壞朽的農舍裡，她的本尊成了殘缺不全的屍體。她又靠得更近，與凱比蓋兒額頭貼著額頭，活像要把一根歪掉的釘子扳正。

「妳殺了她？」

「對，」艾比蓋兒說：「是我們做的，但她同意了。」

康兒猛地轉頭面向艾比蓋兒。「騙人。」

「是眞的。」凱比蓋兒說。

「我們進去好嗎？」艾比蓋兒說著打開門，露出殷勤的微笑。「聽我們解釋。」

康兒先後看了看這兩個女人。「有什麼用？我絕對不會把我腦子裡的東西給妳。想都別想。」

「妳會的。」凱比蓋兒說。

「等我們解釋過後。」艾比蓋兒替她把話說完。

「不可能。」康兒尖刻地說。

「妳的本尊也說過類似的話。」艾比蓋兒說。

「拜託，聽我們解釋。」凱比蓋兒說。

康兒放開凱比蓋兒。「好，可以。我總得聽聽看。」

她們三人於是進入屋內，關上門與外界隔絕。這就是她來的目的，不是嗎？聽聽故事的結局，儘管這不是她期望自己經歷過的故事。

一進門是一間陰暗雜亂的客廳，天花板低得連康兒都快要摸到。書架上滿是老舊的平裝書，有懸疑小說、遊戲類書籍和大約上百盒的拼圖。有一座石砌壁爐，看似從矗立在後牆上方的山壁挖鑿而成，壁爐架上放滿許多小擺設和一看就知道毫無價值的東西。一面牆上掛著一台比康兒年紀還大的古董電漿電視，對面有張磨得破舊的沙發椅用百衲被蓋著。左手邊是個狹窄的一字型廚房，從僅有的另一扇門望去，裡面是間擁擠的臥室。

這讓她想到都市人為了逃離喧囂擾攘，租來度過長週末的那些鄉野度假小屋。很難想像有人能一年到頭住在這裡，何況還是二十一世紀最聰明的人之一。艾比蓋兒——外表看起來確實像艾比蓋兒的那個——說她已經在這裡多年，康兒環顧小屋，如果有兩個艾比蓋兒，就表示她姨媽做了複製人。但人在哪呢？顯然不在那間廚房。

「沒有人真的住在這裡，對吧？」康兒說：「這些都只是擺好看的。」

「非常好。」艾比蓋兒點頭稱許。「我們把這個叫做樣品屋。」

「掩護用的，以免有人太好奇，把這裡仔仔細細看個透徹。但最後也只會看到這間老舊破屋。」凱比蓋兒說。

「那真的東西在哪？」康兒問。

凱比蓋兒沒有應聲，而是將手掌貼在壁爐架的一塊石頭上。石塊往後滑開，露出先進的門禁設備與一個淺淺的、看似無用的方形凹槽。凱比蓋兒輸入她的生物辨識資料，片刻後，康兒感覺腳下傳出低沉的隆隆聲。在她們背後，前門自動上鎖，接著壁爐開始滑動縮入牆壁，燈光瞬間亮起，照見一條寬敞走道斜斜地往下通向山中。

「哇，一個祕密巢穴，」康兒說：「非常符合妳們這些傢伙的形象啊。」

「我好懷念她的幽默感。」艾比蓋兒說。

「最好別說這個。」凱比蓋兒建議。

「妳說得對，妳說得對。」艾比蓋兒贊同。如今戰火看似停歇後，這兩個艾比蓋兒也變得出奇彬彬有禮。

「來吧。」凱比蓋兒說：「我們帶妳轉轉。」

走道比康兒想像得還要長，至少有三十公尺，直通山的核心。艾比蓋兒解釋說這是建在一個天然洞穴系統中，原本的洞穴因應需要擴增了。她們來到第二扇安控門，需要再輸入更多生物辨識資訊。門後是一個敞亮且徹徹底底的斯巴達式生活空間與廚房——與上面的小屋恰成對比。牆上嵌了幾扇假窗，艾比蓋兒解釋說窗外模擬的是當下確實的時間與天氣。那幻象讓人有身臨其境之感。若非康兒已然知情，恐怕也無法分辨自己身在地下。

「那外面下雨的時候呢？」康兒問。

「這裡也會下雨。」艾比蓋兒證實道：「如果我們『打開』窗戶，甚至可以聽到鳥鳴，晚上還有蟋蟀聲。這是小事，但與外界相連的感覺很重要。」

「完成這些花了多久時間？」康兒問道，同時望向分別通往複合建築不同地點的兩條廊道。

艾比蓋兒坐到一張長餐桌的一頭。「其實從來沒有真正完成過，永遠都有需要改善的地方。要升級，還要掩蓋行蹤，做起事來就很慢。所有工作都要外包，我們用了將近三百個承包商，每一個都是透過不同的控股公司簽約。光是後勤補給就夠讓人發愁了。不過既然妳問了，初期工程是三三年開始的，對吧？」艾比蓋兒看向凱比蓋兒求證。「也就是七年前了。這個複合建築是從五年前開始可以住人。」

七年。格迪斯墜機的兩年前。康兒環視四周，幾乎要佩服起姨媽能以如此深思熟慮又可怕的意志力為今日做計畫。她終於明白為什麼全家族的人都受贈複製人。不是為了向大夥兒炫耀艾比蓋兒的成就，那都只是餘興表演，只有康兒才是重點。出車禍後，她也一如預料地接受了這份禮物。她不禁好奇，自己最後這三年有多少事受到姨媽操控。她被當成白老鼠在姨媽的長形迷宮裡跑了多久？她自以為知道的事有多少是真的，又有多少是艾比蓋兒設計的一部分？就連時間差也有其角色，促使康兒不顧一切地往前衝。她就像一部發條機器，受制於不完整的程式，自動送上姨媽家門。

「所以這是怎麼回事？我還以為妳不能有複製人。」康兒說。

「沒錯，在二七年那時還不能。」艾比蓋兒說時，凱比蓋兒在她身旁坐下，手輕輕放在桌上，以免有人忘了槍在誰手上。「威爾森氏症特有的病徵，也就是銅在大腦過度堆積，這點對上傳過程會造成絕對的重大破壞，無法獲得清楚的影像。直到三三年問題才解決。不過作為障眼法，這疾病可說再完美不過。」

「而妳決定向再生中心隱瞞這項發現。」康兒說著也在餐桌另一頭坐下，可以同時看到她們兩人。

「那個時候，公司的表現讓我無法信任它能實現我的遠見。」艾比蓋兒說：「我也不再覺得有義務和維農分享我的進步成果。」

「我猜，這也是爲什麼妳從來沒告訴任何人妳解開了身心矛盾問題。妳解開了，對吧？我還認爲那不只是爲了折磨芬頓而說的謊，看看妳竟然能在我的身體裡面，還有這些種種。」

凱比蓋兒低頭看看自己，格格一笑。「說得好。不過，沒錯，我是……」凱比蓋兒頓了一下，抱歉地看著艾比蓋兒。「我們從二七年一路走到現在。當時，身心的矛盾似乎無法克服。製造出複製人沒問題，但只能完全照抄，同樣的身體、同樣的年齡。這樣其實也還好，只是那絕不是最後目標。我們又繼續努力了幾年，但不管怎麼試，複製人與本尊之間的時間差始終是限制因素，就別提在身體之間轉換意識了，那個的存活機率是零。」

「但妳們走到了這一步。」

「妳知道我們想透露這事等了多久嗎？保守這樣一個祕密很不容易。有些日子我簡直是興奮得快爆炸了。」凱比蓋兒的眼眸炯炯發亮，猶如兩座燈塔。「妳明白這其中的意涵，對吧？原本再生中心能提供的只有半套——一份對抗死亡的保單。但客戶還是會繼續老化，最後走向死亡。如今，人類意識的眞正永生掌握在我們手中。有了妳的幫助，就能將它實現。」

「妳們眞的做到了。」康兒說，內心仍在努力消化這其中意義何等巨大。假如艾比蓋兒能將自己的意識轉移到較年輕的軀體，那麼理論上她就能長生不死，在無數新的軀體間玩跳房子玩上一千年。身爲人的定義將從此改寫。

「其實還沒，還沒有。」凱比蓋兒修正道：「我們的成功很有限，只能在近親之間跳來跳去，比方說姨媽和外甥女，但就連這樣的配對也有保存期限，不過應該足夠讓我將過程變得完善。」

「多長時間？」康兒問。

「大概十年吧。」凱比蓋兒陰險地微微一笑。「如果妳讓我取得剩下的研究心血的話。」

「就是存在我腦子裡的東西。」

「對。多年來的研究與資料。再生中心的研究室擁有極強大的電腦模擬運算能力，換到其他地方可能需要花上一百年。只可惜，要想不驚動任何人把那些資料帶出來並不簡單。再生中心是全世界資安防護最嚴密的地方之一，這點我很清楚，因爲是我設計的。一個完全封閉、與外界毫無聯繫的系統，什麼都進不去，也什麼都出不來。只能說我需要想個有創意的點子，才能在不觸動警報的情形下取得我的研究。」

「我掃描到的那團東西正在要我的命。」康兒說。

「我們注意到了。」

「但妳們可以解決，對吧？」康兒說。

「當然。時至今日，再生中心已經落後好幾代了。」

「讓我猜猜，如果我把腦子裡的東西給妳，妳只會修復妳損壞的部分。條件是這樣，對吧？」

「一部分。很抱歉必須耗費這麼大的心力，但妳現在明白有什麼風險了吧。」

康兒明白，並放眼全局快速回想那些耗費的心力，以免忘記姨媽們為達目的所施加的傷害。除了芬頓的死，她們也已經坦承殺害辛西雅和維農．格迪斯夫妻，還有沙洛斯維那個連棟住宅裡的四個男人。她們還綁架康思坦絲．達西（康兒全然不相信她們所說「她同意了」的鬼話）、偷走她的身體，並假扮成她六個月以誣陷雷威．葛瑞爾殺害妻子。這些都是令人髮指的犯行，也全都是只為了讓她自己能永遠活下去。康兒承認一般人殺人的原因更不足道，她甚至忍不住想效法她們的壞榜樣。

不過，她盡量試著將這一切做個總結。「所以說妳蓋了這個地方、做出自己的複製人，然後說服她自殺，以便偷走妳自己的發明。」

「不，妳誤會了。」艾比蓋兒說。

康兒不明所以地看著艾比蓋兒。

「我才是複製人。」艾比蓋兒說。

「什麼？」康兒才剛開始覺得自己逐漸看清全貌，事情忽然又急轉直下。

「在門羅飯店跳樓的是艾比蓋兒本尊。這裡的艾比蓋兒是複製人。」凱比蓋兒接著說：「這是必要之惡，但要讓世人相信艾比蓋兒．史提克林真的死了，假象必須完美到位。複製人技術之母看似自殺的行爲，無可避免會受到高度懷疑。複製人的外表與本尊並不是百分百完全相同。」

「而且，」艾比蓋兒說：「我和她一致認爲我們的意識在新的軀體會運作得更好。她的意識已經耗損五十多年，這是無庸置疑的。」

「一定要是她的身體。」她們異口同聲說道。

「非常難受，」艾比蓋兒說：「我們已經變得十分親近，我很想念她。」

「妳想念妳自己？」康兒說。

「這聽起來確實有點自戀。起初，我應該只是測試設備用的，但後來發覺如果合我們兩人之力，能完成更多更多。我們一起努力了幾年，直到她的時辰到了。我能說什麼呢？我喜歡有她陪伴，在這地底下有時候非常寂寞。」

凱比蓋兒拍拍艾比蓋兒的手臂。若非她另一手拿著槍，此舉幾乎是充滿真情。小小的和解。艾比蓋兒淡淡一笑，感激地捏捏她的手。

「妳爲什麼等這麼久？」康兒問道：「爲什麼要十八個月？」

「因爲妳的本尊戀愛了。」凱比蓋兒說。

「眞是一場災難，」艾比蓋兒附和道：「我們原本打算在過年後的一月和妳的本尊聯絡，那向來是個無比陰鬱的月份。」

凱比蓋兒說：「我們計畫了一年，要讓一個承受不住個人悲劇的憂鬱年輕女孩自殺。沒想到忽然蹦出了雷威．葛瑞爾，一轉眼妳的本尊就墜入愛河，搬到里奇蒙去了。我們只好抹去一切重新規畫。」

「我們花了十八個月才為她的遇害做好可信度夠高的準備工作。」艾比蓋兒說：「雷威．葛瑞爾與那間農舍的淵源只是碰巧發現，所有事情都接合得天衣無縫。」

聽到艾比蓋兒這麼無情又驕傲的口氣，康兒打了個哆嗦。姨媽簡直像是解開了週日報紙的塡字遊戲一般。她想爭辯說雷威．葛瑞爾不是什麼鬆了的線頭，他是無辜的，她們這種做法很惡劣。只是說了也沒用。這一對艾比蓋兒花了七年醞釀出這番傑作，如今要說服她們放棄是不可能了。她二人流露出皈依者的眼神，有著虔誠信仰，她母親也有同樣的眼神，不過康兒覺得這樣的比較，艾比蓋兒們恐怕不樂意。

因此她轉而說道：「現在我要告訴妳們，妳們的一切計畫都是白搭。我永遠不會把我腦子裡的東西給妳們。」

「妳的本尊也說過類似的話。」艾比蓋兒說。

「妳們綁架了她。」

「對，一開始是。」艾比蓋兒坦承。「但一聽完我們的解釋……」

「對，對，她就答應讓妳們把她刺死，臉上還帶著大大的微笑。」

「那都是她死後的事了。她沒有受苦。」凱比蓋兒的語調彷彿想傳達其中的差異有多大。

「她本來有她的人生，她戀愛了。」康兒反駁道。

「即便如此，」艾比蓋兒說：「她還是答應了。」

「絕對不可能。」康兒說，卻意識到兩個艾比蓋兒對她的威脅無動於衷。

「我們必須加速時程。」艾比蓋兒說：「今天就全讓她看了吧。」

「不是說好要給她幾個星期調適嗎？」凱比蓋兒說，兩個人討論著康兒，卻像是把她當成聽不懂大人對話的小孩。

「維農在外頭到處打探，我們沒那種餘裕等她調適，再者我們也快沒時間了。」艾比蓋兒說：「必須要是現在。」

「維農，」凱比蓋兒說出這個名字像在念一句古老咒語。「沒有一件事順利。」

「該喝茶了。」艾比蓋兒說。

這個提議似乎讓凱比蓋兒心情低落。「不，還不要。現在太早。」

「是時候了。」艾比蓋兒以安撫的口吻說。

「萬一我需要妳呢？」凱比蓋兒問道：「萬一她拒絕呢？」

「說服她。一切就靠這個了。」艾比蓋兒說。剛剛在外面，她們還威脅著要殺死對方，此刻似乎已把恩怨全拋到腦後，兩個艾比蓋兒出奇地深情溫柔。「我想妳剛才說得對，」艾比蓋兒說：「妳的裝備比較完善，能從這裡掌控一切。妳做得到的。」

凱比蓋兒沮喪地點點頭。「只是我們期待這一刻太久了，我眞不希望妳錯過。」

「我不會，」艾比蓋兒說著又捏捏她的手。「因爲有妳們在。我們就是這麼計畫的，一直都是。其他都不重要。」

凱比蓋兒點頭起身。「我去端茶。」

凱比蓋兒走到廚房後，康兒望向餐桌對面的姨媽。「妳在這下面多久了？」

「一直都在這裡。」

「什麼叫一直都在這裡？」

「我從來沒離開過這座山。」艾比蓋兒回答：「要是被人看見艾比蓋兒・史提克林去甘迺迪中心看歌劇，就會壞事。」

「我眞不敢相信我姨媽會自殺，」康兒一想到二十一世紀自負到最惡名昭彰的人之一，竟然會自願結束生命，仍感到驚愕不已。

「她並沒有。」艾比蓋兒說。

「她都跳樓了。」康兒回答。

「可是我在這裡。事實上，有兩個我。」艾比蓋兒朝廚房比了一下。「所以艾比蓋兒・史提克林怎麼可能自殺？這點妳應該最能理解。」

「妳明知道事情沒這麼單純，」康兒厲聲說道，她這才理解艾比蓋兒們正是因爲如此，才允許自己殺死格迪斯、芬頓和康思坦絲的本尊。照她們那套扭曲的邏輯，如果被害人有複製人就不能說是謀殺。只有辛西雅的意外死亡才讓她們略感躊躇，但也沒能制止她們。凱比蓋兒甚至還進階到預謀殺人，殺死了痘疤臉與他全部的手下。

「是嗎？」艾比蓋兒反問道。「如果我現在在跟康思坦絲說話，我又怎麼可能殺死了她？」

「我想想，好比，有了屍體。」

「喔對了，屍體。」艾比蓋兒猶如與全班同學打完招呼，正準備開始講課的教授。「屍體就決定了一切。我來問妳一個問題——如果一名士兵打仗時失去一隻手或腿，我們應該宣告他死亡嗎？不，那似乎有點言之過早。那如果是兩隻手或腿呢？三隻呢？或是四肢全失呢？那時是不是該準備喪禮了？」

「不是，那還用說。」

「當然不是吧。我們可以爲人類心靈賦予一些浪漫的重要性，但所謂的腦死並非沒有原因。我們的人性始終存在於精神層面，身體只是容器，而且還是異常脆弱的容器。我的研究讓我們解脫了那層限制。」

「我絕對不會給妳。」康兒又重複一次。

「妳會的。」

「是啊，妳已經說過，但妳到現在都還沒拿出說服我的理由。」

「這個嘛，精采的部分還沒到呢。」艾比蓋兒像個天生的說書人似的挑弄著。

「什麼精采的部分？」康兒問得小心卻又好奇。

「就是讓妳的夢想成眞的部分。」

「妳沒有我想要的東西。」康兒說。

「妳的本尊也這麼說。」

第三十一章

凱比蓋兒從廚房端來一個花卉托盤，擺出三組搭配湯匙的馬克杯、一個茶壺、牛奶、糖和一小盤餅乾，在在顯得無比高尚優雅。凱比蓋兒往第一個杯子倒水，加入牛奶和糖攪拌，細心沖泡到恰到好處，然後以儀式般的誇張動作將杯子放到艾比蓋兒面前。艾比蓋兒用雙手捧起杯子，湊到鼻子前吸一口氣。

「洋甘菊。多恰當呀。」

凱比蓋兒準備好另外兩杯茶，將其中一杯推向康兒。康兒沒碰，儘管她喜歡喝茶，卻無法信任凱比蓋兒，喝她泡的茶。痘疤臉和手下可不是自然死亡。

「她還沒喝。」艾比蓋兒提醒她。

「是啊，是這樣沒錯。」凱比蓋兒隨即問康兒要不要換個口味。

「我沒關係。」康兒說：「現在是怎樣？」

艾比蓋兒淺嚐一口。「妳記得我們最後一次見面嗎？」

「我爸爸的喪禮。」

「茶怎麼樣？」凱比蓋兒問。

「完美。」艾比蓋兒回答後轉而對康兒說：「沒錯，妳父親的喪禮，二〇二二年九月七日。安托萬・達西是我所認識最堅忍不拔的人類。看看他承受的重擔。老實說我也說不準哪一個對待他更嚴厲，是美國陸軍還是妳母親。我不知道有誰能像他忍受那麼久，而他從來沒說過什麼，從來沒有抱怨，就是背負著重擔執行他的勤務。就許多方面來說，他是妳母親的精神支柱，是唯一能阻止她縱容她心中惡魔的人。聽到他在那場荒謬的戰爭中喪命，我的心都碎了。」

「所以妳才去鬧場？」

「我鬧場？」凱比蓋兒說著瞄向艾比蓋兒，只見她翻了個白眼。「家裡人是這麼說的？坦白說，在妳這一生中有遇過誰比妳媽媽先大吵大鬧的嗎？」

康兒不得不承認她說到重點了。與母親一起出現在公共場合的風險之一，就是很可能會當眾出醜。康兒想不起來母親與親戚或教會的人在一起時，有哪一次不吵架。即使年紀還小的她，也有些明白每次爭執都是母親起的頭。她們倆之間起衝突肯定也是如此。她記得有一回，母親不帶一絲譏諷地說，她眞想知道上帝爲什麼給她一個這麼好鬥的孩子讓她受罪。

「那麼是什麼事惹到她了？」康兒問。

「我跟她說很遺憾我來不及……」艾比蓋兒說著啜了口茶。她每喝一口，凱比蓋兒就點頭表達讚許。

「來不及什麼？」康兒問。

「救妳父親。我和維農在一九年春天創立再生中心，那三年當中我們進步神速，實現複製人技術的夢想就近在咫尺。我可以看見未來該走的路，當時欠缺的只有時間和資金，但這兩樣東西我知道維農可以給我。在這方面他是天才。」艾比蓋兒暫停下來略作思考，並喝了一大口杯中的茶。「我想安托萬始終存在我的下意識裡，我覺得自己可以給像他那樣的軍人第二次機會。但我太遲了。」

「吵那麼凶就因爲這個？」

「是我蠢。我有注意到瑪麗更認眞投入教會，也知道她不認同我的研究，但我其實已離家多年，卻直到參加喪禮的那一刻才領悟到自己成了敵人。所以我從此遠離，沒有再回去。至少在這一點上我跟妳是一樣的。」艾比蓋兒顯然希望找到共通點，見康兒只是盯著她看，便又接著說下去。「不過五年後，當再生中心和國防部簽下第一個合約，爲主要軍事人員提供後備複製人，我想到了妳父親。那是我職業生涯中最自豪的時刻，由此可見我是個多天眞的傻瓜。」

「怎麼個天眞法？」

「科學家受的訓練是尋找答案。關在實驗室裡，眞實世界往往會變得抽象，唯一重要的就是解謎。眞實世界的應用，那是別人的問題，但我幻想著自己的研究成果能用來幫助從事高風險工作的勞工階級，給他們再一次的機會。就像妳父親那樣的人。

我從來沒去多想億萬富翁們會大排長龍，渴望給自己買到更多時間。但是維農想到了。他一直都知道我們與軍方合作只是爲了找到立足點。他是不是將消息洩漏給《時報》和《郵報》？那眞是神來一筆。」

「是他？」話才出口，康兒的驚詫之情便已消退。

凱比蓋兒插嘴道：「還會有誰？消息一旦公開，需求就自動產生。唉，我是反對的，但我很好應付……凡是牽扯到政治，我都只有嬰幼兒程度。我只不過是另一個充滿理想、不切實際的科學家。我們這麼說吧，我這個人學得很快。」

康兒再次發現姨媽的計畫如此之宏大、縝密。「原來設法把他的複製人逼下再生中心董事席位的是妳，不是芬頓。」

「不，設計的人是她，我只是對她耳語，說有一個爲了爭子嗣而官司纏身的複製人，對公司不好。」

「在妳殺死他的本尊以後。」

「一個有複製人的人……」凱比蓋兒厭倦地說。

「無法被殺死。」康兒替她把話說完。「對，對，妳已經說十幾次了。」

艾比蓋兒喝完茶，放下杯子時手有點笨拙，把杯子打翻了，一些茶水流到桌上。她睜大雙眼，彷彿試圖聚焦。

「好像開始了。」艾比蓋兒說，說到後面已口齒不清。「不知道蘇格拉底是不是這種感覺？」

「妳把她怎麼了？」康兒問凱比蓋兒，同時將自己的茶推開。

「請別怪她。接下來不能有兩個我。」艾比蓋兒說。

「她給妳下毒。」

「是，我知道。」艾比蓋兒說。

「所以妳就任由自己死去？」康兒說。

「只要她還在，我就沒死。」艾比蓋兒緊抓住凱比蓋兒的手說道。

「妳們兩個都瘋了。」康兒說，但兩個艾比蓋兒沒在意她。

「能不能請妳幫我扶她到實驗室？」凱比蓋兒問康兒。

康兒一手抱住艾比蓋兒的腰，扶持她走過走廊。不過倒不是眞的關心艾比蓋兒，只是好奇想看看實驗室，也看看接下來會怎樣。她想要相信，她們之所以堅信她會把鎖在腦子裡的東西給她們，只是在玩另一個心理戰術，但她需要確切的證據。也就是說，她需要她們努力地遊說她，那麼她就會知道關於本尊的眞相。而不管眞相爲何，她猜想答案都在姨媽的實驗室裡。

雖然複合建築的其他地方都極簡到了極致，實驗室裡卻放滿醫療器材與電腦。康兒多半都沒見過，卻認出一台擺在牆邊的電腦斷層掃描儀、一台光譜儀、兩張檢查床，另外還有一張上傳用椅，不過艾比蓋兒的椅子實用得多，沒有再生中心那種五星級養生會館才能體驗到的物質享受。康兒數了數，有三個類似再生中心用來儲存複製人的子宮，其中兩個空著，第三個裝著艾比蓋兒・史提克林尚無生命的複製人。是備分的備分的備分，如果康兒沒有計算錯誤的話。

「妳想在辦公室休息嗎？」凱比蓋兒問。

「不用，直接讓我躺到檯子上。等我走了妳再想搬動會很痛苦。」

凱比蓋兒點點頭，承認她說得有理。於是她們迂迴地走到實驗室最後面，艾比蓋兒頭垂到胸前，呼吸變得粗重費力。她雙腳癱軟無力，拖行於身後。來到最遠端的牆壁時，雙扇金屬門打開來，裡面是個暗室。有個裝設在軌道上的平坦金屬檯滑了出來，抖動兩下後停止。

「這是什麼東西？」康兒問。

「焚化爐。」凱比蓋兒說。

「妳們要焚化爐幹麼？」

凱比蓋兒看著它，然後回眼看著康兒。「理由不是挺明顯的嗎？」

「妳們燒了很多屍體？」

「這幾年多到數不清了。那是我們研究的副產品。好了，能不能麻煩妳把她的腿抬上去？我力氣不夠，一個人抬不動她。」

「她還沒死。」康兒說。

「我知道。」凱比蓋兒眞心感傷地說：「只差幾分鐘了。」

她們使盡全力，好不容易把艾比蓋兒弄上檯子，沒摔著她眞是奇蹟。康兒斜靠在牆邊，累得大口喘氣。

艾比蓋兒眨了眨眼睛睜開來。「妳在嗎？」

「我在。」凱比蓋兒拉起她的手。「妳需要什麼嗎？」

「不，時間就快到了。我感覺得到。」

「我在想，」凱比蓋兒說：「妳最後一次更新是什麼時候？」

「昨天晚上。怎麼了？」

「嗯，等這一切結束，我也終於解開身心矛盾問題……也許能讓妳回來。妳想嗎？」

「妳願意為我這麼做？」艾比蓋兒想到這個，神色為之一亮。

「為什麼不願意？如果一切都照我們想的進行，要把我們兩個藏起來不讓世人發現，應該輕而易舉。」

「那就太好了。謝謝妳。」艾比蓋兒說。

「在那之前我會想妳的。」凱比蓋兒邊說邊替艾比蓋兒撥開額頭上的頭髮。

「到時我們會有好多事情要聊。」艾比蓋兒說。

「而且多的是時間可以聊。」

「到時候見了。」艾比蓋兒說完最後一次閉上眼睛。

凱比蓋兒握著她的手站在那裡，直到艾比蓋兒停止呼吸，然後啓動焚化爐。沒有話別，沒有靜思的時刻。完全就像拿回收垃圾出去丟的感覺。檯子往後退入牆內，金屬門關閉，凱比蓋兒又按下一個按鍵，焚化爐轟地活了過來。

「我不懂。」康兒退離熱源說道。

「我以爲我們已經說清楚了。」凱比蓋兒說。

「不，我是說何必還要蓋這個地方？妳爲什麼不乾脆就在再生中心完成研究？爲什麼要這麼瘋狂地大費周章？妳花了七年計畫從妳自己的公司偷出妳自己的發明。就只因爲貪婪？妳有那麼自私嗎？」

「自私？妳覺得自私的人是我？」

「要不然妳做的這一切該怎麼形容？不都只爲了獨自擁有永生的祕密。」

凱比蓋兒猛搖頭，不敢相信自己受到如此天大的誤會。「如果我的研究落到格迪斯或芬頓手上，妳覺得會有什麼後果？」

「他們會出售。」

「我們終於有共識了。」凱比蓋兒說：「那妳覺得再生中心給永生訂價多少？」

「想訂多少都行。」

「一點都沒錯。只不過這次再生中心不再像是賣保單，而是重寫人類如何運作的基本規則。這是科技演變上，一次前所未有的大躍進，但這次不會造福眾人，而是導致一個超級階級的誕生，這個階級裡的人個個擁有難以想像的財富與權勢，而且永遠不死，」凱比蓋兒暫停了一下，製造效果。「對於這樣的存在我們有個名稱。」

「他們會是神。」康兒凜然一驚。

「妳現在明白我爲什麼不能冒著被再生中心發現的危險了吧。」

「但妳確實冒險了。」康兒反駁道：「妳大可以毀掉妳的研究。妳憑什麼覺得妳比再生中心更配得上掌管永生？」

「那是我的發現。」

「沒錯。但妳做的事都只是出於自私。」

「只要有充足的時間，我將能夠讓所有人都能享用。」

康兒嗤之以鼻。「妳那套人類鬥士的陳腔濫調就省省吧。妳殺了我的本尊好讓自己長生不死。」

凱比蓋兒的臉蒙上一層陰影。「妳非要一直死咬著這件事不放，是不是？」

「看起來應該是，對吧？」

「眞的是有其母必有其女。」凱比蓋兒說。

若換成她人生中的其他任何時刻，康兒會無法接受這句評語。但站在這裡，感受到焚化爐的熾熱，她倒是把這話當成了榮譽徽章。無論好壞，她都是瑪麗·史提克林的女兒。

「那就說服我啊。」康兒說：「妳不斷地說只要聽了妳的解釋，我就會願意把腦子裡的東西給妳。好啊，那就開始吧。因爲到目前爲止，答案還是『絕不可能』。」

「不應該是這樣才對。」凱比蓋兒幾乎是帶著歉意說：「在我讓妳看之前，妳應該要有時間休息適應，可是維農的干涉讓一切都無法按部就班來走。」

「在妳讓我看什麼之前？」

「有個問題我一直想問妳，」凱比蓋兒將康兒的問題搪塞了過去。「妳離開再生中心那天晚上，哪來的錢搭地鐵？本來的構想是，當妳發現妳的ＬＦＤ已經無法連上銀行，重新搭手扶梯出地鐵時，我的人就要把妳帶走。可是當我們察覺有異，妳已經在回家的半路上。」

康兒回想了一下，感覺那些彷彿已是上輩子的事。「有個警察可憐我，讓我過驗票閘門了。」

「眞不可思議。」凱比蓋兒嘲諷地笑道：「我整個職業生涯仰賴的就是一個信念，我相信自己能考慮到所有變數。凡事只需要計畫與智力，沒有什麼是不能預期與控制的。我卻沒料到妳有可能打動一個警察幫助妳。正因爲我這眾所周知的傲慢，讓維農遇見了妳。現在他腦子裡充滿了各種猜疑和理論，這也是我最想避免的一件事。」

「結果就這樣了。」康兒說。

「結果就這樣了。」凱比蓋兒回應道，看起來似乎在爲什麼事情舉棋不定。「來吧，我讓妳看個東西。」

第三十二章

「讓我看什麼？」康兒問道，一面提高警覺尾隨著凱比蓋兒。

她們來到一扇上鎖的門前，凱比蓋兒的身分通過了檢驗，隨即便聽見解鎖聲，但凱比蓋兒開門前猶豫了一下。「進去之前，我要告訴妳幾條基本守則。」

「妳不跟我進去？」康兒說。

「最好一次只讓他看到一個康兒・達西。」

「誰？」康兒忽然清楚地意識到自己心跳加快、脊背發冷。

「記住了，他對外部刺激非常敏感，所以不要有太大的噪音或突然的動作。妳要盡可能保持冷靜。他無法應付極端的情緒。說話盡量慢一點、清楚一點。」凱比蓋兒替她開著門，康兒往裡頭看，是一個簡單的前廳。另一端有一扇樸實的木門，由於與姨媽這座超現代化地下建築格格不入，因此顯得格外醒目。「還有，別提到日期或是已經過了多久。在他心裡，現在還是二〇三七年。妳要是挑戰這個信念，會讓他很慌亂。」

「妳做了什麼？」康兒說的同時已遲疑地跨入前廳。高中時，有一回在走廊上，有個女同學從後面偷偷靠近，在她耳邊大喊一聲。康兒沒有被嚇昏，但隔天她老覺得像在水裡面，彷彿有兩隻強有力的手將她的頭按在水面下。她現在就是這種感覺。凱比蓋兒還在說話，但聽起來模糊而遙遠，被一連串如變異的莫比烏斯環般不斷重複的字句所淹沒。

最好一次只讓他看到一個康兒·達西。

最好一次只讓他看到一個康兒·達西。

最好一次只讓他看到一個康兒·達西。

……

康兒原本堅定地認爲本尊絕不會贊同這裡的一切，她絕不可能被說服。但現在，她不確定了。姨媽提出的條件會不會就是康兒願意犧牲自己性命換取的唯一一件事？她來到木門前回頭看著凱比蓋兒，凱比蓋兒露出要她放心的微笑，揮手讓她進去。

「妳不會有事的。等妳結束以後，我會在辦公室，我們到時候再談。」

康兒轉動門把，打開最後一道門。

門內是一個光線昏暗的小房間：一張單人床、一個斗櫃、兩張椅子。窗下有張簡簡單單的桌子，雖然身在地底深處，窗外卻有遼闊山景。桌子上有一幅尚未完成的拼圖，圖案是吉米・罕醉克斯跪在燃燒的吉他前面。

床上有個男人背對著她側躺。康兒用手掩住嘴巴，這是古今皆同表現驚恐的動作。

「妳做了什麼？」她透過指縫喃喃說道，此時男人翻過來，起身坐在床沿。她忍不住發出一聲哽咽呻吟，淚水也隨之潰堤，宛如德州風暴冷不防地從沙漠呼嘯而出，讓家家戶戶的人往高地倉皇奔逃。

是阿志。儘管他已在一年多前死去，但確實是她的阿志。

他睡意未消地抓抓光頭，赤著腳，寬鬆的白 T 恤掩不住他的瘦削，醫院用的鬆緊帶手術褲褲頭也掉到臀部。見到她，他似乎並不訝異，但露出微笑時只有半邊臉在動，另外半邊則像失去風助的船帆鬆垂下來，佛朗克舅舅中風以後的臉就是這樣。

「我正開始擔心妳不會回來了。」阿志說，奇怪的是他聲音很像小孩。

「我當然會回來。」她說。阿志以爲她是康兒・達西本尊，想起姨媽說不要挑戰他的想法，她便配合演出。

「妳怎麼哭了？」他問道：「我做錯什麼了嗎？」

「沒有，沒事。我只是看到你很開心。」她強忍住眼淚，擠出笑容。當然，事實要複雜得太多太多了。三年多來，這是她唯一夢想的事。那爲什麼現在覺得這麼分裂？

她想張開雙臂擁抱他，卻又害怕，便問道：「你好嗎？」

「醫生說我情況不錯。她不肯說我什麼時候可以離開，但我看得出來就快了。我問過是不是很快就可以下地散步，但她說我得更努力做復健。不過，我眞的好討厭復健。」

她發覺阿志自以爲在車禍中倖存，根本不知道自己是複製人。「我也是。」康兒再度壓抑淚水。

「妳的膝蓋怎麼樣？」他問道。

「好些了，」她說：「好多了。」

「對不起。」

「對不起什麼？」康兒警覺起來。

「我換了音樂。」他羞愧地低頭看地板。

康兒過了一會兒才搞懂他講的話。「什麼音樂？」

阿志似乎亂了思路，轉而伸手去取助行器。一直到他撐站起來，康兒才看出他損傷到什麼程度。她看著他緩緩走到桌邊，右腿移動得不太順暢，右手也不時摸索著想抓住助行器的握把。她知道他在說車禍，便抑制住衝動不去逼他回想。當一個未解的問題在心裡存得夠久，久到某種程度，光只給點暗示也已經不夠。她需要聽他親口說出來嗎？但就算說了，她又希望得到什麼呢？她想這樣和他度過這段時間嗎？

「妳看到拼圖了嗎？就快拼完了。」他繞過桌子，慢慢地坐到椅子上。

「是啊，進度很不錯。」她附和道。

「妳以前常常速彈〈Voodoo Chile〉。天啊，我太喜歡跟妳一起演奏了。」他又露出半邊笑臉。

「我也是。」她輕聲說。

說這麼多話好像累壞了，阿志幾乎沒有再開口。她認識的他從來沒有安靜地坐這麼久過，他向來是動能滿滿，一個計畫跳過一個再跳過一個，但現在他們已經坐在桌旁超過一個小時，他一直耐心地在拼拼圖。每當找到一片拼了起來，就會發出小小歡呼，並對康兒露出殘破的微笑。仔細觀察他，偶爾她會看到以前那個阿志——敏銳、自豪、專注。但那只是曇花一現的陽光，很快又會被雲層遮蔽，讓他努力拼拼圖的雙眼變得遲滯。她心想，這不是阿志，但她也知道這麼想有多麼不慈悲又虛偽。忽然間他又找到一片，熟悉的阿志也會再次浮現，時間不長不短，恰好足以讓她對自己產生質疑。到最後，阿志說他需要休息了，便推著助行器回到床邊，照著一連串有條不紊的老人步驟躺了下來。康兒見他在打哆嗦，便替他蓋上毯子。

「妳可以彈琴給我聽嗎？醫生給了我一把吉他，但我已經不行了。」他說著伸出萎縮的右手給她看。

康兒將吉他拿到床邊，盡可能地熱身到最佳狀態。她的手也有自己的難處。聽起來比較進入狀況後，她仍然無法決定要彈什麼。多諷刺啊？她思緒飄回到大學時期相識的第一晚，當時他們整夜沒睡交換歌曲，不同的吉他遞過來遞過去，兩人都努力地試圖以知識和品味讓對方留下深刻印象——良性競爭，這是他們關係中很重要的一環。她想起她發現自己愛上他時，他唱的那首歌。

她坐到床沿，爲他彈奏起來，是巨星樂團的老歌叫〈Thirteen〉，一首描述兩小無猜的愛情，簡單卻充滿希望的小曲。阿志聽出來了，以嘴型默默跟著唱。她想著他們一起生活的日子。以前的生活、以後可能會有的生活。那是他們經常造訪、相當熟悉的兔子洞。有一度，她都會到那兒去療傷止痛。但她已不再有那種感覺，如今她只覺得慶幸能認識他，慶幸她的人生中有他。

她唱完後，他伸出手握著她的手。「明天再來好嗎？」

「一定。」她撒謊。

他對著她微微一笑，隨即翻身側躺。她靜靜坐在那裡直到他入睡。她沒有再哭了。

∪　∩　∪

康兒在一間與實驗室相連的巨大辦公室裡找到凱比蓋兒，她正埋首於一張高高堆滿紙張、偌大的桃花心木辦公桌。牆邊全是高及天花板的書架。康兒從未在圖書館以外的地方看過這麼多書。背景裡播放著威爾可樂團的老專輯《Yankee Hotel Foxtrot》，想當然的嘛。她咒了一聲，把凱比蓋兒從椅子上拉起來，逼退到牆邊，用前臂抵在她的下巴底下，讓她喘不過氣。

「這不是已經做過了嗎？」凱比蓋兒氣呼呼地嘟囔道。

「妳幹了什麼好事？」康兒怒吼道。

「那玩意還沒完工。」

「他有名有姓叫段志，不是什麼玩意。」

「對，他叫段志，而妳應該感謝我。」

「怎麼會？妳怎麼弄到他的上傳資料？」康兒問道。

凱比蓋兒的頭左右扭動，企圖吸入一口氣。「從約翰霍普金斯。我透過特殊管道替他申請參與一項針對長照病患的研究。我給了他們學校幾年的許可，允許他們使用我的修訂版掃描器。意識測繪對於他們了解創傷性腦損傷大有幫助。要從他們的研究拿到他的血液檢驗和掃描結果，簡單得很。從那時候起我就一直在處理他那幾個複製人。」

康兒想起阿志那家長照機構的護士曾經提過，說阿志剛從霍普金斯回來。那是十八個月前的聖誕節隔天。她記得當時一度覺得有了希望，後來卻覺得自己又傻又笨。但如今知道這一切都是她姨媽想要操控她的計畫、誘導她的陷阱，那感覺是更差到極點。因爲對姨媽而言，阿志只有這個作用——當誘餌。康兒更加使勁壓迫姨媽的喉嚨，有一刻瘋狂到以爲自己可能會殺死她。一股理智的嗜血欲望像水管疏通劑一樣竄流過她的血管。

凱比蓋兒掙扎著，兩手無力地拍打康兒的手臂。

康兒看見姨媽雙眼圓睜失焦，令她驚恐的是自己有多想一不做二不休。但她隨即想到現在身在何處。沒有姨媽，她就無法離開這裡，甚至沒法再進去那個房門看看無能自求生路的阿志，而他更是會孤單惶恐地死去。

她的手臂立刻放軟。

凱比蓋兒掙脫了她的掌握，滑坐到地上。康兒跨立在氣喘吁吁的姨媽上方。

「妳一直在處理他那幾個複製人？不只一個？」康兒說。

「對。」凱比蓋兒摸著脖子說：「妳見到的是第三個。我還進行了無數次的模擬，每一次的迭代都讓我更靠近了。」

「更靠近什麼？」

「那還用說，就是讓他恢復原來的他。創傷性腦損傷的病患，是不可能產生清晰的人類意識影像。但我領悟到如何解決身心問題之後，附帶也得到一些可觀的好處。譬如修復與重建損壞的上傳資料的可能性。但我剛才也說了，這還沒完工——最後這次的下載引發了小中風，造成他身體上的殘疾。但這次他已經大有進步，妳無法想像的。」

「那些舊的阿志呢？」康恩問道，卻害怕聽到答案。

「唉，別那麼天真。他是實驗室產物，是一個非常大的培養皿中的遺傳物質，是爲了達到目的採取的手段。」

康兒爲之畏縮。「如果我們是人類，他就是人類。」

「只有意識才重要。」凱比蓋兒厲聲回道：「我讓妳看只是爲了讓妳了解有什麼樣的可能性。如果我能完全取得鎖在妳腦中的東西，將會有多大的成就。」

原來，就是這個，她的本尊和艾比蓋兒談定的可怕交易。她交出自己的性命，希望能換回阿志的性命。康兒不是不了解，她知道她也會答應這筆交易。自從車禍發生後，她曾多少次乞求宇宙給她機會和阿志易地而處？可是令她心碎的是，她原以爲本尊終於達到了足以甩脫罪惡感軌道的速度，終於解脫出來。得知本尊展開新生活，邂逅某人、墜入情網、與史黛菲言歸於好，甚至開始做自己的音樂，這讓康兒有了希望。然而，當拯救阿志的機會一來，她還是犧牲了一切。

「妳爲什麼就不能放過她？她很快樂。」

「這件事比快樂重要。」凱比蓋兒說：「她也明白。現在可以讓我起來了嗎？」

康兒這才發覺自己還握著拳頭，跨著姨媽的身體站立。她於是退開，給凱比蓋兒足夠的空間起身。姨媽爬起來之後，雙手誇張地撢一撢身上。

「妳真覺得妳做得到？」康兒問道：「能讓阿志再次變得完整？」

「需要一點時間，但我會做到。」凱比蓋兒斬釘截鐵地回答。

「那麼，在妳的完美世界裡，再來要怎麼做？」

「如果妳同意，我就上傳妳的意識，擷取出我的研究，然後開始著手。」

「然後就讓我喝杯茶，是這樣嗎？」

「不，其實是我喝。」凱比蓋兒說。

康兒大驚。「這是怎麼回事？」

「即使妳今天把研究給我，我所描述的一切都還遠在十年後。我需要投入工作，不能有任何阻礙。用這副軀體做不到。」

「可是，妳不能再當艾比蓋兒・史提克林。」

「沒錯，艾比蓋兒・史提克林已經死了，這個事實必須維持。要完成已經開始的工作，我就得變成我的外甥女康思坦絲・達西，所以我才需要妳的身體。」

「妳已經有啦。」康兒指出。

「不，我需要的是妳的身體，確實屬於妳的身體。」凱比蓋兒口氣冷靜得像在觀景台上介紹風景。「我能僞裝成妳是因爲大家都沒看得太仔細，但現在維農和再生中心都起疑了，就會像老鷹一樣緊盯著。要是康兒・達西的複製人不完全吻合他們的紀錄，譬如沒有刺青之類的，」她說著舉起她的手臂。「他們就會猜出我做了什麼。」

「還有指紋。」

「所有的獨特生物辨識資料。假如做不到天衣無縫，我所做的一切、我所犧牲的一切、我所作的每個艱難抉擇都毫無意義。」

「所以呢，要怎麼做？就直接用妳把我覆蓋過去？」康兒想到都覺得有點噁心。

「基本上是這樣。」

「如果我全部答應，妳會繼續把阿志治好？會讓他重新變得完整？妳是這麼答應我的本尊的？」

「我向她承諾了。」

「妳寄望我無條件地相信這一切？」

「不，我沒有。因爲我會把妳和阿志都帶回來。」凱比蓋兒說：「而且不是像維農承諾的，用妳十八個月前的上傳資料，是以妳目前最新的意識，但完全沒有妳現在承受的不良反應。」

「眞的？」她眞的願意接受這個主意？當初拒絕格迪斯和芬頓，是因爲她將會失去重生以後的所有經歷。雖然只有短短幾天，但感覺上，每一天對於造就現在的她都很關鍵。再來一個康兒．達西和她走同樣的路，這件事對她毫無吸引力。但如果姨媽能修復這個版本的她並帶回阿志……那不正是她所想要的嗎？「那這一切會在什麼時候發生？十年後，等妳完成工作？在那之前我要去哪裡？儲存在電腦裡面？萬一出什麼錯呢？」

「每一趟旅程都有風險。飛機會墜毀，船會沉沒，車子會撞上安全島。妳要問的是前往的目的地值不值得冒這個險。而且妳要記住，這一切都會在剎那間過去。可以想成是暫停的動畫。妳坐上殖民船航行到新世界，一覺醒來，就可以開始新生活。」

「而且我會再度是我？」康兒問道：「是這個我。」

「可以照妳的意思。一旦解開了身心問題，凡事都有可能。我當然不想繼續待在外甥女的身體裡面。我無意冒犯，但這感覺有點奇特。」

「廢話。那妳會變成誰？」

「隨我高興。也許我會先試著當男人看看。所有事情都能簡單輕鬆地改變，這樣應該不錯。誰知道呢？這是我們所能成就的美。妳能想像嗎？度過無數人生，體驗完整的人類潛能。妳和阿志也一樣。你們可以千生萬世都在一起。」

「那是自然的意圖嗎？」康兒試著去理解這些可能性。「想起來眞的很不自然。」

「這個嘛，首先，自然沒有什麼意圖。自然純粹只是一個複雜系統，古人受到威懾而將它擬人化。其次，也沒有所謂不自然的東西。」

「當然有。像車子、飛機。」康兒反駁道。

「車子？拜託，車子是這世上最自然的東西了。」

「爲什麼？在大自然裡不會看到車子。」

「當然會。而且數以千萬。」凱比蓋兒說。

「那不是大自然，那是汽車之城底特律。」

「難道妳是想說人類本身不自然嗎？」

「不是，但……」康兒說。

「沒有螞蟻，蟻丘就不存在。但照妳的說法，如果有個人蓋了房子，那是不自然的？發明這種語意根本只是想讓我們覺得自己很特別，人類某種天生的不安全感吧，我想。人類唯獨只有一個優勢，就是我們的心思。我們既不是最快也不是最強壯的物種，對我們來說，根據需求適應環境才是自然，或者依妳的說法，是自然的意圖。我們是自然界最偉大的建造者。我們一直以來都這麼做，我也是這麼做的。將我們的自然本性貼上不自然的標籤，完全是狂妄自大。」

「我覺得妳這麼說只是配合妳的需求。」

「對，」艾比蓋兒皺起臉苦笑道：「看看我，就想著讓全世界來配合我的需求，多不自然啊。」

「如果我不肯呢？」

凱比蓋兒思考著這個問題。「我會說服妳答應。妳以爲我費了這麼大心力會沒有備案嗎？不過，妳有百利而無一害，還怕什麼？況且妳的身體正在排斥妳的下載。妳快死了。」

「拜妳所賜。」康兒說：「我快死了都是拜妳所賜。」

「我知道這很可怕，但只要妳給我機會，我可以修正。我可以修正一切。問題是，妳願意給我機會嗎？」

「好，」她回答得簡單明瞭，但不是因爲怕死。她已經找到她從不知道自己擁有的勇氣。事實上，活過來的感覺眞好。而且是這個人生，不是十年後一個假設會「更好的人生」。她想要的就是此時此地，是多一點時間和史黛菲相處，是再次玩音樂、再次感受熱情。但假如拒絕姨媽，那麼她本尊就白白犧牲生命了。對於那個被置於此艱難處境、被迫作選擇的第一個康兒·達西，她生出一種同氣連枝的情感。康兒不能像這樣背叛她的犧牲。

凱比蓋兒露出完全鬆了口氣，終於得勝的臉色。

「但有個條件。」康兒說。

「說吧。」

「把雷威·葛瑞爾放出來。」如果雷威要爲此坐一輩子的牢，她心裡絕不可能過得去。

凱比蓋兒看起來一點都不開心。「那不是好主意。」

「妳做不做得到？一句話。」

凱比蓋兒勉爲其難地點點頭。「可以。」

「那就一言爲定。」

「算是勉強接受。」

這時警鈴聲響遍整座建築。凱比蓋兒將注意力轉到LFD上，她自滿的臉慢慢皺了起來，有如毒氣外洩。

「怎麼了？」康兒問道。

「好像有客人上門了。」

第三十三章

「彼得．李，」凱比蓋兒從小屋門廊上喊道。槍已經又回到她手上，朝下對著屋外木地板。「你出了趟大遠門啊。」

格迪斯的大總管傷痕累累、鮮血淋漓地蜷縮在階梯最下方，衣服被撕得破爛且濺滿泥巴，半邊臉活像被皮卡貨車的保險桿撞了十二次，簡直不成人形。三隻機器警衛犬圍著他，形成一個寬鬆的半圓，其中一隻腹側有燒焦痕跡。第四隻機器狗則不見蹤影。看來這位退役軍人寶刀未老。

「彼得，你在這裡做什麼？」康兒問道。她跟著氣沖沖的凱比蓋兒回到地面上，不得不用手遮蔽刺眼的陽光，此時太陽高掛在頭頂上，整片山林都是波動的日影。

「是妳嗎，康兒？」他說著用僅剩的完好手臂撐靠，扭動身子坐起來，並將另一隻手抱在胸前保護著。「我從華盛頓跟蹤芬頓，然後又跟蹤妳。」

「你不應該來這裡的。」康兒說。

「現在才說太晚了。」

「維農知道你在這裡嗎？」凱比蓋兒問。

彼得透過沒受傷的眼睛檢視自己的傷勢，並平靜地凝視她二人。「抱歉，妳說妳是誰來著？我知道我有腦震盪，不過妳們倆看起來像是同一個人。」

「現在應該是我問你答的情況，我是指如果你想要點什麼止痛的話。」

「是，」彼得回答道：「他知道我在這裡。」

「他對這個地方知道多少？」

「只知道康兒被人用車子帶到這裡來，還有這片土地周圍有一圈不應該出現在這片樹林的防護圍籬。」

「他叫你闖進來？」凱比蓋兒問。

「不，是我自作主張，我猜想康兒或許會需要幫助。」

「這孩子有你這個幫手還眞幸運。」凱比蓋兒語帶譏諷地說。

「我可是一對四。」彼得說。

「維農想幹什麼？」凱比蓋兒問道。

彼得略加思索。「他不必向我透露，但我猜想他正在查這個地方的主人是誰。要是沒有我的消息，他會直接來敲門。」

「明白了。你能走嗎？」凱比蓋兒問。

「走不遠。」彼得回答。

「也不必走很遠。」凱比蓋兒說：「你有帶槍嗎？」

彼得說沒有，但凱比蓋兒仍然命令其中一隻機器狗掃描他身上有無武器。等到滿意了，才叫康兒扶他進屋。康兒步下階梯，來到彼得身邊蹲下，就近一看才發覺他的傷勢比他強裝出來的樣子嚴重多了。

「妳沒事吧？」他問道。

她拉起他的手。「對不起。」

「我還以為我能救妳，」彼得咳嗽起來，血流到下巴。「早該知道的。」

「康兒，」凱比蓋兒喊道：「時間不多了，而且最好別在外面逗留。」

康兒扶彼得站起來。他摟著她的肩膀，她則盡可能支撐他的體重，兩人一起蹣跚爬上階梯。

艾比蓋兒用LFD命令剩下來的其中兩隻機器狗回到森林去，但第三隻跟在彼得與康兒後面，悄悄步上階梯，宛如帶回迷失羊群的牧羊犬。

「這裡到底是什麼狀況？」彼得低聲問康兒。

「我說了你也不會相信。」

「我是受動的美國軍人，你知道吧。」

他努力地打起精神，康兒則對他的玩笑話報以微笑。他們跛著腳走進小屋，步下通道進入複合建築。

「好吧，妳說得對。」彼得環顧四周，坦承道：「我是不相信。」

來到實驗室後，彼得失去了意識，雙腿癱軟，康兒頂多只能慢慢將他放到地上。她坐下來，把他的頭放在自己腿上。他的呼吸斷續而急促，十分費力，氣息中帶著潮濕。機器狗蹲坐下來，用光滑、沒有眼睛的臉監視著他。康兒望向姨媽，求她幫他。

凱比蓋兒站在那裡陷入深思，彷彿試著解一道複雜的數學公式。「抱歉，我眞的幫不上忙。這裡是實驗室，不是醫院。」

「那我們就得送他去醫院。」康兒堅持。

凱比蓋兒輸入生物辨識資料打開一個櫥櫃。「想都別想。他看到太多了。不過他在再生中心有個複製人，沒有問題的。」

康兒知道這是謊話。彼得已明確告訴過她，他絕不想要再有複製人。她看著姨媽取出一支注射針筒和一只透明的小玻璃瓶。

「那是什麼東西？」康兒問。

「止痛用的。」凱比蓋兒向她保證。「至少可以讓他舒服一點。」

康兒不相信她。「他是第一代複製人。」

「我知道他是誰。」凱比蓋兒斷然說道。抽取完一劑藥之後，她熟練地彈了彈針管。「好了，按住他。」

凱比蓋兒咬住針筒，跪下來準備捲起彼得破爛的袖子。康兒仍繼續爲他求情，但姨媽已經不聽了，她的表情疏遠且堅定。康兒認出來了，凱比蓋兒俯視芬頓的屍體時，就是這個表情。而在她殺死痘疤臉一夥人的時候，會有不同嗎？或許辛西雅是個意外，但從她後來的行動看來，即使艾比蓋兒．史提克林曾有過一絲道德感，也已消磨殆盡了。剩下的只有冷酷、殘忍與卑劣。她若不做點什麼，彼得注定要被送進焚化爐，這點康兒可以確定。

「他要是死了，我們的交易也吹了。」康兒說。

凱比蓋兒怒瞪外甥女。「妳聽我說，丫頭。維農現在知道這個地方了，我們所剩的時間不多。他很快就會上路，在他到達以前我們有太多事要做，沒有餘裕救這個入侵者。」

凱比蓋兒拉起彼得的手臂，但還沒來得及找到血管，康兒就一把抓住她的手腕。凱比蓋兒沒有生氣，只是顯得失望。她們倆互相牽制掙扎，兩個人之間所能展現的勢均力敵頂多也就是這樣。不過凱比蓋兒處於制高點，康兒可以感覺到這場槓桿之戰自己就要輸了。

「放手。」凱比蓋兒咬牙命令道。

「住手。」

凱比蓋兒發出用力的聲音，咬緊牙根咆哮道：「這是唯一的辦法。」

彼得的頭從康兒的腿上滑落，撞到地板。他猛然恢復意識，倏地睜開雙眼。他抓住凱比蓋兒的手腕與手肘，將她的手臂往後扭，然後借力使力，反將針筒往上一送，插入她自己的胸口。

凱比蓋兒踉蹌倒退，伸手去抓針筒。

被遺忘的機器狗跳起來撲向彼得，將他制伏在地，動作一氣呵成。接著一陣駭人的撕咬聲，一個裂解倒下的聲音，彼得尖聲慘叫，兩腿蹬了一下便不再動。康兒連忙爬開，但機器狗沒有在意她，只是冷靜地評估攻擊標的後便跑向主人，然後又耐心地坐下來。

凱比蓋兒拔出針筒丟掉，針筒彈跳著滾過地板。她臉色發青，開始打顫，好像天黑了氣溫下降似的。

「針筒裡面是什麼？」康兒問道，其實她很確定就是殺死艾比蓋兒和她本尊的藥物。被注射到離心臟這麼近的部位，起作用的時間快得不可思議。

凱比蓋兒沒回答，而是指向最近的櫥櫃。「我需要一根針筒和一瓶 Klenadone。」

康兒不假思索立刻爬起身來，一時之間想幫忙的本能凌駕於憤怒之上。她奔向凱比蓋兒指的地方。

「綠色標籤。快點。」凱比蓋兒虛弱地喊道。

「櫃子鎖著。」康兒大叫，一面用力拉扯手把。「打不開。」

凱比蓋兒點點頭，在 L F D 上敲了幾下，然後吩咐康兒輸入她的生物辨識資料，再試一次。

這回櫃子打開了。

每樣東西都是綠色標籤。康兒在架子上又扒又翻，終於找到Klenadone。她拿著藥和針筒回到仰躺在地、呼吸困難的姨媽身邊。凱比蓋兒檢查標籤後點點頭，把藥瓶塞回康兒手中。

「快點。」凱比蓋兒的聲音隨著一分一秒過去，愈來愈微弱。

康兒從來沒替人打過針，但剛才看到了，便照著姨媽的步驟做。彈針管是爲了排除氣泡——她不曉得自己怎會知道這個，八成是看電影學的。這時她的目光落在彼得殘缺不全的軀體上，手隨即停下，針筒懸在姨媽上方。彼得就像康兒的父親，是個軍人，也正是姨媽聲稱她做這一切想要保護的那一類人。假如姨媽可以犧牲他，那還有誰逃得過她冷酷的私欲？姨媽口若懸河地說著一旦格迪斯或芬頓掌控了她的研究，會有多大危險。但康兒領悟到，再怎麼危險也比不上讓艾比蓋兒·史提克林自己保有這份研究。

一個有上帝情結的人要是成了神，會怎麼樣呢？

康兒望向實驗室另一頭，看見了裝著姨媽另一個備用複製人的子宮。也許該是檢驗姨媽的理論的時候了。康兒把針筒放到地上。如果這人有複製人，就不算謀殺，是嗎？她希望姨媽能領會這裡頭的諷刺。康兒輕輕地從凱比蓋兒的耳後摘下ＬＦＤ。她不知道姨媽給了她多少在複合建築中通行的權利，總之她不想冒著失去這權利的風險。

凱比蓋兒想反抗，但幾乎連抬手的力氣都沒有，於是轉而對著機器狗垂下頭來。康兒差點就來不及反應，一察覺到姨媽的意圖，連忙用手摀住凱比蓋兒的嘴。姨媽使盡衰竭的力氣抵抗，絕望地奮力扭動衝撞，試圖掙脫。但毒素已經擴展得太廣，此時的她虛弱到擺脫不了康兒，一直到最後。康兒可以聽見她企圖對機器狗發出模糊的指令，不禁驚恐地留意它有無聽令的跡象，但機器狗始終文風不動，靜靜地坐在主人身邊，任由康兒將她悶死。

凱比蓋兒死後，康兒往後跌在地上，一直躺到她無須只專注於吸氣吐氣為止。她搖晃不穩地爬起來，跌跌撞撞走到通往阿志房間的門。她接下來要做的事取決於姨媽剛剛是否清醒到限制她進入醫療室。假如門打不開，那麼康兒就要永遠困在這裡了。不過不是獨自一人，因為姨媽的複製人已經在子宮裡準備好要下載了。

康兒顫抖著手輸入自己的生物辨識資料，屏息等候著考慮到天長地久的門。但門鎖隨後由紅轉綠，門驟然開啓。

她走過走廊，將他的臥室門打開一條縫。阿志仰躺在床上，可是靠近一看，發現他不是在睡覺。他睜著眼睛，無神地盯著天花板。已經死了好一會兒了。姨媽想必是遙控啓動了什麼。他的利用價值已了，她就讓他安樂死，好像他只是實驗室的一項實驗。康兒閉上雙眼坐在床沿，一如從前無數次到醫院探病時那樣。但這是她第一次心理就只覺得輕鬆，因為他不必再醒來面對這場噩夢了。眞是奇怪，繞了這麼一大圈竟又回到原點。

她握著他的手做最後一次道別，然後走到外面實驗室，拔掉姨媽的新複製人的插頭。這樣算是謀殺嗎？看到阿志以後，她眞的什麼都不管了。

第三十四章

當康兒回到小屋客廳，巨大的壁爐自動閉合，將她身後的地下建築密封起來。康兒用手去摸那幾乎摸不出縫隙的牆面。這應該是最好的安排了。她到廚房，從櫃子裡拿下一只玻璃杯盛滿水，很慶幸小屋不完全只是展示用。她靠在流理台邊，一口氣把水喝光，一面看著窗外。

有輛車怠速停在屋子前面。

起初她認定是格迪斯，但他怎麼可能通過柵門？而且最後兩隻機器狗不見蹤影，這表示車子和車主必定都受到姨媽信任。那對康兒來說又代表什麼呢？她四下尋找防身之物，最後在一個抽屜裡找到一把鈍菜刀。用這個能撐多久？

她又回到窗前。車子沒動，她卻瞥見有個白色禿頭從阿第倫達克木椅上方往外窺探。有人正坐在門廊上欣賞風景呢。當她將前門打開幾公分寬，一個白人立刻起身打招呼。他確實身材高大，有一種貴族姿態，讓康兒聯想到二十世紀的電影。他至少有六十歲，但穿著那身筆挺的藍色西裝，看起來還有打網球的體魄。

「妳好，達西小姐。」

「你認識我？」康兒說，並準備著一有危險跡象就關門。

「只看過照片。」他用手指順過所剩不多的頭髮，彷彿想撫平床上一條太小的毯子。

「你說你是誰來著？」

「噢，抱歉。我眞是失禮了。」他邊說邊伸出一隻指甲修剪得十分整齊的手來。「我叫威廉．斯摩，是華盛頓特區丹尼爾．羅孚事務所的資深合夥人。我是艾比蓋兒．史提克林的私人律師，後續會由我處理她遺留下來的各項產權等等事宜。」

「沒錯，你說起話來的確像律師。」她說著打開門與他握手。

「職業病。」他承認。「不過我不會造成危害。」

「你在這裡坐多久了？」

男子嘟著嘴看看手錶。「不久。我敲了門，但沒人在家。」他說道，儘管她分明是從屋裡出來的。「不用擔心，我收到的指示就是等。」

「等什麼？」

「妳。」

「爲什麼？你怎麼知道我在這裡？」康兒問。

「這點我恐怕無法談論。」

「她是什麼時候叫你來的？」

「這個我也不能說。我可以進去嗎？」他拎起放在雙腳中間的公事包，說道：「我們有很多事要處理。」

康兒於是讓他進屋。他討了杯水喝，她便替他端水到客廳。他站在臥室門口，頻頻搖頭。

「妳知道嗎？我當艾比蓋兒·史提克林的律師將近二十年了，她每次提起這個地方總是含糊其詞。我們事務所裡的人都在猜，這裡到底有什麼，能讓她待這麼久，尤其是最後那段時間。海特會大失所望。」

「爲什麼？」

「他有個瘋狂的主張說她蓋了一個祕密實驗室，還稱之爲她的孤獨堡壘。結果沒有，只是一間簡陋小屋罷了。瞧瞧這些廢物。妳能想像出比艾比蓋兒·史提克林拼拼圖更荒謬的事嗎？」

「我姨媽是個非常特立獨行的女人。」康兒說。

「這我有同感。」他又環視屋內一周。「這個女人身價將近十億，竟選擇在這種地方過日子。我就算活到一百歲，也不會明白那些富可敵國的人腦子裡在想什麼。」

起初，她以爲他的一無所知只是在演戲，畢竟他也算是姨媽這場大規模猜謎遊戲裡負責比手畫腳的人之一。然而聽了他的話，康兒發覺他眞是被蒙在鼓裡。當一個人打算竊取永生的祕密，就絕不能讓其他人知道。若是給人得知了眞相，就是用再多錢也封不了他的口。好像有句古老諺語是：兩人之間要保密的唯一方法，就是其中一人死去。絕不能讓人知道。艾比蓋兒．史提克林從頭到尾都是這麼計畫的。

康兒問道：「那現在是怎麼回事？你爲什麼大老遠開車來見我？」

「這個嘛，」他打開公事包，將文件整齊地放在茶几上。「妳也許知道也許不知道，一年半前妳姨媽去世時，她的資產交付密封託管，而且有非常明確的指示要在何時、如何公開。其中的條款只有我本人、丹尼爾．羅孚的合夥負責人海特．亞朗索，以及波士頓的負責人安妮．傅瑞曼知道。」

他停頓一下以製造戲劇效果，康兒有個感覺，這一刻他似乎演練很久了。

「條款是……？」康兒幫忙接話。此時似乎輪到她說台詞。

「請容我第一個向妳道賀。」律師鄭重其事地說：「妳是艾比蓋兒．史提克林的唯一繼承人。她把一切都留給妳了。」

康兒感覺下巴掉了下來，而且這輩子再也無法闔上。

他似乎很享受這種讓她說不出話來的樂趣，誤以爲她是高興呆了。多年工作後終於走到這一步，感覺八成很好——爲人傳遞佳音，以爲自己扮演著一定的角色，徹底翻轉她的人生。但律師誤以爲的高興，其實是康兒徹底領悟到姨媽的完整意圖。艾比蓋兒不是把一切留給外甥女，而是留給她自己。假如計畫順利實現，此時應該是裝在康兒皮囊裡的艾比蓋兒坐在這裡，而她的財富也會神不知鬼不覺地回到她自己手上。

「這份遺囑是什麼時候寫的？」康兒問道。

「其實史提克林女士的遺囑改寫了很多次，但這最後的版本是在……那個的幾天前完成的。」他不好意思說出自殺二字。

「我成爲她的繼承人多久了？」

律師在椅子上動了動身子，然後伸手拿水喝。「很遺憾，我不能隨便透露這項訊息。」

康兒瞄向壁爐與後面隱藏的東西。停止姨媽的下載或許不夠深思熟慮，而她受到的懲罰就是永遠得不到所有問題的答案，其中有部分甚至會折磨她到死。所幸（這要看你怎麼想），她離死也不遠了。康兒犧牲了她唯一的機會，她再也沒可能修補下載的損壞。在衝動行事的當下她沒想到這些，但現在也不覺得害怕。而且不管結局如何到來、何時到來，她都不會身無分文了。

接下來兩個小時當中，她一份文件接著一份文件簽名。律師說個不停，詳細地說明艾比蓋兒．史提克林所持有的廣大土地，以及各式各樣複雜的資產，包括房地產、股票與公司。窮了一輩子的康兒覺得不勝負荷，有許多法律用語她也只是略知一二，律師建議她請一位財務顧問。

「另外，請務必盡速聘請至少一位律師。」

「你可以嗎，威廉？或者會有什麼利益衝突的問題？」

他似乎被嚇著了。「不，沒有，是的，我可以。不過再找找其他人是不是比較好？這種事不應該倉促決定。」

「不用，我姨媽信任你，這對我來說就足夠了。」也許她的邏輯扭曲，但這是事實。威廉·斯摩對客戶的計畫毫無所悉，卻還是做到了姨媽要求的所有事情，忠誠度高又不會質疑。即便是今天，在這種奇怪至極的情況下，他也嚴格遵循了客戶的要求。對康兒來說，沒有比這更好的面試結果了。

他微微一笑。「既然如此，我只能說，很高興有此榮幸。」

「我要聘請你嗎？需要做什麼嗎？」

「妳剛剛已經做了。」他咧嘴一笑回答。她心想自己還挺喜歡這個人的，畢竟她從來沒請過律師。

「酷。這樣的話，我有幾件事需要你馬上去做。」

「哦？」他拿出一本拍紙簿。「說吧。」

她詳述了雷威·葛瑞爾的情形。如今姨媽走了，要洗清他的罪名並不容易。她告訴新聘的律師她想要一個最好的律師團隊，花多少錢都無所謂。威廉認為這不成問題。他們於是起身握手。

「謝謝你。」她說。

「應該的。妳要搭便車回華盛頓嗎？」

「不用，我有車。」

「那好。」他收拾東西放進公事包。「對了，差點忘記。妳姨媽有個禮物給妳。」他拿出一個小方盒，以紅、金色胡桃鉗小兵圖樣交錯的包裝紙包著。他等著，渴望看看他保存了一年半的盒子裡裝了什麼。見康兒毫無拆封的動作，他露出失望表情並再次與她握手。「那麼回頭見了。約個時間到事務所來。同時，我會開始組法律團隊供妳審查，然後就馬上著手進行所有人登記的移轉。應該頂多只需幾個星期就能完成。」

她送他到門廊上，一直等到他的車駛下山看不見了，才回到屋內拆開包裝紙，心裡很好奇姨媽給了她什麼。拿掉包裝就只是普通的硬紙盒，盒內有一個沉重的長方形透明聚合物，兩側各有兩根細尖棒。看起來像是面板，但表面非常光滑，完全沒有刻痕。她在哪裡看過這種形狀呢？想起來了，就是嵌在壁爐裡那個生物辨識器下方的奇怪凹槽。這個面板跟凹槽的尺寸大小差不多。她試著把它放上去看看吻不吻合，結果面板立刻就定位，彷彿磁鐵吸附上去。片刻過後，它開始發光並出現一句簡單的指令。

啓動自爆？

姨媽計畫的最後一步是，將地下實驗室埋在山底下，掩蓋自己的足跡。她一旦成爲富有的康思坦絲·達西，便可以在世界任何角落蓋實驗室，無須繼續隱姓埋名。就康兒所知，新的實驗室已經在某處開始興建。但舊的該怎麼辦？

康兒的食指停留在「啓動」鍵上方。

有什麼理由不把這個地方炸個粉碎嗎？姨媽研究的關鍵或許鎖在康兒大腦中，但艾比蓋兒已經重建其中的重要部分，全都存進實驗室的伺服器。也終究會被維農．格迪斯找到。他可能已經動身，要把這個地方像古代墳塚一樣鑿開來。唉，說不定有一天她自己也會這麼做。此時此刻她心裡清清楚楚知道，姨媽的研究即使落在對的人手中，也會造成難以估計的傷害。但如果她的身與心繼續矛盾決裂，毫不留情地漸行漸遠呢？到時她還會如此固守原則嗎？她已經可以聽見反面觀點逐漸形成，說她應該再等等，看幾個月後想法是否仍然沒變。反正實驗室很安全，就連格迪斯也無從進入，那何必急在一時？

顧慮得太有道理了，於是她按下按鍵。

六十秒

開始倒數計時。

六十秒？時間不夠啊。康兒又敲一下面板，但沒有出現取消的選項。

四十五秒

康兒倒退走向大門，開門時用力過度險些失去平衡而跌倒，內心卻有點希望保安設備將她鎖在屋裡。但是門輕易地打開了，她從階梯摔落下來，跑了約莫三公尺忽然緊急剎車。有兩個念頭同時浮現，混合之後生出一個壓倒性的感覺：不必逃跑。

面板可能是個陷阱——是姨媽從墳墓裡伸出的中指——那麼康兒就不可能在六十秒內逃離艾比蓋兒的復仇；或者這自爆也可能是姨媽特別設計的，這樣的話，就不需要跑了。總之，在人生最後的三十秒，康兒不想像隻野獸似的奔逃。

她好奇地轉身面對小屋，雙手插腰。不管會有什麼事，她都想看著它發生，這至少是她應得的。

她等候著。

用不了多久了。

第四部

喚醒幽靈

另一方面，我希望音樂對我產生的影響是喚醒我體內的幽靈。不是惡魔，你明白吧，是幽靈。我又用了那古老的語言了。我並不相信惡魔，我不覺得有這種東西。或者是邪惡。我不相信我們體外有某種力量會製造不好的東西。我只覺得那都是某一類的功能失常。沒有撒旦，沒有魔鬼。魔鬼眞正出現的地方只有在《新約》裡面。在《舊約》裡也現身過兩、三次，但都只是一種惱人的障礙。據說我們在一條直線上旅行，沿線還兜了無數圈圈。但事實上，當然沒有什麼旅程。我們全都在同一時間抵達與出發。

——大衛・鮑伊

第三十五章

康兒按住最後的和弦直到聲音漸悄，然後對著燈光舉起手來。手在微微顫抖，她便活動一下關節試著甩除這個情形。現在不管在什麼時間彈多久，手都會這樣。最近這幾星期，顫抖的狀況逐漸惡化，但如果晚上好好休息，遵照醫生團隊精心擬訂的養生法，多半還是能過得去。

她瞅一眼紫色小聖誕樹，錄音室裡的永久居民。它已成爲她的吉祥物，每天早上開工以前她都會去摸一下。它對著她閃爍，表達支持。

「妳還好嗎？」史黛菲透過對講機問道。

康兒望著玻璃外面，坐在混音台前的史黛菲和大麗。「還好，只是手有點痠。」

「這也難怪，妳已經彈了十個小時。要不要休息一下？」

這是她們的約定——康兒會對自己的狀況撒謊，史黛菲則會假裝相信她。康兒剛搬來的時候，便將病情告訴好友。她認爲史黛菲和伊蓮娜有權知道自己蹚了什麼渾水，不料反倒讓她們更堅持要康兒一起同住。不過，她求她們對待她不要有任何不同。無論剩下多少時間，她都不想被當成病人。她有太多事情想完成。

其中包括解除姨媽造成的傷害。聘請威廉・斯摩當律師後，她首先就要求他組織一個能用錢買到的最佳辯護團隊。她砸錢保釋了雷威・葛瑞爾，可是克拉克警探和維吉尼亞邦政府似乎都不肯撤案。明天，康兒得開車到里奇蒙去提供書面證詞，以免她由於身體因素無法出庭作證。這會花掉大半天的時間。

「再練幾次好嗎？」康兒問道：「還是不到位。」

「妳瘋啦？」大麗插嘴道。這個小女孩經常在錄音室裡幫忙，史黛菲去店裡忙時，她甚至能遞補代打。大麗天生是做音控的料。「剛剛根本帥呆了。歌名叫什麼？」

「〈大麗是個壞蛋〉，d小調。」康兒咧嘴一笑。她一直都沒有妹妹，卻發現自己很適合有個妹妹。大麗比出惡魔角的手勢放到頭上，並伸出舌頭。

「不然再來一次？」康兒退讓一步問道，而史黛菲其實已經同意了。康兒的完美主義性格讓她永遠得不到最好的結果，但她也很愧疚，硬是把史黛菲也拖進這趟頑固之旅。

「妳想要來多少次都行，傻瓜。」史黛菲回答道：「不過今天下午妳可以看店嗎？我們要去參加這個寶貝的懇親會。」

「沒問題。」

「妳確定？我們可以關店幾小時，沒什麼大不了。」史黛菲說。康兒近來開始出現抽搐症狀，她不放心留她一人。

「開什麼玩笑？吃晚餐以前，我會賣掉三把吉他。」

「三把？」大麗不信。

「妳等著算吧，小丫頭。」

「那好，」史黛菲說：「準備好再來練定拍了嗎？」

康兒的手緊握了一下鼓舞自己。「準備好了。」

∪ ∩ ∪

店裡整個下午就像個鬼城，她只賣出瓊妮・米契爾的〈Blue〉樂譜和一包十片裝的吉他撥片。要賣掉三把吉他只有一個辦法，就是她自己買。她肯定負擔得起，只是感覺像在做弊。其實有點時間獨處也挺好的，可以利用來填一首新歌的歌詞。這陣子，靈感泉湧到幾乎來不及寫。有時候新旋律來得太輕易，竟好像是在謄寫別人彈奏的音符。她稱不上是超自然力量的信徒，但這讓她覺得自己與阿志和昔日的生活有了連結。

下午三、四點，三名青少年從雨中進到店裡看擴音器。康兒認得他們。其中有兩人是史黛菲和伊蓮娜的學生，放學後常到店裡晃蕩。他們一整個學期都想著要成立樂團，卻找不到貝斯手、曲風達不到共識，也搞不定樂團名稱。過去幾個月，他們一直以一個無名的三人組練唱。康兒想起自己組的第一支樂團「高原」。當年他們撐了整整九天，最終因藝術理念不合而解散，當然也是因為無處練習。康兒回想著往事暗自微笑。搖滾啊。

她在櫃台後面聽著那幾個少年爭辯誰是最厲害的鋼琴手——有史以來最厲害的。人名在店內被丟過來拋過去。有個男孩堅稱是艾爾頓．強或雷．查爾斯。女孩熱忱滿滿地為史提夫．汪達說話。另一個男孩則說不管是特倫特．雷茲諾或馬修．貝勒米，都能把他們全踢到一邊去，結果又引發新一輪的辯論。康兒好懷念以前在廂型車後座的漫長時刻，大夥兒東南西北卻充滿熱忱地聊著最偉大的這個或是空前絕後的那個。

她又能溫柔地懷想「喚醒幽靈」與其成員了。回憶已成為她和史黛菲的一個重要儀式——兩名老兵為凋零的弟兄舉行的紀念儀式。在錄音室工作完後，她們會一起追憶並訴說昔日種種，直到夜深。有一次湯米翹團一個禮拜，因為有人吃了他的燕麥片；超級嚴肅的知識分子休，卻不太避諱對那個老派的小甜甜布蘭妮的愛；阿志總喜歡慷慨激昂地唱獨腳戲，湯米則經常以看似天真的問題打亂阿志的思緒，史黛菲懷疑那些問題並不像表面上那麼天真。

能再說起那些往事，提到他們的名字時不再哭泣，感覺真好。即使提到阿志，那個她曾愛過卻失去過、重新找回以後又再次失去的阿志也不例外。在她死之前，她希望對他的記憶能再次帶給她歡樂。不知道能不能做得到，但重要的是要試試看。但願新專輯能幫她做到——如果有完成的一天的話。

「康兒，妳說是誰？」女孩問道。不知爲何，對所有經常光顧的孩子而言，康兒有種奇怪的公信力。也許是因爲她鮮少離開錄音室，那種神祕的執著看在渴望能執著於某件事的孩子眼裡覺得很酷。他們每個人好像幾乎都不在意她是複製人，這讓她心存感激，讓她對未來抱有希望。

「對啊，誰？」特倫特．雷茲諾的歌迷說道。

「別說大衛．鮑伊喔。」女孩警告道：「問妳什麼，都回答大衛．鮑伊。」

康兒認罪似的對女孩聳聳肩，他們三人都笑起來。

「嗯，」康兒深思著，想起以前在廂型車後面的爭吵。「我的老友湯米．迪歐說是比利．普雷斯頓。」

「誰？」第一個男孩問道。

「披頭四的第五人，在〈Don't Let Me Down〉裡面彈那台大電子琴的人。」女孩翻了個白眼說，男孩們卻沒當回事。

「可是妳覺得是誰？」特倫特．雷茲諾的歌迷問道，另外兩人隨即安靜下來。

「在我看來嘛，是湯米．迪歐。我的天，他多會彈啊。」

「那是誰？」他們齊聲問道。

「他是一個名叫『喚醒幽靈』的樂團的成員，」康兒說，腦中浮現湯米每次彈奏時總會掛在臉上的歡喜笑容，即使演唱非常嚴肅的歌也一樣，都要把阿志逼瘋了。

三名少年面面相覷，誰也沒聽過這個名字。這不令人意外，但康兒還是有點傷心。段志、休．巴贊、湯米．迪歐——她的朋友、她的樂團夥伴。他們活過，他們有過夢想，他們離開了人世，他們留下的回憶已逐漸淡去。康兒想詳詳細細告訴這幾個少年，但有什麼用呢？人生多半都是活過就會被遺忘，世事原本如此，只不過當失落的是自己的人生，不免覺得殘酷。

然而，她猜想總會有一絲機會，也許這三個孩子當中有人回家後會查詢這個樂團，然後出於好奇或甚至是無聊，聽了幾首老歌。說不定還會喜歡到和朋友分享。又或許他們這些青少年有其他事情要煩惱，一出店門就把這段對話拋到九霄雲外。無論如何，都影響不了她的朋友們曾度過的人生。如果你的人生目標是希望死後常留人心，那只是浪費時間罷了。

孩子們走後，康兒又繼續埋首筆記。自從車禍以來她所籌畫的專輯，至今早已超越原來的規模。她將歌單削減成兩張十二首曲子的樂集，第一張收錄的是她本尊死前寫完錄製的歌，第二張的十二首則都是受到她下載後的經歷影響的歌。她覺得這兩半搭配得恰到好處，爲她的雙重人生作了註記。希望聽眾能以開放的心聆聽。她依然懷抱一份赤子之心，認爲即使分裂得再嚴重，音樂都有能力居間搭起橋梁。

若是幸運些，她會活得夠久，能將專輯從頭聽到尾。否則，她也相信史黛菲會爲她完成。剩下要做的實在太多——她連專輯名稱都還沒想好。有一會兒，她曾想到《尾聲》，但感覺太直白了點。後來又想到《康斯坦——定數》[1]，但她不希望自己對世人最後的貢獻變成一個爛哏。最近她想到要取名為《喚醒幽靈》，但尚未徵求史黛菲的看法，她應該有發言權。為什麼取名這麼難？

當店門的鈴鐺響起，康兒抬起眼看看來者像不像會買三把吉他的樣子。噢，他肯定是買得起，但她不覺得他是喜歡音樂的人。

「你好，格迪斯先生。我還在想你什麼時候會來呢。」她說。

「妳好，康思坦絲。」他邊說邊抖落身上的雨水。「老實說，我一直想早點來，可是實在忙不過來。芬頓向公司請了假，董事會要我暫代她的職務。」

康兒放下筆，卻沒有從櫃台後面的椅凳上起身。保持靜定，讓他走向她，她覺得這點很重要。「你到這麼南邊來竟然沒帶武裝保全護衛你，很奇怪。」

「嗯，很多事都改變了。」格迪斯說。

「恭喜你打贏官司。」

「謝謝，但這其實是我們所有人的官司，對吧？」格迪斯說得鄭重莊嚴，有如老練的政治人物，但她心想這也沒錯。最高法院法官以驚險的五比四表決票數，判定「格

1 主角名字 Constance 與定數 Constants 有諧音雙關趣味。

迪斯訴維吉尼亞」一案的原告勝訴。作出維農．格迪斯的複製人也是維農．格迪斯本人的判決，等於無視各州胡亂拼湊的反複製人法，使得所有複製人都獲得了聯邦的保護。這個決定導致全國人民群情激憤，至今似乎仍毫無停歇的跡象。「亞當之子」的會員數幾乎在一夕之間翻了三倍。康兒沒有巴特勒的消息，連寫個感謝函來謝謝她出的主意都沒有。這陣子他以十字軍東征的浩蕩氣勢到處搧風點火，誓言不推翻這項滑天下之大稽的判決，不將複製人的原罪從美國人的靈魂徹底肅清，絕不罷休。甚至有傳聞說他有意於二〇四四年角逐總統大位。

「我敢說你那些朋友現在都原諒你沒有撤告了。」她說。

「妳肯定難以想像，一場顯著的勝利能多麼有效地覆蓋舊有怨恨。妳這裡好像做得很不錯。」他環顧店內說道。她看不出他是認真的還是在展現優越感，而她發覺不管是怎樣，她都不在乎。

「我過得很好。你的孩子們怎麼樣？」她問道。

他掌心向上舉起雙手，像在比較兩樣東西的重量。「兒子們還是不肯跟我說話。」

「很遺憾，一定很難受吧。」

「是啊，不過下禮拜要和女兒一起吃飯。」他說，語氣充滿希望但也略帶謹慎。「這種事情需要時間，要是我能有多一點時間就好了。」

「嗯，大家都這麼說。」康兒不理會他的言外之意。

「說得也是。我發現妳的律師解除我們的合約了。」

「我覺得我做不到約定的事。」

「這我絕對同意。不過妳已經不需要我替妳買複製人了，對吧？」格迪斯說。

「對，我現在待這個身體裡，相當安穩。」

格迪斯輕聲一笑。「是啊，我們兩個的命運都大逆轉了。但我很好奇妳怎麼還沒買。我們都知道妳的身體狀況。」

「我自有理由。」康兒轉而整理起櫃台。

他好奇地觀察她。「妳眞的要這樣等死？」

「數千年來，人都是這麼過的。」康兒說。

「但現在不必了。像妳這麼富有的人能有所選擇。」

「你這麼大老遠來，不會是爲了詢問我的健康吧？」他關心她的身體狀況讓她很心煩。

「不，不是。」格迪斯坦承。

「那就言歸正傳。你想幹麼？」

「我想知道是誰殺死芬頓。」

凱比蓋兒始終沒有公開芬頓與巴特勒會面的影片，警方仍然沒有查到可能殺死她的嫌犯。巴特勒永遠不會知道，要是她將影片流出，他的情勢會有多麼不同。

「彼得沒告訴你嗎？」康兒猜想格迪斯至少知道這個。

「他晚了一步，只看到後續發展。他看見妳和一個年輕女人上了車，但離得太遠看不清楚。她是誰？」

康兒面無表情看著他，好像不知不覺間忘了怎麼說話。他見她不願回答，整個人重重地靠向櫃台，似乎想測試看看如果要跳過去，櫃台承不承受得了他的重量。不過他似乎又改變了心意，皺著的眉頭紓解開來，友善的笑容取而代之。「那座山上發生什麼事了？好壯觀的塌陷現場。」

「我從來沒聽過那麼大的聲音。何況我還是玩樂團的。」

「如果開挖的話，不知道會找到什麼？」格迪斯說。

「那裡可是私人產業，而且大概有百萬噸重的石頭，所以不會有那種事。」

「在妳繼承以前，那是艾比蓋兒的私人土地。那裡發生了什麼事？妳在隱藏什麼？」他問道。

「如果你不是派彼得而是親自去，也許就能知道發生什麼事了。」話說出口，康兒才驚覺到自己對他的憤怒之深。「你知道嗎？你到現在都還沒問起他。」

格迪斯的表情再度變得黯然。「我猜彼得死了。他是個好朋友，值得更好的下場。這是爲什麼妳用他的名字成立那個組織嗎？算是某種懺悔。」

一點都沒錯，但康兒沒對格迪斯的挑釁給出回答或反應。獲得這筆財富後，她率先做的事情之一就是成立一個非營利組織，爲第一代複製人，也就是像彼得一樣還在掙扎適應的退伍軍人，提供援助與諮詢。她希望彼得會贊同她這麼做。

「是我欠他的。」她簡短地說。

「非常高尚的舉動。」

「總得有人做吧。」康兒滑下椅凳，朝店門口走去。「很抱歉，我要關門了。」

「那當然。我不是故意占用妳的時間，只是想讓妳知道我派了幾個團隊仔仔細細爬梳再生中心的電腦幾個月了，所以很清楚妳的大腦裡有什麼。」

康兒沒有放慢腳步，也極力保持口氣平穩。「哦？」

「妳一點都不好奇？」

她替他開著門，同時跨到外面的人行道。雨暫時停了。「很高興再見到你。」

「看來妳不好奇。」他在敞開的門口停下。「或者是因爲妳已經知道了？」

「你到底想要我怎樣？」

「妳腦子裡的東西是再生中心的智慧財產，我可以向法院聲請強制執行，讓妳返還屬於我們的東西。」

「而我的律師們會跟你纏訟到我死了很久很久以後。」

「都不知道到時東西還在不在，」格迪斯說：「那就是艾比蓋兒用她的財富買的東西？」

「我姨媽已經死了。」

「對，我也一再這樣告訴自己。妳有時間聽個故事嗎？」格迪斯問完沒等著聽答案就接著往下說：「我有個朋友上星期去首爾出差。他打電話跟我說了一個奇上加奇的故事。」

她往街道兩頭看了看，等著他繼續。他要是以為她會替他的開場奏樂，那他就是瘋了。

「他說在南大門市場看見一個酷似艾比蓋兒的人。」

康兒感覺頸背的寒毛倒豎。

「就從他旁邊走過去，他說他看得一清二楚，甚至還跟上去，但在人群裡跟丟了。他不斷對天發誓說一定是她。我好說歹說，告訴他那不可能，說這世界上那麼多張人臉，總會有重複的。」

「只是長得像，」她附和道，但不確定她想說服的是他還是她自己。她在山裡終結了艾比蓋兒的複製人，但會不會只是又啓動了存放在另一個地方的複製人？比方說南韓。她實在太小看別人了，竟以爲姨媽會沒想到事情可能出天大的差錯。這個女人所有事情都會做備份計畫——包括她自己。

「沒錯，我正是這麼跟我朋友說的。」格迪斯說：「不過那讓我想到我們現在居住的世界有多奇怪，所以一件事在何時眞正結束，再也難說了。現在，我們以爲已經長眠於地下的事物都有可能會回來糾纏我們。」

「這點我會記住的。再見了，格迪斯先生。」康兒旋即跨入店內。「祝你和女兒用餐愉快。」

「拜託，請好好考慮考慮，這是人類史上最偉大的進步，是上天給的禮物。它屬於全世界。」

「你剛才不是說它屬於再生中心？」說完話，她當著他的面關上了門。

她從窗口看著他過街走向等候他的車。永生眞的是一種進步嗎？倘若是，那是朝什麼方向呢？她原以爲自己將它擋下了，如今才明白其實只是延後到來的時程。無論姨媽是死是活，都一樣。既然格迪斯覺得永生有可能實現，他就會傾盡全力去找到答案。艾比蓋兒．史提克林是天才，但還會有其他人以她的研究爲墊腳石一窺她的發現。總有一天，身與心的矛盾會再度解開，這是無可避免的。康兒現在看清了，但把答案公諸於世的不會是她。維農．格迪斯是怎麼說的？那是上天給的禮物？不，她對於送禮的想法跟他有天壤之別。

∪ ∩ ∪

五點剛過，伊蓮娜、史黛菲和大麗帶了兩大塊披薩回來了，這是給大麗的獎賞，因爲老師們給了她熱烈好評。她故意誇張地數著店內的吉他，然後送給康兒一個大大的心碎表情，從外太空都看得見。

「我還是可以吃披薩吧？」康兒問。

大麗假裝用力地考慮很久。

她們來到外面院子。伊蓮娜上樓去拿喝的，她們便圍坐在火坑旁吃了起來。暮色逐漸蔓延。有幾位朋友帶著葡萄酒來。伊蓮娜在火坑裡堆起柴火點燃。電話打了出去，又來了更多朋友，帶著各式各樣的食物與飲料。康兒抬頭一看，發現應該有三十個人在說笑、暢飲、講故事。每當史黛菲和伊蓮娜作東，情況往往都會是這樣——一切都沒有事先安排，人就這麼一個個地來，直到變成一場派對。

大半個夜晚，康兒都窩在火坑旁聊天，享受與人爲伴的溫馨幸福。艾比蓋兒・史提克林感覺有如遙遠的記憶。她將格迪斯的說法視爲廉價的恐嚇伎倆，不予理會。而就算姨媽還活著，又能從南韓對她怎麼樣？當初她在南維吉尼亞都沒能做到了。

有人請史黛菲彈琴。她婉拒了，但說她答應的耳語已經傳開。

「好啦，給我們唱首歌！」有人開心地大喊，其他人以笑聲與歡呼應和。

「妳被點名了，mi amor（心愛的）。」伊蓮娜將頭靠在史黛菲肩上。

「我不要一個人上去唱。」史黛菲說著望向康兒。

「噢，不要，不要，不要。」康兒說道，接著未免有人漏聽了前三個答案，又補上一句：「不要。」

大麗坐在母親椅子的扶手上，對她咧著嘴笑。「妳絕對要。」

「妳怎麼還沒睡？」康兒問：「妳的上床時間不是過了嗎？」

「成績全 A，」大麗說：「千眞萬確。」

「妳怎麼想？」史黛菲拉起康兒的手用力一捏。「妳唱我就唱。」

康兒的目光從史黛菲移到伊蓮娜，再到大麗，最後回到老友身上。她怎能對她們任何一個人說不？「就一首。」

「就一首。」史黛菲答應了。「歌妳來選。」

致謝

身爲作家最早學會的事情之一，就是臨睡前若是萌生靈感，就要在睡著之前起床把它寫下來。否則天亮以後，那個靈感只會剩下一個模糊的粉筆輪廓，而你也會鬱悶地認定那將是你這輩子再也得不到的好靈感。

距今將近五年前的某天晚上，我正處於那半醒半睡的美好狀態時，忽然一個簡單的念頭閃過：要是讓一個人去調查他自己的死因，不是很酷嗎？我想起艾德蒙・奧布萊恩演的老電影《死亡漩渦》，片中他必須查出自己死前是被誰下毒。我相信一定有數以百計講述死者找尋答案的靈異故事，可是一個活著的人如何才能破解自己的命案呢？

我盯著天花板看了好一會兒，最後心想：如果主角是命案死者的複製人，除了命案本身之外，兩人擁有完全一樣的記憶呢？我完美演繹了電影中常見的靈光乍現、從床上猛然起身的畫面，接著也不知怎麼做到的，總之是安然無恙地來到書桌前。整個後半夜，我振筆疾書，寫下一頁又一頁的筆記，建構出一個世界來，也寫出了書中第四章的草稿。然後我把所有稿子放進大家常說的底層抽屜，便回頭繼續寫 Gibson

Vaughn 系列的第二部。我又寫了四本書之後，才覺得已準備好回到《備份人生：歡迎回來！您的意識已下載》來。

當我終於重新面對這些筆記，多虧有一大群才華洋溢又不藏私的人幫助我充實內容，最後完成了你們現在手上拿的這本書。持平而論，沒有他們，我是不可能做到的。因此我衷心感謝……

我的經紀人兼友人 David Hale Smith，與他在 InkWell Management 文學經紀公司的同仁。

我的編輯 Megha Parekh 與 Grace Doyle，以及 Thomas & Mercer 出版社每一個參與成就此書的人。

Steve Konkoly、Joe Hart 與 Ed Stackler，謝謝他們幫忙閱讀初稿，並爲我指出正確方向。

Nadine Nettmann，當我不斷反覆將充塞在腦中所有可能的情節一個個拖出來，謝謝她付出無窮的耐心。

Johnny Shaw，在我掙扎著看不到結尾時，謝謝他讀了不完整的草稿，並幫助我重新上軌道。

Elizabeth Little，謝謝她硬是擠出時間來閱讀書的草稿，並爲寫作後期提供一些重要建議。

Katie Lahnstein，謝謝她幫忙想像複製人的法律保護可能會（或可能不會）如何運作；也謝謝 Lee Kovarsky 爲我說明與複製人相關的訴訟官司會如何一步步進到最高法院；還要謝謝 Steve Feldhaus 貢獻他在信託與遺囑方面的專業知識。任何謬誤或自作主張之處，責任都在我，不在他們。

Lara Atella，謝謝她針對複製人技術可能對人腦造成神經心理方面的影響提出建議。再重申一次，任何謬誤或自作主張之處，責任在我。

Tim Lyons 與 Melissa Wolverton，謝謝他們提供所有與音樂及樂團相關的意見。

Aaron Bachmann，謝謝他對維吉尼亞州沙洛斯維市如此熟稔。

Mike Tyner，謝謝他推測二十年後保全與維護隱私的狀況。

Matt Misiorowski，謝謝他在工程技術方面的精闢見解，尤其是電動車設計可能的走向。

Boneza Hanchock，謝謝她作爲本書最初的試閱讀者提供了寶貴的意見，並幫助我妥善地描寫康兒的經驗。

Valerie Klemczewski，謝謝她幫助我找出康兒的鋒利稜角，並絕不讓我軟化她。

Eric Schwerin、Nathan Hughes、Karen Hughes、Giovanna Baffico、Jess Lourey、Matt Iden、D.M. Pulley——你們最棒了。

還有最重要的，Vanessa Brimner。

圓神出版事業機構 Eurasian Publishing Group
用心與你對話．視野無限寬廣
寂寞出版社 Solo Press

www.booklife.com.tw　reader@mail.eurasian.com.tw

Cool 043

備份人生：歡迎回來！您的意識已下載

作　　者／馬修．費茲西蒙斯 Matthew FitzSimmons
譯　　者／顏湘如
發 行 人／簡志忠
出 版 者／寂寞出版社有限公司
地　　址／臺北市南京東路四段50號6樓之1
電　　話／（02）2579-6600．2579-8800．2570-3939
傳　　真／（02）2579-0338．2577-3220．2570-3636
總 編 輯／陳秋月
資深主編／李宛蓁
責任編輯／朱玉立
校　　對／李宛蓁．朱玉立
美術編輯／林雅錚
行銷企畫／陳禹伶、朱智琳
印務統籌／劉鳳剛．高榮祥
監　　印／高榮祥
排　　版／陳采淇
經 銷 商／叩應股份有限公司
郵撥帳號／18707239
法律顧問／圓神出版事業機構法律顧問　蕭雄淋律師
印　　刷／祥峰印刷廠
2022年7月1日出版

定價 450 元　ISBN 978-626-95938-0-4

如果每個人眼中的現實都不同，我們能說這世界只有單一個現實？不是應該要說是複數的現實才對嗎？如果現實不只一個，那麼，是不是會有某些人的現實比其他人更眞實？

——菲利普·狄克

〈如何建構一個不會在兩天後分崩離析的宇宙〉，《UBIK尤比克》

國家圖書館出版品預行編目資料

備份人生：歡迎回來！您的意識已下載／
馬修·費茲西蒙斯（Matthew FitzSimmons）著；顏湘如 譯.
-- 臺北市：寂寞出版社股份有限公司，2022.07
432 面；14.8×20.8 公分. --（Cool；43）
譯自：Constance
ISBN 978-626-95938-0-4（平裝）

874.57　　111007626